SHERLOCK ACADEMY

ーロック・アカデミー

カラスが虹に染まる時

紙城 境介

[illust.] しらび

When the two meet to become detectives, the story begins.

JN072043

CONTENTS

SHERLOCK ACADEMY

KYOSUKE KAMISHIRO and
SHIRABII PRESENTS

Her Majesty's
maid
dressing up
DETECTIVE

Her Majesty's
Handicap in
Van Dine's select

シャーロック+アカデミー
Logic.3 カラスが虹に染まる時

紙城境介

MF文庫J

読者への説明書

事件の手掛かりは、
すべて**太字**で示される。

口絵・本文イラスト●しらび

【序章】能ある鷹たち

SHERLOCK ACADEMY

KYOSUKE KAMISHIRO and SHIRABII PRESENTS

万条吹尾奈

現シャーロック・ランク第七位の街学探偵

PROFILE

Logic.

序章　能ある鷹《たか》たち

1　推理の適性と成長の可能性――Side: 不実崎《ふみさき》未咲《みさき》

『助手クーン、聞こえる～？』

耳元のスピーカー越しに、フィオ先輩の甘ったるい声が聞こえる。

『さっき言った通り、制限時間は10分！　回答権は一回ね！　それじゃ、スタート！』

無機質な無地の空間が、みるみるうちに別の空間へと塗り替わっていく。

【設問：犯人はどうやってこの部屋を脱出したか？】

目の前にウィンドウが現れ、そして消える。

すると、そこは石造りの部屋だった。

テーブルや椅子、ベッドといった家具の数々が、竜巻が通った後みたいにひっくり返っている。足元に目を落とすと、俺の靴が水たまりを踏んでいた。水面に反射する像に俺の姿はなく、遠い天井にポツンと一つだけ開いた天窓だけが映っている。

地下室か……。

俺はその天窓から差し込んでくる光を見上げた。窓の向こうには曇り空と、雑草の先端が覗《のぞ》いている。

ここは過去の世界——真理峰《まりみね》探偵学園に記録された、過去の密室。

その証拠に、俺の正面にはそれがある。

石壁に磔《はりつけ》にされた、血みどろの男の死体が。

VR映像に過ぎないとはいえ、死体というやつは何度見ても背筋が冷える。確かにそこにあったはずの生命を思うと、もう取り戻せない未来に身体《からだ》が雁字《がんじ》搦《がら》めにされるような心地になる。

『どうしたの～？　あと9分だよ！』

「……わかってます」

フィオ先輩の声に応えて、俺は調査を開始した。

まずは出入り口の確認からだ。

パッと見たところ、出入りできそうなのは扉が一つきりと、頭上にある天窓だけだ。しかし天窓があるのは4メートルくらいの高さの天井の、しかもど真ん中。多少踏み台を使ったくらいじゃ届かない上に、どうにかして壁をよじ登ったとしても手が届かない位置にある。天窓からの脱出はお釈迦様《しやかさま》が蜘蛛《くも》の糸でも垂らしてくれない限り不可能だ。

というわけで、俺は扉の調査から取りかかることにした。

おそらく、死体が発見された瞬間を保存した映像なんだろう。**外開きの扉**が開けっぱなしになっている。扉の外に伸びる廊下は無人で、代わりに**本棚やスタンドランプなどが散乱していた。**

開かれた扉に吹き出しのようなアイコンが浮遊している。

俺がそれに近づいて指先で触れると、ぽしゅんと軽い音を立ててテキストウィンドウがポップアップした。

どうやら、死体を発見した時の状況が記されているようだ。

関係者たちが異変に気づいて駆けつけた時、この扉は内側から固く施錠されていた。それをどうにか破壊すると、室内から大量の水が溢《あふ》れ出《だ》した。怒濤《どとう》と共に流れ出す家具類をギリギリかわすと、壁に磔《はりつけ》にされている被害者を発見した——ということだそうだ。

室内に大量の水……どうやらそれが、この密室のキーらしい。

『残り7分〜』

フィオ先輩の声に急《せ》かされて、俺は扉から磔の死体に振り返った。

死体の足元に近づくと、**胸の真ん中に深々と抉《えぐ》られた傷口があるのがわかった。そこから血が広がって、死体のシャツをほとんど真っ赤に染め上げている。**

首にはネックレスがあり、そこに鍵が下がっていた。どうやらこれがこの部屋の鍵のようだ。他にこの部屋の扉を外から施錠できる鍵は存在しない。この状態だと、どうにかして部屋の外から鍵を部屋の中に戻した、というトリックは考慮の余地がないな。

荒れ放題になっている室内を改めて見回す。

この再現空間では人間は表示されないが、さっきの扉のところのテキストによると、**死体を発見してすぐに室内を徹底的に捜索したが、誰も見つからなかったらしい。死体が発見された瞬間には、この部屋に存在するのは男の死体だけだった**ということだ。

それでも一応、俺は部屋の中を端から隈《くま》なく回ってみた。

カーペットがめくれ上がった床の下にも、濡《ぬ》れててらてらと輝く石の壁にも、秘密の出入り口らしきものはなかった。それに、**血に濡れた本が散らばっていた**ので覗《のぞ》き込《こ》んでみたが、ヒントになりそうな情報は見て取れなかった。

『残り4分～』

時間がない。そろそろもう一つの出入り口を調べてみないと。

俺は指先で空中に輪を描いてメニューを呼び出すと、ボタンをタップして部屋の真上にワープした。

そこはどうやら庭の一角のようだった。長く伸びた雑草の隙間に、さっき下から見上げた天窓が見える。

天窓はハッチのように持ち上げられ、開いている状態だった。すぐそばにはかなり口径のでかいホースが口を開けていて、どうやらここから水が流し込まれていたらしい。

『残り3分～』

ホースの根元が繋《つな》がっている水道にポップアップしているアイコンをタップすると、再びテキストが現れた。**どうやらこの水道は遠隔操作で止めたり流したりできるようだ。**I ｏＴ家電みたいなものか。つまりホースさえ先んじて設置しておけば、現場の中からでも現場に水を流し込むことができる……。

天窓のところに戻ると、俺は雑草の中に顔を突っ込み、より細かくそれを検分した。

まずは窓枠の方を見てみたが、不審な痕跡は何もない。縄梯子《なわばしご》などをここから降ろしたんだとしたら、窓枠にこすった跡がついてたり、周りの雑草が倒れてたり、そういう痕跡が残っているはずだ。

『残り2分～』

次にハッチのように持ち上げられた窓を観察してみると、こっちは発見があった。

周りの雑草を見る限り、雨が降っていた様子はない。つまり、**この天窓を濡らしたのは天窓の内側がかなり濡《ぬ》れている。しかし外側は濡れていないのだ。**

地下室を満たしていた水ということになる。地下室から溢《あふ》れた水が跳ねて、天窓の内側を濡らしたのだ。

『残り1分～』

俺は大急ぎで再びメニューを出すと、地下室の中に戻る。

そして4メートルほど上にある天井を見上げた。

薄暗くて――そして瞬間を切り取った空間だからわからなかったが、**天井はその全体が黒く濡れている。**

まさに水槽だ。

この地下室は、床から天井まで、完全に水没していたのだ。

だったら、密室の謎なんて存在しない。

『残り30秒～』

「回答する！」

先輩の声に、俺はすかさず宣言した。

「犯人は地下室に水を満たし、それに浮かぶことによって、本来手が届かない天窓から外に脱出した！」

『はい、ブッブー』

あっさりと返ってきた不正解音に、俺は「んがっ！」と殴られたような声を漏らす。

ち……違うのかよ！　わざわざ部屋を水没させる理由が他にあるか⁉

「んにひひ！　短絡的すぎてウケる～！」

廊下に続く扉から、キャミソールにパーカー姿のフィオ先輩がにやにや笑いながら地下室に入ってくる。その後ろには、白い制服に長い金髪が映えるエヴラール——詩亜《しあ》・E・ヘーゼルダインの姿もあった。

フィオ先輩は余らせたパーカーの袖をぶらぶらさせながら、

「やっぱ時間を区切った途端に正解率超下がるね？　捜査も雑だし、調べたはずのことも頭から抜けてるしもうボロボロ～。幼稚園からやり直そっか？　そしたら甘やかしてあげられるよぉ？　ばぶばぶ～♪」

「……んなこと言ったって、地下室が完全に水没してたってわかったら天窓から逃げたって考えるのが自然じゃないすか。なんでそうじゃないってわかるんすか？」

「ってことみたいだから、王女ちゃん、よろしく〜♪」

「了解です」

エヴラールは勝ち誇ったような笑みを湛《たた》えながら、煌《きら》びやかな髪を宙に泳がせ、石壁に磔《はりつけ》にされた死体の方に移動した。

「不実崎《ふみさき》さん。犯人が天窓から脱出したのだとすると、疑問が二つ残ります」

「二つ？」

「一つは、室内が水で満たされ、天窓から脱出できるようになる前に扉が開かれてしまったら、犯人はどうするつもりだったのか？」

……そうか。部屋が水で満杯になるまで、死体発見者たちがご丁寧に待ってくれるとは限らねえよな……。

「そしてもう一つは——なぜ、死体は磔にされたのか、です」

凄惨な死体を翼のように背負いながら、探偵王女は問いかけてくる。

「なんで磔にされたか……？」

考えてなかった……。ありがちな装飾だとばかり……。

エヴラールはくすりと微笑《ほほえ》み、

「水分家《みくまり》の〈犯罪経済学〉ではありませんが、およそ殺人現場において、犯人には余計な手間をかける余裕などないものです。時間的余裕も、精神的余裕もね。とすれば、この礫にも何らかの意味があると考えるのが推理のセオリーでしょう」

「意味ね……。目立つ、くらいしか思いつかねえな、俺には」

「それですよ」

「は？」

「目立つから礫にしたんですよ」

エヴラールはまた少し歩くと、床に散らばっている本の一冊を拾い上げた。

「不実崎さん。あなたが注目すべきだったのは、この**血に濡《ぬ》れた本**でした」

「本……？　特にヒントになりそうなところはなかったと思ったが……」

「大ヒント――いえ、答えそのものですよ、この本は。犯人は相当慌てていたようですね。この本に血がついたのはいつのことなのか？　それを詳しくイメージしてみれば、犯人が密室を脱出した方法も容易に思い当たるはずです」

「血がついたタイミング……？　古い血痕には見えないからな……この殺人でついたものなのは間違いないだろ？　ってことは殺した後、床にできた血だまりとかに――」

「血だまりなんてどこにあるんですか？」

言われてハッとした。

この部屋の床には、水たまりがあるだけで、血だまりなんかどこにもない。

「**死体に残った傷口は深く、赤く染まった洋服**から鑑《かんが》みても、かなりの量の血液が出ていたことは間違いありません。しかし、この部屋には水が満たされていました。するともちろん、床にあった血だまりも綺麗《きれい》に洗い流され、大量の水に希釈されてしまったはずです。ということはすなわち、この本に血が付着したのは、部屋に水が入ってくる前であると推定できるのです」

なんとなく、勝手に想像していた。部屋に流れ込んだ大量の水で本棚が倒れ、その拍子に本に血が付着したんだろうと。

だが違った。水が流れ込んでくる前に本が取り出され、床にあった血だまりの上に落ちたんだとしたら――

「――犯人が自分の手で、本棚から本を取り出した……？」

「それも床に放り投げるくらい荒っぽく、です。そこまで推理できれば、**廊下に倒れているあの立派な本棚**をもっとちゃんと調べてみようという気にもなったでしょう？」

俺は開けっぱなしの扉から飛び出し、廊下に倒れている本棚をひっくり返した。

それは、戸がついているタイプの本棚だった。

そして、想像よりもずっと大きなスペースがある本棚だった。

そう――人間が一人、すっぽりと潜り込めるくらいの、大きなスペースが……。

「犯人は本棚から本を取り出し、そうして作ったスペースに潜り込みました。内側から戸を閉めて、本棚の内部に残った空気を吸って、水没した室内に潜んでいたのです。そしていざ密室が破られると、勢いよく外に流れ出ていく水に乗って、本棚ごと廊下に脱出しました。密室を破った人たちが磔《はりつけ》の死体に気を取られている後ろで、こっそりと本棚から這《は》いずり出し、さも今駆けつけたような顔をして合流したのでしょう――水が天井まで満ちるのを待つよりは、本棚が水に浮かぶのを待つ方がよっぽど早く済みますしね」

淀《よど》みなく推理を語り、エヴラールはフィオ先輩に得意げな笑みを向ける。

「これでよろしいですか、万条《ばんじょう》先輩？」

「憎たらしいくらいよろしいよ。１２０点」

フィオ先輩が胸の前で手を動かすと、濡《ぬ》れた地下室が一気に消えていき、元の無機質な真っ白な空間に戻ってきた。

俺は溜《た》め息《いき》をつきながら、被《かぶ》っていたヘッドギア型のＶＲデバイスを頭から外す。

仮想空間から戻ってきても大して変わり映えはしない。相変わらず家具の一つもない無機質な、普通の教室よりも一回り小さいくらいの部屋だった。

捜査支援棟にある、〈状況再現室〉という部屋だ。

ＶＲを使って事件を再現し、改めて現場検証をしたり捜査の訓練をしたりするための部屋で、気づかずにぶつかっても怪我《けが》をしないように、壁が弾力のあるクッションのような材質でできている。

俺は頭の中にこもった熱を逃がすように長く息を吐きながら、その場に腰を下ろした。

その時、メイド服を着た褐色肌の少女が小走りに近寄ってきて、ドリンクが入ったボトルを俺に差し出してきた。

「どうぞ」

「お、サンキュ」

ボトルに口をつけると、ドリンクの甘みが脳に染み渡り、疲労が少しだけ遠ざかったような気がした。カイラ特製の推理力回復ドリンクだそうだ。

それを飲み干して人心地ついた頃、カイラはいつの間にか、俺の隣に正座をしていた。

「正答率は6割。苦戦しておられるようですね」

「まあな……。今まで真面目に授業を受けてこなかったツケってわけだ」

「本当だよ。〈総合実技テスト〉も間近なのにさぁ」

フィオ先輩がぷくっと頰《ほお》を膨らませて言う。

「助手クンにはこれからも吹尾奈《ふいおな》のゴースト探偵やってもらわないといけないんだから、こんなとこで退学になったら怒るよ〜？」

「ご自分で推理できるようになるという選択肢は1ミリも考えてないんですね……」

「合ってな〜い」

エヴラールの呆《あき》れ声に反省の色なく答える先輩。

先輩の都合を抜きにしても、1学期の総決算として行われる〈総合実技テスト〉は俺にとって重要なイベントだ。なにせその結果によっては、一気に退学ラインまでレーティングが落ち込むこともあれば、ワンランクくらい飛び級できることもあるというんだから。

「不実崎《ふみさき》さんの目標はプラチナランクでしたっけ？」

　エヴラールが俺の顔を覗《のぞ》き込《こ》みながら言ってくる。

「あとどのくらいで行けそうなんですか？」

「……369。金神島《かながみじま》の事件で上がったレーティングと、普段の調査依頼で上がった分を入れてもまだシルバーなんだよ」

「1432ってことですね。もうシルバーの出口が見えてるなんて優秀じゃないですか。確かあなたのお友達の円秋亭黄菊《えんしゅうていおうぎく》さんは最近シルバーに上がったところですよね」

「プラチナどころか、とっくにダイヤになってる奴《やつ》に褒められてもな……」

　エヴラールはわざとらしくにっこりと笑う。

　その横でフィオ先輩がまるで他人事《ひとごと》のように、

「大変だよ～？　1学期の間にプラチナまで上がっとかないと。学期末のソフトリセットで300も持っていかれちゃうからね。夏休みも馬車馬のごとく働かないと一生ブロンズとシルバーを行き来することになるよ？」

「何度も聞いたっすよ。例年、生徒の半分くらいがその状態のまま退学か卒業するんでしよ？　おかしいだろ、この学園のランクシステム」

「その状態から脱出するために総合実技《総実》テストがあるんじゃん」

　フィオ先輩の正論に俺は口をつぐむ。

　コツコツと調査依頼を片付けていれば、ゆっくりとだがレーティングは上がる。だがそれだけで上げられるレーティングは、学期末のソフトリセットで儚《はかな》く消えてしまう。だから実力をつけて総実で結果を出す必要がある——生徒に楽をさせないという点において、腹が立つほどよくできているシステムだ。

　フィオ先輩曰《いわ》く、俺が次の段階に進むにはプラチナランクに一瞬でも到達していることが必要らしい。今学期の俺は、最終入学受験、金神島《かながみじま》と大きな事件にたまたま関わることができ、レーティングが上振れている部類に入る。もしここでプラチナになり損ねると、2学期はさらに苦戦を強いられるということだ。

　だから俺にとって、今度の総合実技テストは超がつく勝負どころなのだ。

　事前の対策ができりゃ一番良かったんだが、生憎《あいにく》、総実は毎回形式が変わるらしい。そういうわけで基礎的な部分を向上するために自主練を始めたわけだが……。

「不実崎《ふみさき》さんは推理力にムラがありますよね」

　胸の下あたりで腕を組みながら、エヴラールが言う。

「帰納推理ゆえの構造的な弱点でしょうか。この密室推理訓練のような瞬発力勝負になると、ダイレクトにそれが出てしまいますね」

「あー、王女ちゃんもやっぱりそう思う？　直感タイプってわけでもないくせにちょっと運ゲー寄りだよね～、助手クンってば」

「そっちで勝手にわかり合うんじゃねーよ。何なんだ？　帰納推理の弱点って……そういえば生徒会長にもんなこと言われたような気がすっけど」

「やれやれ。本来、あなたにレクチャーしてあげる義理などないのですが……」

嘘《うそ》つけよ。本当は講釈垂れたくてうずうずしてんだろ。

「いいですか？　推理というものを乱暴に分けると、演繹《えんえき》と帰納があります。演繹は一つの大前提から着実に推論を積み重ねていくタイプ、帰納はいくつもの手掛かりから共通点を見出《みいだ》していくタイプです。これもざっくりとした説明ですが」

「当然ながら探偵の推理にはそのどっちも使うんだけどさ〜。人によってどっちが得意かがだいたい決まってるんだよね」

立っているのが疲れたのか、フィオ先輩はしゃがみこんで膝で頬杖《ほおづえ》をつく。

「例えば、王女ちゃんは思いっきり演繹が得意なタイプ。見つけた手掛かりから仮説を構築して、だとすればあれがあそこにあるはずだとか、これはこういう意味のはずだとか、そんなことを考えながら徐々に答えに近づいていく。アイデアが出なくてどん詰まりになるってことが少なくて、確実かつ堅実——だけど、フィオみたいなのからしたら与《くみ》しやすいタイプだね。なんかの前提や手掛かりに一個でも嘘があったら、勝手に間違った結論に進んでいっちゃうから」

エヴラールが渋い顔をした。最終入学試験でしてやられたことを思い出したんだろう。

それを気にした風もなく、フィオ先輩は細い指を俺に向けて、

「対して、助手クンはたぶん帰納が得意なタイプ。こっちはまあ……あるなしクイズみたいなもんかな」

「あるなしクイズって……こっちの言葉にはあって、こっちの言葉にはないものなーんだ、

っていうあれっすか？」

「そうそう。あれってさ、仮説がどうとか推論がどうとかじゃなくて、答えを閃《ひらめ》くかどうかじゃん？　それと一緒で、助手クンは事件の手掛かりを意味なんて考えずにとりあえず手当たり次第に集めて、答えが閃いた時に一気にそれらを繋《つな》げちゃう、っていう推理法を自然に使ってるんだよ」

「思うに不実崎《ふみさき》さん――あなたが今まで推理を完成させたのは、誰かからきっかけを与えられたり、推理が大詰めになって状況が整理されたり、最初から答えにあたりがついていたり……そういう状況が多かったんじゃないですか？」

　言われてみれば、確かに思い当たるところがあった。

　入学式の事件では最初から出題者を信用していなかった。

　最終入学試験では宇志内《うしない》にきっかけを与えられた。

　そして金神島《かながみじま》の事件では、誰あろう犯人自身に容疑者を絞られていた……。

「それはおそらく、あなたが私のように、手掛かりにタグ付けをして整理していないことが要因です。答えが閃いたり可能性が限定されたりすることで、初めてそれらに意味を見《み》出《いだ》していくのがあなたの推理法なんです」

「あるなしクイズより難《むず》いよね。これはある、これはない、っていうカテゴライズすらしてないんだからさ。でもそのせいで、ミスリードには簡単に引っかからないんだけど」

「一方で、閃きに依存した推理方法は安定性に難があります。すぐに思いつくこともあれば、一生思いつかないこともある――」

いつだかに祭舘《まつりだて》が言ってたな。推理なんて閃くか閃かないかの運ゲー……。考えてみれば、あいつの推理もエヴラールのやつとはずいぶん違う。

「それじゃあ、俺もエヴラールみたいに、演繹《えんえき》ができるようになればいいのか？」

「それは短絡的だと存じます」

そう言ったのは、俺の隣で黙って控えていたカイラだった。

「帰納と演繹のどちらに適性があるかは、生まれつきの才能と育った環境に依存します。特に意識なく自然に使っているのが帰納なのであれば、それを極めるように訓練するべきでしょう」

「賛成ですね。私は師匠がその道の達人だったのでこういう推理に馴染《なじ》んでいるだけです。世の中には特に理屈もなく直感で答えを閃いてしまうような探偵もいるくらいですから」

「極めるっつっても、どうすりゃいいんだか……」

俺は推理についてちゃんと学んだことがない。もちろん学園の授業では習ってるんだが、授業では基礎だけ教えるから後は実戦で覚えろ、ってのが真理峰《まりみね》探偵学園の方針らしい。

探偵のやり方なんて十人十色なんだから、理に適《かな》った教育法ではあるんだろうが……。

「助手クンってさぁ――〈記憶の宮殿《マインドパレス》〉はちゃんと作ってんの？」

その時、フィオ先輩の口から聞き慣れない単語が飛び出した。

俺は首をひねる。

「マインドパレス……？　なんか聞いたことあるような」

「あれ？　まだやってないの？」

「記憶術の授業でやりましたよ……。本当に真面目に授業受けてなかったんですね」

エヴラールに溜《た》め息《いき》をつかれ、俺は気まずく目をそらすことしかできなかった。

エヴラールは腰に手を当てて説明する。

「〈記憶の宮殿《マインドパレス》〉――あるいは〈場所法〉。古代ギリシャの頃から存在する由緒正しい記憶術の一つです。頭の中にイメージ空間を作って、その中に記憶を配置していくことで覚えやすくするんです。引き出しに入ってるのがあれで、お風呂場に置いてあるのがこれで、っていう具合にね」

「物を整理して仕舞《しま》っておくと失《な》くしにくいのと同じような原理だね。人間は場所と紐付《ひもづ》けて覚えたことはあんまり忘れないようにできてんの。古代ギリシャのシモニデスって人が、パーティー中に天井が崩落して友達が潰れた時に気づいたらしいよ。『顔もぐちゃぐちゃでわからないのに、俺、誰がどこに座ってたか覚えてんじゃん！』って」

そんなことに気づいてる場合か。

「先輩、シモニデスが記憶の宮殿《マインドパレス》を考案したエピソードで潰されたのは、友達じゃなくて彼を招待した貴族です」

「まあとにかく」

フィオ先輩はエヴラールの訂正を適当にかわした。話盛ったなこの人。

「フィオが思うにさぁ、助手クンの特技を伸ばしていくには、記憶力を高めるのが一番だと思うんだよねぇ」

「記憶力はそんなに悪くない方だと思うんすけど」

「さっき見落としてたじゃん、本の血痕」

「ぐ……」

何も言えなくなった俺に、フィオ先輩はにやにやしながら言う。

「情報が頭の中でバラバラだから手掛かりを見落とすんだよ。手掛かりに余計な解釈でタグ付けをしないのは確かにミスリードに引っかかりにくくなるけど、最低限整理くらいはしないとね」

「それで記憶の宮殿《マインドパレス》っすか？　メモじゃダメなんすか？」

「メモじゃダメ。メモは書き残しておこうと思ったことしか覚えておけないからね。助手クンの場合、全然重要だと思ってなかった情報が手掛かりになるかもしれないわけだし、それをメモし忘れるかもしれないじゃん。見たこと聞いたことを『覚えよう』と思うまでもなく自然に覚えておけるようにならなくちゃ」

なるほど……。腑《ふ》に落ちる説明をするフィオ先輩を、エヴラールが驚いた顔で見つめる。

「自分の推理は捏造《ねつぞう》だらけのくせに、どうして他人の分析はそんなに正確なんですか？」

「それでのし上がってきたからね♥」

その舌鋒《ぜっぽう》で他人の推理の粗を突き、シャーロック・ランクまで成り上がった〈裁判屋〉

は、そう言ってペロリと舌を出した。エヴラールが呆《あき》れた目を向ける。

記憶の宮殿《マインドパレス》か……。言われてちょっと思い出してきた。

「そういや確かに授業で習った覚えがあるんすけど……俺には無理そうだと思っちゃったんすよね……」

「なんでー？」

「記憶術の授業では、確か『ひとまずは自分の家を〈宮殿《パレス》〉にしてみろ』って習うっすよね。でも……希薄なんすよね、俺。自宅っていう概念が」

「あ……そういえば不実崎《ふみさき》さんは、居を転々としてらしたんですっけ」

そうなのだ。かなり頻繁に引っ越していた関係上、自分の家っていうもののイメージがうまく作れなかったのだ。それでその授業に興味をなくしてしまったような気がする。

「なるほどねぇ。そしたらそもそも、空間をイメージすること自体苦手なのかもね。家の周りの地形を覚える間もなく引っ越してたんだったら」

「そうかもしれないっすね……」

「それじゃあ何か代わりになるもの探す？　例えばぁ……フィオの身体《からだ》とか♥」

「は？」

フィオ先輩はにたにたと笑いながら、四《よ》つん這《ば》いになって俺に近寄ってくる。

「お口にこれがあって、おっぱいにあれがあって、太ももにそれがあって——いつでもすぐにイメージできるように、いっぱい教え込んであげるよぉ？」

怪しい手つきでキャミソールの胸元を少しずり下げる先輩。小学生みたいな小柄な身体に似合わない深い谷間に目が吸い寄せられて、俺は思わず喉を鳴らした。

「何を馬鹿なことを言ってるんですか！」

「あんっ」

顔を赤くしたエヴラールに首根っこを掴《つか》まれて、フィオ先輩は俺からひっぺがされる。

「そんなのを〈宮殿〉にしたら、いやらしいことばかり考えて推理になりませんよ！」

「おおう。意外とちゃんとした反論」

「不実崎さんも、何ちょっとまんざらでもなさそうにしてるんですか！」

「しっ、仕方ねえだろ！　男の本能なんだよ！」

エロい女の先輩は男の夢だ。おっぱいが大きい先輩も男の夢だ。ただフィオ先輩は地雷臭が凄《すご》すぎて尻込みしてるだけだ。絶対男を財布だと思ってるタイプ。

目に焼き付いた胸の谷間を一生懸命振り払っていると、隣からくいくいと控えめに袖を引かれた。

カイラが、いつものように感情の窺《うかが》えない無表情で、俺の顔を見つめていた。

「必要であれば、お使いください」

「……え？　そりゃどういう――」

困惑した俺の目に答えるように、カイラは自分の襟元を指でクイッと軽くずり下げた。

さっきのフィオ先輩を真似《まね》るように。

「いや、おまっ――」

「不実崎《ふみさき》さん」

その時、エヴラールが目の前に立ち、冷たい目で俺を見下ろした。

「今度は人のメイドに手を出すつもりですか？」

「俺から言ったんじゃ――っていうか『今度は』って、まるで他に手を出してる奴《やつ》がいるみたいに――」

「王女ちゃんも交ざればぁー？　フィオはハーレムを許すタイプの女だよ！」

「わたしは許さないタイプの女ですが」

「おい！　当たり前のように彼女面すんなよお前ら！」

そんなんだから素直に喜びにくいんだろうが！

エヴラールは笑っていない笑顔を浮かべる。

「大層おモテになっているようで、羨ましい限りですね、不実崎さん」

「本当にそう思うか？　告白の一つもされずにただただ所有権だけ主張されるのって結構怖いんだが？」

「私の目が黒いうちは、幻影寮《げんえいりょう》をあなたのハーレムになどさせません。そんなことになったら――気を遣うじゃないですか！」

「自分のメイドの心配をしろよ！　それと俺の！」

「推理法以前に、あなたには探偵の何たるかを叩《たた》き込《こ》む必要があるようですね。立ってください。次は私と体術の訓練です！」

「おわあああーっ！」

立ち上がる間もなく投げ飛ばされながら、俺は差し迫る総合実技テストに思いを馳《は》せる。

こんな調子で良い成績を出せるか不安になるが——たぶん、エヴラール以上の強敵はいないはずだ。

俺も一度はこいつを倒した。だったら俺でもやれるはずだ。

でなければ、いつまで経《た》っても届かない。

あの悪の化身——〈終末《おわり》の種〉のソポクレスには。

「気をつけろー、王女ちゃーん。どさくさ紛《まぎ》れにおっぱい触ろうとしてるぞー」

「してねえよ！」

「隙あり！」

……本当に大丈夫か？

2　学園頂点会議

「おまた～♪　自主練が長引いちゃってさぁ～」

吹尾奈《ふいおな》が手を合わせながら扉を開けると、部屋の奥に座る長い黒髪の少女が苦笑を口元ににじませた。

「君がそんな殊勝な努力をするはずがないだろう。大方、いたいけな後輩をからかって遊んでいたんじゃないかい？」

「さすが〈黒幕探偵〉、名推理じゃん」

恋道瑠璃華《れんどうるりか》に答えながら、吹尾奈は室内を見渡した。

通常教室棟の最上階にある会議室だ——部屋の中央には長方形の簡素なテーブルが置かれており、その周囲に七つの席が設けられている。

しかし、七つの席のうち、埋まっているのはたった一つだった。

「なぁんだ、全然集まってないじゃん。フィオ、めちゃくちゃ真面目じゃない？」

「他の面々は例によって出張中だよ。サボり魔の君と一緒にしないであげてくれたまえ」

「えー？　フィオは最近、先輩らしく後輩を指導してるんですけどー？　サボり魔って言ったらもっとエグイ奴《やつ》がいるじゃん」

『それは誰のことかなあ～？』

突如として、二人のものとは異なる、甲高い少女の声が響き渡った。

吹尾奈はその発生源を探る。すぐにわかった。声の元は、テーブルの上に置かれた一台のノートパソコンだ。

瑠璃華が手を伸ばし、そのノートパソコンをくるりとテーブルの内側に向けると、そこには長い前髪で片目が隠れた３ＤＣＧの美少女が映っていた。

３Ｄ美少女は敬礼のようなポーズをとり、星のエフェクトを撒《ま》き散《ち》らす。

『あなたのおかげですみっこぐらし！　不登校系探偵VTuber、影端《かげはし》すみかですっ！　こんみか～☆』

「…………………」

吹尾奈《ふいおな》は兄がエロ本を読んでいるのを見つけてしまった妹のような冷たい目でノートパソコンを見やりながら、その斜向《はすむ》かいの椅子に座る。

「よりによって唯一来てるのがこいつとか……何の地獄？」

『つれなくない？　吹尾奈ちゃ～ん。たった二人の同期じゃん！』

「うるさいよバ美肉！　配信外でそのノリ、痛いと思わないわけ？」

『これが影端の地声だもんね～！』

「そもそも設定に合ってないじゃん、そのテンション」

『設定って何？　影端は家から一歩も出ないで事件を解決する、新時代の天才美少女探偵なんですけど～？』

相変わらずの設定詠唱にうんざりして、吹尾奈は相手をするのをやめた。

彼女――いや、彼こそはシャーロック・ランク第6位、〈不在探偵〉影端すみか。

数多《あまた》存在する探偵VTuberの中でもトップクラスの存在感を誇る配信者で、その理由は来歴にあった。吹尾奈と同じく、1年生のうちにシャーロック・ランクまで駆け上がった英才であり、しかもそれを一度も学園に登校せずに達成してしまった史上唯一の人間でもあるのだ。

ボイスチェンジャーを使って少女のふりをしている男であることは本人が公言しているが、それでは実のところ、彼がどこの誰なのか、本名は何というのか、その真実は学園の上層部しか知らない。

「ねえ会長、こんなのだけで大丈夫？　今日は〈総実〉に向けての会議だよねぇ？」

吹尾奈がノートPCのすみかを指さしながら言うと、瑠璃華《るりか》がまたも苦笑をにじませ、

「君に心配されるようではわたしも焼きが回ったね――大丈夫だよ。欠席者の中からすでに三人分、わたしのところに票が届いている。今日は簡単な確認だけで済むよ」

シャーロック・ランクを含む一部の生徒は、総合実技テストへの参加を免除されている。代わりに監督官としてテストを管理する立場になるのだ。

そのために今日は、シャーロック・ランクの生徒たちが召集されていたのだった。

「簡単な確認だけ、ねぇ」

吹尾奈が椅子の背もたれに体重をかけながら言う。

「本当に大丈夫かなぁ？　今年も一部では使うんだよねぇ、ＨＡＬＯシステム。金神島《かながみじま》みたいなことになったらだるいんだけどぉー」

「学園が管理者のシステムであんな事態にはならないよ。使われたかどうかもログを見れば即座にわかる」

〈ＵＮＤｅＡＤ〉の成立によって、探偵関連の科学技術は少なくとも10年程度は早回しになったと言われている。その最たるものがＨＡＬＯシステムだ。

あれほどの性能を誇るホログラム生成AIが、一体どういうアルゴリズムで動いているのか、一体どんな学習モデルを使っているのか、実はその詳細は一切公開されていない。探偵界最大のブラックボックスの一つなのだ。

しかしながら、管理権限を学園が握っている以上は、金神島《かながみじま》のような暴走を許す可能性は少ない。あれは大江団三郎《おおえだんざぶろう》という一個人が強大すぎる力を持ってしまったがゆえの悲劇だったと、瑠璃華《るりか》は言っているのだろう。

『総実、まずは1年生からだっけー？』

すみかが話を戻した。

『気になるな～、今年は誰が勝つんだろ～？』

「決まってんじゃん。王女ちゃんに対抗できる1年なんていないよ。ほとんどがミステリーオタクに毛が生えたくらいのレベルなのに、一人だけB階梯《ティアー》のガチ勢が交じってるんだからさ！」

「強いて言うなら君の可愛《かわい》い助手クン、というわけかい？」

「そゆこと～♥　でも助手クンもキツいかなー。今回のルール、超苦手そうだし～」

瑠璃華はくすくすと笑い、

「寮の後輩が優秀で羨ましい限りだけれど、油断していて大丈夫かな？　思ってもない伏兵がいるかもしれないよ。能ある鷹《たか》は爪を隠すというからね――いわんや探偵をや、だ」

『……ん？　それってて？』

すみかの疑問に、瑠璃華はお決まりの意味深な微笑《ほほえ》みで答える。

「君たちは知っているかな？　あのプールの密室を巡って争われた最終入学試験——あの事件の完全解答者が、不実崎未咲《ふみさきみさき》君と詩亜《しあ》・E・ヘーゼルダイン君以外に、三人存在するということを」

3　水分《みくまり》の継承者——Side: 音夢《おとゆめ》カゲリ

——どうしてこうなった。

「なるほど！　そのカップの汚れにそんな意味があったのか！」

「さすが音夢さん！　悔しいけど、まったく気づかなかった……！」

エリート然とした頭の良さそうなクラスメイトたちに囲まれながら、あたしは自信満々な笑みを内心必死で取り繕う。

あたし、音夢カゲリ。

真理峰《まりみね》探偵学園1年2組、出席番号5番。

ランクはゴールド。これって1年生の1学期のランクとしては結構高い方みたい。ほとんどの生徒がブロンズから始まって、優秀な人でもせいぜいシルバースタート。そこから3ヶ月《かげつ》かけてワンランク上げるのかやっとっていうのが普通らしい。

そんな中、約2ヶ月でブロンズからゴールドまで一気に上げたあたしは、今やクラスでも一目置かれる存在だ。全国から集まった秀才たちが、揃《そろ》いも揃ってあたしの推理に感心し、その着眼点を褒めそやす。あたし、なんかやっちゃいました？

——どうしてこうなった。

こんなはずじゃなかった。もっと静かに、地味に、コツコツと、身の丈に合った探偵を目指すはずだった。こんな超大型ルーキーみたいなポジションとは、誰よりも縁遠いはずだった。

なのに。

「ほんと頭いいよね～！　カゲっちって！　わたし馬鹿だから尊敬するわ～！」

「ははは、は……」

ギャルの墨野《すみの》さんにキラキラの笑顔を向けられて、あたしはカラカラの笑顔をどうにか保つ。

もう一度問おう。

どうしてこうなった？

昔から、自分の名前が嫌いだった。

自慢じゃないけど、その他大勢に埋もれることにかけて、あたしの右に出る人間はそうそういない。運動も、勉強も、何をやっても平均で、うすら寒いくらいに抜け出ることがなく、第二次性徴を経た今となっては身長やバストのサイズまで全国女子の平均に収斂《しゅうれん》してしまったこのあたしが、こともあろうに何と名乗っていると思う?

音夢《おとゆめ》カゲリ。

もう一度言おう――音夢、カゲリだ。

VTuberか。

地味な自分に見合わない煌《きら》びやかな名前が嫌いなのか、煌びやかな名前に似合わない地味な自分が嫌いなのか、もはやそれすらも判然としないくらい、そのコンプレックスはあたしの奥底に根付いていた。

名前という記号と、あたしという実像のギャップ。

これから一生、こんなしょうもないコンプレックスに苛《さいな》まれて生きていくのかなぁ。なんだかそれって、あたしの人生までしょうもなくなっているみたいで、釈然としないよなぁ……。

そんなことを悶々《もんもん》と考えた末に、ついに一念発起した。

この派手な名前に見合う自分になろうと。

歌でも歌うか、楽器でも始めるか、それこそ配信者にでもなってみるか――いろいろと考えてみた結果、探偵だったら、地味で平均で存在感が薄いというたった一つの特技を活《い》かせるかもしれないと考えた。

ダメで元々、人生で一回くらいは挑戦をしてみるべし。そうして、えいやと真理峰《まりみね》探偵学園を受験してみた結果、これがなんと合格。

もちろん合格ラインギリギリだったけど、今まで成功という成功も失敗という失敗もできなかったあたしのことだ、あの探偵学園の敷居を跨《また》げただけでできすぎなくらいだと考えて、ブロンズからコツコツと頑張っていくつもりだった。

だけど——入学からおよそ1ヶ月《かげつ》。

あの殺人事件が起こって、あたしは早くも自分の足りなさを痛感した。

総合体育館のプールで起きた殺人——後になって最終入学試験っていう模擬事件だったってわかったけど、この時はまだ本物の殺人事件だと思っていた。

本物の殺人。

本物の人の死。

今までの人生で一度だって関わってこなかったそれに、喜び勇んで参加していく周りの生徒たちを見て、あたしとは違うなぁ、と思ってしまった。

知識でもなく、賢さでもなく……根本的な、精神性が。

あたしは恐ろしくて、とても捜査しようなんて気にはなれなかった。周りの空気に乗り切れず、だけど一人だけ置いていかれるのは嫌で、意味もなくクラスメイトの後をついていく、まさにモブの鑑《かがみ》と言えた。

あたしが所属する1年2組の中で、あたしの気持ちをわかってくれたのは、墨野《すみの》さんくらいのものだった。

「みんなよく捜査とかするよね～。怖くないんかな～？」

墨野カンナさんは、いかにも賢そうでスマートな、全国模試2桁くらいです、みたいな人たちがスタンダードのこの学園においては珍しい、見るからにギャルな女子だった。

珍しさで言えば、たぶん工業高校の女子くらいだろう。行ったことないけど。

勉強や推理についても得意そうには見えず、代わりに有り余るコミュ力を使ってみんなの士気を上げる、生粋のムードメーカーだった。

「わたし馬鹿だから難しいことはわかんないけどさ！　みんなで一緒に考えればわりとなんとかなんじゃない？」

クラス合同の実技授業での、それが彼女のお決まりのセリフだった。

とても探偵には向いていそうに見えないのに、どうしてこの学園に入学したのか不思議だったけれど、それはあたしだって同じこと。だからこそあたしは、彼女に勝手な共感を抱いていた。

だからあの時も――クラスの輪を一人こっそりと抜けていく墨野さんに、あたしだけがたまたま気がついたのだ。

一人でどこに行くんだろう……？

殺人犯がまだ校内をうろついているかもしれないんだし、孤立するのは危ない。だけど他のクラスメイトは議論に夢中で、そのことに気がついた様子がなかった――そしてあたしは、その高度な議論（のようにあたしには思えた）に水を差す勇気がなかった。

結果として、あたしだけで墨野さんを追いかけることになったのだ――

その判断が、あたしの人生を狂わせた。

墨野《すみの》さんが一人で向かったのは、事件が起こった総合体育館だった。どことなく話しかけづらくてあとを追いかけていると、彼女はトレーニングルームの用具倉庫の中に入っていった。

『現場保全中』の張り紙のある扉を、遠慮がちにそっと開く。

すると埃《ほこり》っぽい倉庫の奥に、墨野さんが膝を折り畳んでしゃがみこんでいた。

何をしてるんだろう……？

見てはいけないものを見てしまったような感覚。

さりとて、見なかったことにはできないような感覚。

そうした感覚が、いかにもあたしらしく中途半端に、部屋に入るでもないちょうど境界のところで、あたしの足を止めていた。

そんなあたしを、

「音夢《おとゆめ》さん」

墨野さんが、振り返りもせず呼んだ。

「ドアを閉めて。あまり人に見られたくないの」

元気で明るく軽い、いつもの墨野さんの声じゃない。

冷たく静かで、張り詰めた糸のような繊細な声だった。

あたしが言われるままに倉庫の中に入り、静かにドアを閉めると、墨野さんは「こっちに来て」と、やっぱり繊細な声で言う。あたしはわけがわからないまま、しゃがみこんだ背中に恐る恐る近づいた。

「えっと、墨野さん……？　だよね？　なんか雰囲気が……」

「そんなことより、これを見てくれる？」

墨野さんが覗《のぞ》き込《こ》んでいるのは、プラスチックのカゴだった。ダンベルとかのトレーニング器具が、きっちり整頓されて収まっている。

あたしは中腰になってそれを覗き込みながら、

「これがどうかしたの……？」

「このカゴには空きがある。おそらく、凶器のダンベルはこのカゴから持ち出された」

「え？」

困惑するあたしをよそに、墨野さんはカゴの底に収まっているダンベルを指さす。

「持ち出されたのは10キロのダンベルが5個。重さからして、他の器具の上に置かれていたとは考えられない――こんな風に、底の方に敷き詰められていたはず」

「えっと……それが……？」

「わからない？　犯人はこのカゴの底からダンベルを引っ張り出した後、カゴの中身をわざわざ綺麗《きれい》に整頓して元に戻したの」

確かにそういうことになるけれど。墨野さんが何を言おうとしているのか、あたしにはてんでわからなかった。

「殺人事件の犯人は、余計な手間を挟まない」

墨野《すみの》さんは当たり前の事実を語るように言った。

「殺人事件というとびっきりの仕事には、余計なことをしている隙間はない。こんな風に、ひっくり返した箱の中身を綺麗《きれい》に元に戻す、なんてことは――あまりにも、不経済だわ」

その時、墨野さんは、ようやく私の方に振り返る。

顔立ちも、化粧も、変わっていないはずなのに、まるで別人のようだった。

人懐っこい笑顔はなりを潜め、代わりにあるのは知性がきらめく怜悧《れいり》な無表情。

あたしはそれを知っていた。

ニュースや動画で何度も見た――探偵の表情。

「音夢《おとゆめ》さん。あなたはこれをどう思う？」

「え？　えっと……几帳面《きちようめん》な人だったのかな、とか……」

「そうね。でもこういう風にも考えられる――こんな整理整頓をする余裕ができるくらい、人手が余っていた、って」

あたしがその発言の意図を理解する前に、墨野さんは膝に手をついて立ち上がる。

「このことは他言無用でお願いできる？　まだ目立つわけにはいかないから」

「す、墨野さん……。あなたは、一体……普段のキャラは演技だったの？」

「ああしておけば、誰もわたしが『水分《みくまり》』だとは思わないでしょう？」

水分――

聞いたことがある。日本でただ二人しかいないS階梯《ティアー》探偵の一人の名前が、確か――

「わたしの本当の名前は水分神無《かんな》――水分・〝カミヅ〟・神悟《しんご》の長女で、水分家の嫡子」

墨野さん――いいや、水分さんは凛《りん》と名乗りを上げ、そして何の取り柄もないあたしに、こう告げたのだ。

「不経済だから単刀直入に言うわ。音夢さん――あなたにはわたしの代わりに、名探偵になってほしいの」

Q・なんであたしにそんなことを頼むんですか？

「あなたが、白紙の状態だからよ。余計な知識も、技術もない。わたしという探偵を表示させるには、あなた以上の人材は存在しない……」

「あなたしかいないの。……引き受けてくれる？」

……まあ引き受けちゃうよね。

こんな美人さんに、こんな風に頼まれちゃったらさ。

こうしてあたしは、水分さん――神無ちゃんのマリオネットになった。

呼び方は、普段は『墨野さん』、二人の時は『水分さん』と呼び分けようとしたんだけど、本人が「呼び間違えるかもしれないから下の名前でいいわ」と言うので、こういう運びになった。なんだかちょっと照れくさいので、結局普段は『墨野さん』で通している。

神無ちゃんが推理をして、あたしがさも自分が考えたようにみんなに語る――そんな薄氷を踏むような二人羽織を、およそ2ヶ月《かげつ》。

もちろんあたしだって躊躇《ちゅうちょ》はあった。

そんなことして自分の評価を上げたって、結局自分の力じゃないわけだし、毎月振り込まれるDYが多少増えるからって、結局みんなを騙《だま》してもらったお金なわけだし。肝が小さいあたしには、あまりにも荷が大きい役割だった。

でも……誰かに使われることはあっても、誰かに頼られることはなかったあたしにとって、この異様に頭のいい女の子と協力して一人の名探偵を演じることは、これが意外と楽しいことだった。

神無《かんな》ちゃんについて回って現場検証をするのも、解決篇《へん》に向けて二人で打ち合わせを重ねるのも、なんだか秘密の共同作業って感じで――場違いかもなあと思っていた探偵学園が、前よりずっと楽しくなった。

神無ちゃんは、あたし一人じゃ絶対に見られない世界を見せてくれた。

クラスのみんなを騙しているちょっとした罪悪感は、その楽しさに埋もれてしまっている――これからも神無ちゃんの活躍を見ていたい。そのためならあたしもちょっとは頑張っていける気がしていた。

そして、現在――7月。

めっきり暑くなった通常教室棟の廊下を、あたしは歩いている。

ここ数日、校舎内にはどこか緊張感が漂っていた。理由は言うまでもない、総合実技テストが目の前に迫っているからだ。

この探偵二人羽織を始めて、初めての大舞台。

今日は放課後に、その打ち合わせをするって話だったんだけど……神無ちゃんの姿が見えない。どこに行ったんだろう？

1年の教室がある2階から始まって、3階、4階とその姿を探し、5階に上がる階段の途中で薄《う》っすらと旋律が聞こえてきた。

ピアノの音……。

5階の端っこにある音楽室から、綺麗《きれい》なピアノの旋律が聞こえてくる……。あたしはあたかもそれに誘われるかのように、廊下を歩き、音楽室の扉を開いた。

神無ちゃんが、鍵盤の上でなめらかに指を躍らせていた。

普段のギャルっぷりとは打って変わって、静謐《せいひつ》な雰囲気——曲はなんだろう。クラシック……？　少なくとも運動会で聞いたことはない。

あたしが扉のところで立ち止まり、黙ってそれに聞き入っていると、神無ちゃんは最後の一音を余韻を持って響かせ、ゆっくりと鍵盤から指を離した。

あたしは小さく拍手をして、座ったままの神無ちゃんに声をかける。

「すっごくうまいね。習ってたの？」

「……ピアノと将棋は、水分《みくまり》家伝統の手習いだから。みんなできるわ」

どういう組み合わせ？　探偵一家って謎だなあ……。

神無《かんな》ちゃんは椅子から立ち上がると、窓辺に移動して背中をもたれさせる。

あたしはそこに近寄って、

「総合実技テストの打ち合わせ……だよね。何か目標でもあるの？」

「あなたには、最低でもプラチナランクに上がってもらうわ」

例によって単刀直入に、神無ちゃんは言った。

「プラチナにならないと、〈クラブ〉の参加資格が得られないから——夏休みの間から行動を開始するには、このタイミングでランクを上げないと間に合わない」

「〈クラブ〉……？　この学園に部活なんてあったの？」

「探偵学園の〈クラブ〉は普通の部活とは違うわ。社交クラブみたいなものと考えて」

みたいなものと考えて、と言われましても、一般庶民は社交クラブとやらが実際なんなのかを知らないのですが。聞いたことはあるけど……。

「生徒同士が横の繋《つな》がりを作って、情報を交換したり、斡旋《あっせん》所には出てこない依頼を斡旋したりするの。プラチナやダイヤくらい高ランクになると、斡旋所でいい依頼が出てくるのを待つだけじゃなかなかレーティングをあげられなくなるから」

なるほど……。レーティングは高くなればなるほど上がりにくくなる仕組み。美味《おい》しい依頼を選んで受けていかないと上のランクには行けないんだ……。

「音夢《おとゆめ》さん、あなたにはとある〈クラブ〉に入ってほしい」

「それが……神無ちゃんの目的？」

「その通過点といったところね」

謎めいた言い方をする神無ちゃんに、あたしは思い切って疑問を投げかける。

「最終的に、神無《かんな》ちゃんは何がしたいの……？　その〈クラブ〉にあたしを入らせて……何をさせたいの？」

神無ちゃんはしばらく黙って、あたしのことを見つめていた。

またはぐらかされるかな……。でも、あたしたちは運命共同体なのだ。最終目標を共有してもらいたいと言ったって、バチは当たらないはずだ。

「……そうね。あなたには話しておくべきかもしれない。どうやら口は固いようだし」

「えっ？　……も、もしかして、今までの2ヶ月《かげつ》間、あたしが秘密を守れるタイプかどうか見定めてたの？」

「当然でしょう。探偵は慎重に慎重を重ねるものよ」

もうすっかり信用してもらってるものだと思ってたのに……ちょっとショックだ。

「兄を探してるの」

神無ちゃんらしく、余計な前振りもなくすっぱりと、最終目標が明かされた。

「お兄さん……？　どうして？」

「何年か前に家出して行方不明になったのよ。でも、この学園に通ってることがわかったから……」

「会いたいんだ？　お兄さんに」

神無ちゃんはむっと唇を結んで、すっと目をそらした。

「……そういうわけではないわ。このままでは面倒な家を継がされてしまうから、本来の跡取りに戻ってきてもらいたいのよ」

「ふーん？」

「何？　その何か言いたげな顔は」

お兄ちゃんに会いたくて――神無ちゃんもやっぱりあたしと同じ女の子なんだ。２ヶ月も一心同体だったのに、初めてそれを実感した気がして、あたしはちょっと嬉《うれ》しかった。

「それじゃあ頑張らないとね、総実！　大丈夫だよ、神無ちゃんなら誰にも負けやしないって！」

「それはルールによるわ」

「ちょっ、出鼻挫《くじ》かないでよ～」

たとえどんなルールであれ、あたしは神無ちゃんこそが最高の名探偵だと思っている。あの〈探偵王女〉――ヘーゼルダインさんですら、きっと神無ちゃんには敵《かな》わない。実際、最終入学試験では、神無ちゃんの方が早く真相に気がついたんだから！

その時だった。

あたしと神無ちゃん、両方の生徒端末が、同時に通知音を発した。

「「！」」

取り出してみると、ロック画面に一つのウィンドウがポップアップしている。

【1年生1学期総合実技テスト　ルールについてのお知らせ】

4　孤高の思考者――Side: 東峠絵子《とうとうげえこ》

物心つく前から、私という人間は好奇心の塊だったらしい。

何かを見るにつけ『あれ何?』『これ何?』と聞いて回り、周りの大人たちを疲れさせていたという。小学校に上がってからもその好奇心は尽きることなく、周りの女子が人形やアニメに夢中になっている間に、私は野に繰り出して、未《いま》だ見ぬ何かを探す冒険の旅に出発していた。

それに巻き込まれて、冒険のお供Aとなっていた面倒《めんど》くさそうな顔の男の子――それが隣の部屋に住んでいた丑山界正《うしやまかいせい》だった。

界正のパッと見の印象は、『物静かなガリ勉くん』である。だけど界正が冒険の途中で口にする言葉が面白くて、私はいつも無理やり、彼の手を引いて走り出していた。

そうして、近くの山に二人で入った時――事件が現れたのだ。

最初は足だった。次第に膝が見えて、腰が見えて、全身が見えた。

木漏れ日に照らされた茂みの中で、その死体は横たわっていた。

うつ伏せだった――私は最初、スナイパーが茂みの中で隠れているのかと思った。でもよく見ると、呼吸はしていないし、そばの私たちにも反応しないし、何より、首に一本の縄が巻きついていた。その縄は近くに落ちていた折れた枝に繋《つな》がっていて、少し前までこの人がどういう状態にあったか、すぐに想像することができた。

首吊《くびつ》り死体——縄を巻きつけていた枝が折れて、地面に落ちただけの。

それがわかっても、当時小学生の私には事態の深刻さがよく飲み込めなかったけれど——あるいはそれ以上に場違いだったのが、丑山界正という男だった。

「ありえないな」

と、界正は言ったのだ。

「首吊り死体だとしたら、どうして背中がこんなに汚れてるんだ」

——構造的にありえない。

そう、界正は呟《つぶや》いた。

後に私たちから話を聞いた親から警察に連絡が行って、事情聴取を受けたり、ちょっとした騒ぎになったんだけれど、その死体は結局、よくいる自殺者の一人ということになって、事件らしい事件にもならず解決した。

けれど、今の私ならわかる。

首吊り死体が落下して地面にうつ伏せの状態になった——それだけだったら、背中があんなにも土で汚れているはずがないのだ。

例えば、何者かに押し倒されるとか、そういうことがない限り、あんな汚れができるはずがないのだ。

日本の警察は優秀で、現代の科学捜査から逃れられる犯罪者はほとんどいない。けれどその能力と技術が、この世すべての事件に振り分けられるわけじゃない——それでもただ一人、丑山界正《うしやまかいせい》という少年だけは真実に気づいていて、そしてそれをいつもの面倒《めんど》くさそうな顔で黙殺したのだった。

その以前から、私は探偵に憧れがあった。

好奇心を持て余した子供なら誰もが思い描くポピュラーな夢だ。だけどその事件があった時から、本当に探偵にふさわしいのは誰なのか、子供ながらに理解した。

丑山界正こそ、名探偵になるべき人間だったのだと。

だって言うのに、その後の界正ときたら、よくわからない研究に入れ込んで、私ともあまり遊ばなくなってしまった。その研究でいくつも論文を発表して、天才少年として話題になったんだからさすがだけれど、私としては寂しく思うのをやめることはできなかった。

そのくせ——中学3年生の、進路を決める段になって、いきなりこんなことを言うんだから。

「真理峰《まりみね》探偵学園に行く。……絵子《えこ》、君も行くんだろう?」

……もう、諦めてたのに。

界正は研究者になる道をあっさりと捨てて、探偵になると言い出したのだった。

「日本の研究者は研究費の確保に忙殺されて、ゆっくりと思考に没頭することができない。それだったら探偵の方がいくらかマシだ」

趣味は考え事だと、昔から界正は言っていた。

その趣味を仕事にするために、彼は進路を選んだのだ。

とっくに忘れていた幼い憧れと褪《あ》せない期待。それが急に復活したのを見て、私も腹を決めた。

私は——私たちは、探偵になる。

冒険の旅を、これからも続けるのだ。


「あーもう、またいなくなって……」

私はブツブツと呟《つぶや》きながら、通常教室棟の裏庭に出る。

放課後になってもしばらくは多くの生徒で賑《にぎ》わう裏庭だけれど、日も傾きかけたこんな時間は、さすがに閑散としている。あいつ好みの静かな自然だけがその場に残っていた。

もう何度も生徒端末で電話をかけているが、応答がある気配はない。ったくあいつはいつもこれだ。これじゃあ端末を持っている意味がない。私は仕方なく、いくつか把握しているあいつのサボり場の一つ、裏庭の端にある東屋《あずまや》に向かった。

案の定あいつは、東屋の長椅子に寝っ転がって、夕空を眺めていた。

今時そんな風に黄昏《たそがれ》る奴《やつ》があるかと言いたくなるけど、あれがあいつにとっては、一番思考に没頭できるスタイルらしい。

「——界正！　待っててって言ったじゃん！」

私は抗議しながら、その仏頂面を覗《のぞ》き込《こ》む。

界正《かいせい》は一切起き上がる気配を見せないまま、目だけを私の顔に向ける。

「待ってただろう。ご覧の通り」

「その場で待っててって意味に決まってるでしょうが！」

「だったら、ちゃんとそのように定義しておいてくれ」

昔は私に連れ回されていた界正が面倒《めんど》くさそうな顔をしていたけど、今度は私が面倒くさそうな顔をする番だった。

「あんた絶対モテないよ」

「胡乱《うろん》な推論だな。因果関係を明らかにしてくれないか」

「そういう言い方をするからだよ！」

女子に嫌われる喋《しゃべ》り方《かた》しかできんのかこいつは。

この学園が似たような喋り方をする男子の宝庫だから安心してるんじゃなかろうな。

まあ今はこいつの遺伝子の心配をしている場合じゃない。私は界正を見つけたらしようとしていた話をすることにした。

「ねえ、生徒端末見た？」

「見てない。考え事をする時は電源を切ってる」

「やっぱりね。出たよ、総合実技テストのルール」

私は自分の端末を取り出すと、その画面を界正の顔面に突きつける。

界正はそれをちらりと一瞥《いちべつ》して、

「ふうん」

「興味を持て！　1学期の成績がかかってるんだよ！」

「国家探偵資格を取るのに必要なのはこの学園の卒業だ。退学さえしなければいい」

今の界正のランクは確かゴールドで、腹が立つことにシルバーの私よりも高い。確かにこのテストで相当サボらなければ退学ラインを割ることはないと思うけれど、どうしてこうこいつは向上心というものがないんだろう。

本気を出せば、同じ1年生の誰よりも優秀なはずだ。

それこそ、あの〈探偵王女〉や犯罪王の孫よりも……。

私は昔からじっとしていられない性分で、そして優秀なのにその優秀さを役立てない奴《やつ》を見ると黙っていられない性分だった。

そっちがその気なら、こっちだって考えがある。

あんたの手を引いて山に分け入った、あの時のように――

「ねえ、界正。やる気がないならないでいいからさ……」

中学生のうちにいくつもの論文で学会を驚かせた神童。

誰よりも私がその凄《すご》さを知っている、近くて遠い幼馴染《おさなじ》み。

あんたが名探偵であることを――私にどうか、教えてほしい。

「デートしようよ。それだったらいいでしょ？」

【1年生1学期　総合実技テスト　ルール（1／3）】

・7月10日から7月16日までの7日間、9時から19時までの間に、本校周辺の一定エリア内で起こる模擬事件をできるだけ多く解決すること。

・解決者には難易度に応じた解決ポイントが与えられる。

・獲得した解決ポイントは毎日19時に集計され、その後20時、獲得量が多い順に50名までランキングが公表される。

・また、ランキングとは別に、獲得ポイント量に応じて偏差値が計算され、テスト期間終了時点の偏差値によってレーティングポイントが変動する。

・解決ポイントはランキングと偏差値を決定する他に、後記するスキルを取得するために消費することもできる。

・テストに使用するエリアは生徒端末のマップアプリを参照のこと。

5　妄執の復讐者《ふくしゅう》——Side: 穂鶴黎鹿《ほづるれいか》

小さい頃、探偵王の姿を見たことがある。

何の催しだったか？　どうだっていい。父親に連れられてそれを見に行った僕は、群衆の隙間からその姿を垣間見《かいまみ》て、大いに感動した。

知性が閃《ひらめ》く瞳、高貴さが溢《あふ》れ出《で》た佇《たたず》まい、歩いた道すら輝いて見える。
あれがすべての探偵の——いや、世界の頂点に立つ存在。

いずれ僕は、あれになる。


憧れではなかった。それは理解だった。

幼心に、僕は僕の能力を知悉《ちしつ》していた。記憶力はカメラ並み。聴力はレコーダー並み。

そして知能は、同年代の誰よりも明敏だ。

僕は天才だった。

日に日に、その確信を深めていた。

「——犯人はキミだよ、不実崎《ふみさき》クン」

推理を語る、そのたびに。

誰かが僕を褒める。誰かが僕を敬う。誰かが僕を畏れる。

この僕が、穂鶴黎鹿が、ただそこに存在するだけで。

人が、謎が、足元にひれ伏す。

僕は僕という存在がそういうものなのだと、生まれながらに知り、生きているだけで証明した。小学校の探偵係。史上最年少での刑事事件解決。〈神童探偵〉という異名。肩書きも実績も後からついてきた。

僕が——僕こそが、名探偵。

万民の上に立つべき、叡智《えいち》の権化。

——なのに。それなのに。

どうして僕じゃなくて、お前がそこにいる？

『本宮篠彦《もとみやしのひこ》ッ!!　お前が犯人だ!!』

最終入学試験では譲ってやった。

あの血のついたブラウスを見つけた時点で狂言殺人であることは明白だったが、愚鈍なクラスメイトどもに教えてやる義理はない。秘密裏に回答を提出して良しとし、選別裁判《セレクト》で目立つ役はお前にくれてやった。

だが、その後も、世界の中心にいたのはお前だった。

あの島の事件が、本当にリアリティショーだったのか、それとも本物の事件だったのか、そんなことはどうだっていい。その中心にいたのがお前だったということが問題なんだ。

探偵王女。有名科学誌に論文が載った天才中学生。同年代に次々と現れた神童たちによって、僕の異名はいつしか〈早熟探偵〉に変わっていた。

それでも、あの時は。

僕が探偵で、お前が犯人だったんだ。

それは変わらないはずだろう——不実崎未咲《ふみさきみさき》。

今更どの面を下げて、探偵を名乗る？

探偵は僕だ。僕の称号だ。
決してお前のものなんかじゃない！
……記憶力はカメラ並み。聴力はレコーダー並み。
屈辱も消えることはない。
キミに同じ思いを味わわせ、僕の足元にひれ伏せさせない限りはね……。

【1年生1学期　総合実技テスト　ルール（2／3）】
・**模擬事件の捜査に参加するには、生徒端末に所属クラス、出席番号、名前を名乗り、顔認証を行う必要がある。**
・模擬事件への参加申請時、すでにその事件が他の生徒によって捜査中だった場合、『協力』か『競争』のどちらかを選ぶことができる。
・『協力』を選び、先行して捜査中の生徒から合意を得られた場合、その生徒とパーティーを形成し、捜査に参加することができる。
・模擬事件の回答権はパーティーごとに付与され、間違えるごとにペナルティとして解決ポイントが減少する。これによって解決ポイントが0になったパーティーはその事件の捜査権を失う。
・パーティーの中の誰か一人でも事件の解決に成功した場合、解決ポイントをパーティーメンバーで等分する。この際、小数点以下を四捨五入で計算する。

・『競争』を選んだ場合、解決ポイントはより早く解決したパーティーの総取りとなる。
・難易度ごとの解決ポイントは次の通りとする。
難易度A～B：事件ごとに設定
難易度C：20ポイント
難易度D：5ポイント
難易度E：3ポイント
難易度F：1ポイント

「どうだい？　攻略法でも思いついたかい？　名探偵！」

端末に送られてきた通知を見て考え込んでいた僕に、化野粧《あだしのめかし》が長い前髪越しに、好奇心の強そうなくりくりした目を向けてくる。

顔を上げてみれば、教室に集合した20人以上のクラスメイトたちが、託宣を待つ信者のように期待を込めた目で僕の顔を見つめていた。

僕は薄く微笑《ほほえ》み、彼らに告げる。

「注目すべきは、模擬事件をパーティーで解決した際の項目だね。『解決ポイントをパーティーメンバーで等分する。この際、小数点以下を四捨五入で計算する』——このルールは錬金術の種になる」

「錬金術？」

「例えば、難易度Dの5ポイントを6人で解決した場合を考えてみればいい。5÷6≒0.83……四捨五入で一人頭1ポイント。6人合計で6ポイントになる。一人で解決した場合に比べて、総合的に1ポイント得しているんだ」

「「「おおっ!!」」」

クラスメイトたちは表情を輝かせて歓声を上げる。

この程度、一読すればすぐにわかるだろうに……。自分の脳みそを使うことを忘れた衆愚の典型。真実が与えられるまで口を開けて待っていることしかできない家畜どもだ。

しかし、だからこそ役に立つ。

この3ヶ月《かげつ》、僕はこの1年1組を自分の手足とすることに心血を注いできた。その甲斐《かい》あって、**今や僕の言葉に疑念を抱く生徒は誰もいない……**。

「このテストはチームワークが鍵になるだろう。テスト中は6人1チームを基本として動く。それでいいね？」

「異議なし！」「さすが穂鶴《ほづる》くん！」「確かにそうすれば余裕だよな！」

安心しきった顔で口々にそう言うと、クラスメイトたちは解散して教室から去っていく。

僕はその背中を見送り、しばらくの間、机に腰を下ろしてルールを読み返していた。

探偵は、この程度の攻略法で油断しない。必ずまだ何か隠されているはずだ。

そのせいで気づかなかったのか？

不意に、背中から声をかけられた。

「上手に手なずけてやがるなぁー」

僕は弾《はじ》かれたように机を飛び降り、背後を振り返った。

最後列の席に、制服をだらしなく着崩した野卑な男が、机に足を乗せて座っていた。

僕はそいつを知っている。

「……前城《まえじろ》？　どうしてキミがここに……？」

「つれねーこと言うじゃねえか。俺だって1年1組の仲間だぜ？」

心にもないことを宣《のたま》って、前城冥士《ヘヴン》はくつくつと笑う。

およそ探偵学園という場所には似つかわしくない、時代遅れの不良そのものの男。しかし**この男は紛《まぎ》れもなく、この1年1組の生徒だった。**

「6人1チームで動く、ね。確かにそれが最高効率だろうなぁ。で、お前はどうすんだ？」

「……というと？」

「何かしらお前だけが得をする構造を考えてんだろうが。5人チームを作らせてその全部に自分が入っちまえばポイントを荒稼ぎできちまうなー、とかよー」

……鋭い奴《やつ》め。こいつはいつもそうだった。探偵志望にしては野蛮すぎるくせに、他人に対する洞察だけは異様に働く……。そのせいでこいつだけは、僕の支配下に置くことができなかったのだ。

「だとしても、キミには関係のない話だ」

「そうだなあ。俺は勝手にやるだけだ。でも穂鶴《ほづる》よう、お前、なんでそんなに生き急いでんだ？　お前の能力がありゃ、こんな洗脳みたいな真似《まね》しなくたってそこそこいいとこまで行けると思うがなぁ」

「決まっている。僕こそが探偵だからだ」

規定事項を、僕は告げる。

「詩亜《しあ》・E・へーゼルダインも、丑山界正《うしやまかいせい》も……そして、不実崎未咲《ふみさきみさき》も。何人たりとも、この僕の上にいてはならない。探偵とは頂点にして終点だ。これ以上はなく、これ以後もあってはならない――事件には、ただ僕がいればいい」

「大した自信だ。それとも妄執か？　そうであったはずだっていう――」

僕は少し眉をひそめると、前城から視線を切って教室の出入り口に向かった。

好きに囀《さえず》っていろ。それに耳を傾けてやる義理はないがな。

「穂鶴ぅー！」

声だけがしつこく、僕の背中を追いかけてくる。

「誰をボコしたところで、てめえが上等になるわけじゃないんだぜぇー！」

――うるさい。

僕が求めているのは、罰だ。

犯罪王の孫のくせに――僕に追い詰められた犯人のくせに、探偵を僭称《せんしょう》している、罰。

思い出すがいい。

お前は僕の足元に泣いて這《は》いつくばり、罪を告白して許しを請う……そんな十把一絡《じっぱひとから》げの、路傍の石のような存在だって。

今に思い出すがいいさ、不実崎《ふみさき》ぃ……！

6　烙印《らくいん》の抵抗者と偶像の継承者――Side: 不実崎未咲《みさき》

幻影寮《げんえいりよう》のちゃぶ台に総合実技テストのルールを表示したタブレットを置いて、俺、エヴラール、カイラの三人がそれを覗《のぞ》き込《こ》んでいた。

「模擬事件の解決数勝負……思ったよりもシンプルでしたね」

「てっきりデスゲームみたいなことをさせられるのかと思ってたぜ」

「助手クンは安心してる場合じゃないんじゃな～い？」

フィオ先輩だけはまるっきり他人事《ひとごと》の態度で、畳の上に寝そべって漫画を読みながらポテチを食べていた。

「推理の正確さと速さが求められるテストじゃん。これって誰かさんの課題じゃなかったっけぇ？」

「うぐ……」

その通りだ……。正直俺は、このテストでエヴラールほどの活躍をする自信がない。尤《もつと》も、そんな自信があったことは今まで一度もないが。

エヴラールはにやにやと笑って、俺の顔を覗き込む。

「仲間に入れてあげてもいいですよ？　不実崎さん。どうやら何人かでチームを組んだ方が、総合的には得するようですからね」

「ここぞとばかりにマウント取りやがって……。ポイントの四捨五入を利用した錬金術ってやつか？　別にそれ自体に文句はないが、実際のところ、どの程度の難しさの事件が起こるのか、よくわかってねえんだよな、俺。それによっちゃソロの方が効率がいいんじゃねえか？」

「難易度評価は〈ＵＮＤｅＡＤ〉と同じ基準でしょ～、たぶん」

　パリパリとポテチを食べながらフィオ先輩が言った。

「今まで助手クンたちが解決した事件で言うと、最終入学試験――あのプールの事件が難易度Ｃ。入学式の事件が難易度Ｄで、トリック特定だけなら難易度Ｅ、って感じだったと思うよ～」

「あの学園ぐるみの事件が難易度Ｃ？　マジっすか？」

「難易度ＣとＢの間には『単独解決の壁』があるからね～。どれだけ難しい推理が要求されても、探偵一人で解決可能だったら難易度Ｃで頭打ち。逆に大した推理は要求されなくても、単独で解決不可能だったら難易度Ｂ以上になる。例えばこの前の金神島《かながみじま》の事件は難易度Ｂ評価だったと思うよ～」

「ちなみに、〈マクベス〉全体で言うと難易度Ａ評価のようです。一般には公開されていませんが」

【〈ＵＮＤｅＡＤ〉式・事件解決難易度評価】
難易度Ｓ：解決不能
難易度Ａ：組織的な捜査が必須
難易度Ｂ：探偵複数人での捜査が必須
難易度Ｃ：複雑な推理が必要
難易度Ｄ：複数段階の推理が必要
難易度Ｅ：簡単な推理が必要
難易度Ｆ：調べればわかる

「王女ちゃんは最終入学試験で、フィオが犯人っていう推理を固めるために丸一日使ったでしょ？　ってことは、優秀な探偵でも一日かかるくらいの事件が難易度Ｃって考えとけばいいんじゃない？」

「なるほど……。ポイント的にもそんなところですね」

難易度Ｃの解決ポイントは20ポイント――それが一日分。一つ下の難易度Ｄが５ポイントで、これが一日に四つ解決できる計算だとすると、なるほど納得はいく。その難易度に相当する入学式の事件は、実際２～３時間程度で解決できた。

「となると……難易度Ｄの事件は結構発生しそうだな」

この場にいる1年生は三人。

この三人で組むとすると、1ポイントの難易度Fと3ポイントの難易度Eでは、協力したとしても四捨五入の錬金術で得することはできない。パーティープレイのメリットが生じるのは難易度D以上だ。

「ポイント稼ぎの上では難易度Dが一番美味《おい》しそうですね」

「ゲーマーらしい考え方だな、エヴラール。でもパーティー戦術にはデメリットもあるぞ」

「そうですね。総合的には得をしていても、短期的に多くのポイントを貯《た》めるのが難しい——三人で組めば、当然一人一人の獲得ポイントは三分の一になるわけですから」

「そうなると、スキルを取るのがちょっと面倒になる」

俺はタブレットをスワイプして、このテストで最も重要となるであろう、スキルの項目を表示させた。

【1年生1学期・総合実技テスト　ルールについて（3／3）】

・解決ポイントを消費し、任意のスキルを取得することができる。

・スキル取得によって消費した解決ポイントは、ランキングと偏差値に反映されない。

・スキルはさらなるポイント消費によって強化することができる。ただし、その詳細は一段階前のスキルを取得していなければ表示されない。

・スキルを使用できるのは、9時から20時までの間である。

・初期状態でポイント消費によって取得できるスキルは次の通りである。

〈サーチスキル〉――取得費用：５ポイント
半径50メートル以内に事件が発生すると音を鳴らして通知する。

〈カメラスキル〉――取得費用：10ポイント
屋内の監視カメラ映像にアクセスすることができる。対象は過去１日の映像まで。模擬事件に関係する建物のみ。

〈鑑識スキル〉――取得費用：10ポイント
指紋や掌紋、および血痕の検出、筆跡鑑定が可能になる。

〈移動スキル〉――取得費用：５ポイント
自転車が使用可能になる。

〈連絡スキル〉――取得費用：５ポイント
テスト用ＳＮＳを解禁する。使用できる機能は投稿《ポスト》、返信《リプライ》、評価《いいね》、拡散《リポスト》のみ。

〈裁判スキル〉――取得費用：０ポイント

20ポイント以上の任意のポイントを消費することで、半径10メートル以内にいる生徒に〈第九則の選別裁判《ヴァン・ダインズ・セレクト》〉を挑むことができる。

相手から合意を得た場合、消費ポイントと同量のポイントをお互いに賭け合い、裁判に勝利した方が総取りとなる。

合意を得られなかった場合、消費ポイントから10ポイントを差し引いたポイントがスキル使用者に返還される。

また、ポイント以外に所有スキルを賭けることもできる（詳細は後述）。

「これらのスキルが重要な役割を果たすのは間違いねえよな……。でも、例えば５ポイントのスキルを取るためには、本来は難易度Ｄの事件を一つ解決するだけでいいのに、三人で組んだ場合は三つも解決する必要がある」

「ルールを見た限りだと、ポイントを他人に譲渡する機能はありません。裁判スキルを使えば疑似的に可能そうですが、このスキルを使うには最低でも20ポイント必要です」

「テスト開始時――特に１日目には使えそうにねえな」

「ええ。スキル取得競争で遅れを取る可能性はあります」

難しいところだ……。例えばこの〈サーチスキル〉ってやつは見るからに重要そうだが、それを１日目に取得することで、一週間もあるテスト全体にどんな影響を及ぼすかわかったもんじゃねえし。せめて強化後のスキル効果がわかったらな……。

「……いずれにせよ……」

ずっと黙って話を聞いていたカイラは、細い指であるスキルを指さした。

「パーティーを組むのならば、この〈連絡スキル〉は必要になるのではと思われます。なにせ、生徒端末を含むスキル以外での通信機器の使用は、禁止されていますから」

尤《もっと》もだ。俺は改めて、テスト期間中における禁則事項の項目を読み直した。

【総合実技テスト期間中における禁則事項】

・スキルで許可されたものを除く、生徒端末を含む通信機器の使用。

・**他の生徒への変装、なりすまし行為。**

・他の学年の生徒から助力を得る行為。

・暴力行為。その他公序良俗に反する行為。

・法律、法令、条例などに反する行為。

・本校または監督官に対し、不適切であることが証明された行為。

・**これらの行為が発覚した場合、所有する解決ポイントとスキルをすべて没収する。ただし、それが2回目の違反だった場合は、直ちにテスト失格とする。失格した生徒はテスト終了まで謹慎処分とし、寄宿舎で待機することとする。**

テスト期間中、俺たちの生活の生命線ともいえる生徒端末は、マップ、カメラ、DYの決済機能を除いて、ほとんどすべての機能がロックされるらしい。

調べ物一つするにしてもネットを頼れず、なんと図書館に通うしかないそうだ。それが嫌ならポイントを消費してスキルを取れ、というわけだ。

「そうですね……。連絡手段がなければ連携を取るのも難しくなってしまいますし。DM機能もないSNSというのが気になりますが……」

「SNSってことはやり取りしてる情報が筒抜けってことだろ？　そんなもん連絡ツールとして使えんのか？」

「暗号を用いればなんとか。カイラ、用意できますか？」

「普段使いのものがまだいくつか」

本職の探偵はやっぱちげえな。準備の量も経験値も違う。

「…………よし、決めた。組もうぜ、エヴラール、カイラ」

「別にこっちはあなたをパーティーに入れるとは決めてませんが」

「おい!?　そういう流れだっただろ！」

「とりあえず、志望理由を聞かせて頂きましょうか？」

偉そうに腕を組みながら、にやにや笑うエヴラール。

こいつ性格悪《わ》りぃ……。

「……なりふり構ってられねえなと思ったんだよ。このテストが俺の苦手分野なのは事実だ。自分で克服しなきゃいけないのはわかってるが、目の前の勝ち馬をわざわざ見逃すほどいいご身分じゃねえのもわかってる。苦手克服の機会を作るためにも、まずは取れる限りの最善の策を取るべきだと思ったんだよ」

そして、これは本人には言わねえが……プロであるエヴラールの仕事を間近で見ることで、俺の今の課題を克服するヒントが得られるかもしれないと思ったのだ。推理の瞬発力と正確性、そして記憶力――俺の知る限り、それらでエヴラールより優れている人間は存在しないからな。

エヴラールは目を閉じてうんうんと頷《うなず》くと、

「まあ嫌だとも言ってないので別にいいんですけど」

「おい！」

「私としても人手は必要ですしね――思うに、このテストの序盤の立ち回りで重要なのは、いかに素早く強化後スキルの情報を入手するかです。それにはソロでポイントを伸ばすよりも、パーティーでポイントの総量を増やすことが必要です。その方がたくさんスキルを取得できて、いろんな強化後スキルの情報が手に入りますからね」

「それがわかってんならなんで面接始めたんだよ……」

「恋愛リアリティーショーの告白タイムみたいで面白いなと思って」

こいつ余裕だな……。そりゃそうか。推理のスピードでこいつの右に出る1年生なんかいない。このテストは、こいつにとっちゃお遊びみたいなもんだ。

それにどこまで食らいつけるか。

俺はこのテストで、自分の殻を破る必要がある……。

「ごめんね～。上級生は手伝えないルールだからさぁ～」

甘えた声でそう言いながら、フィオ先輩がゴロンと俺の膝の上に寝転がってきた。

「今回は何もできないや～。……でも、よしよしくらいはしてあげるよ？」

「……ありがたいっすけど、いらないっす」

「よしよ～し♥」

「人の話を聞け！」

伸ばされてくるフィオ先輩の手を押し返す。この先輩は俺が嫌がることしかしねえな！

フィオ先輩は楽しそうににやにや笑いながら、なぜかエヴラールとカイラの方を見た。

「他のみんなは自分のテストで手一杯だろうしぃ……フィオが慰め担当になってあげないとね？　でも、よしよししてあげてるうちに、何か起こっちゃったら怖いなぁ～……♥」

いつも通り無駄に意味深な言い方に、エヴラールはいつも通り呆《あき》れた顔をして、カイラはいつも通り冷たい無表情を貫いた。

するとフィオ先輩はさらに笑みを深くしながら、

「いいの？」

と二人に問いかけて、俺の首にぶら下がるように抱きついてきた。

「テストに必死になってるうちに――取っちゃうよ？」

エヴラールの反応は変わらなかったが——もう一人。

カイラの反応は、劇的だった。

無表情のまますっくと立ち上がると、俺のすぐそばまで歩み寄ってきて、そのまま言う。

「不実崎《ふみさき》さま——テスト当日は、わたしと二人で行動しましょう」

「……は？　な、なんで……？」

「わたしが共にいれば、暗号を覚える必要はありません。お嬢様には単独で動いていただいた方が、スキルの取得に必要なポイントも貯《た》めやすいはずです」

「な……なるほど……？」

理に適《かな》っているから頷《うなず》いたのか、無表情な顔から発する異様な迫力に頷かされているだけなのか、自分でもわからなかった。

「え……？　え？　か、カイラ？　それって私だけ仲間はずれ——」

「これが最善の布陣です」

主の不安そうな声を封殺して、カイラは俺の目を覗《のぞ》き込《こ》んだ。

「よろしいですね？」

「……は、はい……」

半ば強制的に頷かされながら、俺は一瞬遅れて、重大な事実に気づく。

カイラと二人っきりで街を歩き回るってことだよな？

それって——デートじゃね？

✣✣✣ Rule: 1

When the two meet to become detectives, the story begins.

・7月10日から7月16日までの7日間、9時から19時までの間に、本校周辺の一定エリア内で起こる模擬事件をできるだけ多く解決すること。

・解決者には難易度に応じた解決ポイントが与えられる。

・獲得した解決ポイントは毎日19時に集計され、その後20時、獲得量が多い順に50名までランキングが公表される。

・また、ランキングとは別に、獲得ポイント量に応じて偏差値が計算され、テスト期間終了時点の偏差値によってレーティングポイントが変動する。

・解決ポイントはランキングと偏差値を決定する他に、後記するスキルを取得するために消費することもできる。

・テストに使用するエリアは生徒端末のマップアプリを参照のこと。

・模擬事件の捜査に参加するには、生徒端末に所属クラス、出席番号、名前を名乗り、顔認証を行う必要がある。

・模擬事件への参加申請時、すでにその事件が他の生徒によって捜査中だった場合、『協力』か『競争』のどちらかを選ぶことができる。

・『協力』を選び、先行して捜査中の生徒から合意を得られた場合、その生徒とパーティーを形成し、捜査に参加することができる。

・模擬事件の回答権はパーティーごとに付与され、間違えるごとにペナルティとして解決ポイントが減少する。これによって解決ポイントが0になったパーティーはその事件の捜査権を失う。

・パーティーの中の誰か一人でも事件の解決に成功した場合、解決ポイントをパーティーメンバーで等分する。この際、小数点以下を四捨五入で計算する。

・『競争』を選んだ場合、解決ポイントはより早く解決したパーティーの総取りとなる。

・難易度ごとの解決ポイントは次の通りとする。

■難易度A～B：事件ごとに設定
■難易度C：20ポイント　■難易度D：5ポイント
■難易度E：3ポイント　■難易度F：1ポイント

・解決ポイントを消費し、任意のスキルを取得することができる。

・スキル取得によって消費した解決ポイントは、ランキングと偏差値に反映されない。

・スキルはさらなるポイント消費によって強化することができる。ただし、その詳細は一段階前のスキルを取得していなければ表示されない。

・スキルを使用できるのは、9時から20時までの間である。

・初期状態でポイント消費によって獲得できるスキルは次の通りである。

〈サーチスキル〉――取得費用：5ポイント
　半径50メートル以内に事件が発生すると音を鳴らして通知する。

〈カメラスキル〉――取得費用：10ポイント
　屋内の監視カメラ映像にアクセスすることができる。対象は過去1日の映像まで。模擬事件に関係する建物のみ。

〈鑑識スキル〉――取得費用：10ポイント
　指紋や掌紋、および血痕の検出、筆跡鑑定が可能になる。

〈移動スキル〉――取得費用：5ポイント
　自転車が使用可能になる。

〈連絡スキル〉――取得費用：5ポイント
　テスト用SNSを解禁する。使用できる機能は投稿(ポスト)、返信(リプライ)、評価(いいね)、拡散(リポスト)のみ。

〈裁判スキル〉――取得費用：0ポイント
　20ポイント以上の任意のポイントを消費することで、半径10メートル以内にいる生徒に〈第九則の選別裁判〉を挑むことができる。
　相手から合意を得た場合、消費ポイントと同量のポイントをお互いに賭け合い、裁判に勝利した方が総取りとなる。
　合意を得られなかった場合、消費ポイントから10ポイントを差し引いたポイントがスキル使用者に返還される。

【総合実技テスト期間中における禁則事項】

・スキルで許可されたものを除く、生徒端末を含む通信機器の使用。

・他の生徒への変装、なりすまし行為。

・他の学年の生徒から助力を得る行為。

・暴力行為。その他公序良俗に反する行為。

・法律、法令、条例などに反する行為。

・本校または監督官に対し、不適切であることが証明された行為。

・これらの行為が発覚した場合、所有する解決ポイントとスキルをすべて没収する。ただし、それが2回目の違反だった場合は、直ちにテスト失格とする。失格した生徒はテスト終了まで謹慎処分とし、寄宿舎で待機することとする。

【第一章】——デートときどき殺人事件

SHERLOCK ACADEMY

KYOSUKE KAMISHIRO and
SHIRABII PRESENTS

詩亜・E・ヘーゼルダイン

〈探偵王女〉

PROFILE

Logic.

第一章　デートときどき殺人事件

1　女子との会話はそれだけで事件——Side: 不実崎未咲《ふみさきみさき》

総合実技テスト1日目——朝。

幻影寮《げんえいりょう》の玄関先で、半袖の白のブラウスにプリーツスカート、そしてニーハイソックスというういつもより活動的なファッションで身を固めたエヴラールが、憤懣《ふんまん》やる方なく頬《ほお》を膨らませていた。

「……ふんだ。いいですよーだ。どうせ私はお邪魔《じゃま》虫ですし。二人っきりでデートを楽しんできたらいいじゃないですか」

「わかりやすい拗《す》ね方《かた》すんなよ。いろいろ検討した結果、やっぱりこれが一番効率いいってことになったんじゃねえか」

「そうです。学校が用意した模擬事件くらいカイラがいなくても私一人で余裕ですし。そもそも探偵になった時点で恋愛禁止みたいなものですし。全然寂しくなんかないですし！」

つーん、とそっぽを向くエヴラール。出会った頃の気品はどこへやら、もう完全に、親にほっとかれて拗《す》ねた末っ子って感じだ。

「不実崎《ふみさき》さんなんて、どうせまともに女性経験がないんですから、カイラの地雷を踏んで蛙化《かえるか》されてしまうに決まってます。おしぼりで顔をゴシゴシ拭き始めるとか！」

「おっさんかよ！　俺だってデートくらい……デートくらい……」

「残念でしたね、不実崎さん。もう当日ですから、事前に私で練習しておくという展開には持ち込めませんよ？」

「考えもしてねえ！　このくだりに交ざりたすぎだろ！」

エヴラールは膨れっ面のまま、たったかと石畳を小走りして門の方に向かいつつ、

「それでは私は先に行きます。わかってますよね？　私がサーチスキル、あなたがカメラスキルですからね！」

「わかってるって。分担して取るんだろ」

「カイラにフラれたら私のところに来てもいいですからね！」

「寂しがりすぎだ！　健気《けなげ》ぶってしっかりと友達の男狙ってる女かお前は！」

何度もこっちを振り返りながら、エヴラールは門の外へと出ていった。

可哀想《かわいそう》だと思わなくもないが、たぶんあいつがいると俺とカイラはポイントのおこぼれをもらうだけになっちまうからな。あいつに頼って寄生プレイをするとどんな調子の乗り方をするかわからない。

それからしばらく待っていると、背後の玄関がガラリと開いた。

「お待たせいたしました」

振り返ると、そこにはメイドのメの字もないカイラがいた。

白い半袖のシャツの上に臙脂色《えんじいろ》のキャミワンピを重ね着した、街でよく見るファッションだが、その幼い感じがカイラにはよく似合っていた。片手には小ぶりな白いバッグがあり、その存在が少しだけ、大人っぽさを目指す背伸びを感じさせる。

デートコーデだった。

変に大人っぽくしすぎていないのが逆にちゃんと考えてきた感を覚えさせ、湖の水面のように動かない無表情の裏に隠された努力を、俺に想像させる。

やべえ、ドキドキしてきた。

大事なテストだってのに、見とれてる場合かよ。

「おはようございます、不実崎さま」

「お、おう……おはよう」

「…………………」

カイラは急に無言になって、じっと俺の顔を見上げてくる。

なんだ？　何の時間？

5秒ほど経《た》って、俺はようやく気がついた。

感想か？　服の感想を言った方がいいのか？

それからさらに5秒をかけて、俺は恐る恐る、ひねりだした言葉を口にする。

「え、えーと……いつもよりもその……か、可愛《かわい》い服だな」

「ありがとうございます」

すかさずそう答えて、カイラはさらに俺の顔を見つめる。

喜んでる……のか？　それともおかわりを求められてるのか？　ど、どっちだ……？

「それでは参りましょう」

俺が迷っている間に、カイラはすっと歩き出した。

おかわりじゃなかったらしい。ってことは喜んでた……んだよな？

女子、むずい。

なんで事件も起こってねえのに推理させられてんだよ。

2　試着室の密室――Side: 不実崎未咲《ふみさきみさき》

マップアプリの表示によると、テストに使用されるエリアは千代田《ちよだ》区の北部と文京《ぶんきょう》区の南部を大部分カバーしていた。

厳密に言うと、千代田区からは俺たちの生活圏である神田《かんだ》や秋葉原《あきはばら》の電気街、その西の飯田橋《いいだばし》。文京区からは秋葉原の西に隣接する湯島《ゆしま》、東大がある本郷《ほんごう》の南部、そして東京ドームシティがある後楽《こうらく》である。

テストエリアの北西にある東京ドームシティは、その名の通り東京ドームのそばにあるエリアで、遊園地と巨大ショッピングモールが合体したような場所だ。カップルだろうが家族連れだろうが来る者を選ばないが、俺みたいな貧乏人はさほど足を運ぶ場所じゃない。

ＤＹが使えるって話は噂《うわさ》に聞いてたんだが、まさか、カイラと二人で来ることになるとは……。ジェットコースターのコースが大蛇みたいに屋上を跨《また》いでいるクソデカ商業施設を眺めながら、俺は予想外の現在に思いを馳《は》せた。

「……確かに、これだけでかくて人の多い場所なら、別にテスト中じゃなくても事件の一つや二つ起こってもおかしくなさそうだなあ」

「真っ先に確認すべき場所かと存じます」

俺の呟《つぶや》きに、カイラはしれっと言った。

いや……デートだよな、やっぱり……。

遊ぶのにも買い物をするのにもこれほど不自由しない場所は、この辺りには他にない。デートと言われたら真っ先に思いつくような場所だ。

俺は今、テストにかこつけてデートに連れ出されている。

それは取りも直さず、カイラの俺に対する好意を証明する事実であり――

「…………………」

――そうは見えねえんだけどなあ、この無表情を見ると。

カイラの気持ちについては、前々から明に暗にアピールされ続けていたし、俺も今更知らないふりをするつもりはない。でも……やっぱり前にフィオ先輩に言われた通り、人としっかり関係を作るのが苦手なんだろうな、俺は。カイラがどうしてこんなにも好意を向けてくれるのか、それがどうしても気になってしまうのだ。

最終入学試験で、エヴラールに対する感情で、を助けたから？

エヴラールに対する感情で、エヴラール俺に共感したから？

理由はいくつか考えられるが、『本当にその程度で？』と疑ってしまう自分がいる。

俺は幼い頃から引っ越しを繰り返し、そのたびに人間関係をリセットしてきた。そもそも生まれのせいでろくに友達もできなかったからか、誰かと関わって生きていくという感覚が希薄だ。いわんや、恋人なんて――欲しいと思ったことさえない。

恋。

恋愛。

フィオ先輩やロナに対する態度にも透けている。俺の人生には最初から――そんな概念、実装されていないと思っていた。

俺が恋愛だって？

犯罪王の孫である、俺が――？

「参りましょう、不実崎《ふみさき》さま」

カイラにくいっと控えめに袖を引かれ、俺はジェットコースターが絡みつく巨大商業施設――ラクーアエリアに向かう。

東京ドームシティは用途に応じていくつかのエリアに分かれていて、**例えば隣のアトラ**

クションズエリアにはその名の通り遊園地のアトラクションや、ほぼヒーローショー専用のシアターなどのキッズ向け施設が揃《そろ》っている。

　ラクーアエリアは買い物用の区画といったところか――その割にはメリーゴーランドとかウォータースライドとかが併設されているが。

「うわ……この世すべてのチェーン店が揃ってんじゃねえの、ここ」

　館内マップを見て俺は思わず呟《つぶや》く。飲食店にしろアパレルショップにしろ、見たことのある名前がずらり……。ない店を探す方が早そうなくらいだ。

「さすが東京はスケールがちげえな……」

「不実崎さまは、東京のご出身ではないのですか？」

「東京に住んでたこともあるけど、地方に住んでたこともあるし……出身地らしい出身地がないんだよな、俺」

　それが〈記憶の宮殿《マインドパレス》〉の形成の妨げにもなってるわけだが。

「同じですね」

　カイラは感情の窺《うかが》えない声で呟く。

「わたしも……出身地らしい出身地がないのです」

「孤児院の子供が集まって一緒に探偵修行をしてたんだっけ？」

「はい。わたしの場合、物心ついた時には。ですので、どこで生まれたのか覚えていないのです」

エヴラールは出身の孤児院の名前をミドルネームに残している。だがカイラはそうではない。カイラ・ジャッジ。それが彼女を示す記号のすべて。

「それじゃあお前も、〈記憶の宮殿《マインドパレス》〉を作るのに苦労したんじゃねえの？」

「空間を覚えるのは得意な方ですので」

「そうだった……」

こいつは寮の中の家具の配置や収納の中身、道具の位置などを丸ごと頭の中に入れているのだ。イメージ空間を作るのはむしろ得意な部類だろう。

「どんな感じなんだ？　お前の〈記憶の宮殿《マインドパレス》〉は」

「何度か拡張をしているので一言で説明するのは難しいですが、ベースはアメリカにあるスティーヴンさまの邸宅です」

「拡張？」

「記憶をあちこちに当てはめているうちに部屋が足りなくなってまいりますので。ですので、最初からこういうショッピングモールなどを〈宮殿〉としてしまうのも一つの手です」

俺は立ち並ぶショップの数々を見やる。確かにこういう場所なら部屋が足りなくなるってことはなさそうだ。

「ちなみに、不実崎《ふみさき》さまとシャワールームで会った時の記憶は、1階にあるわたしの部屋の枕の下に仕舞《しま》ってあります」

「なんでそんな重要そうな場所に仕舞ってあんだよ！」

とっくの昔に使われてそうな場所だろ！

「もちろん、重要な記憶ですので」

「うっ……」

恥ずかしげもなく言いやがる……。俺はなんとなく気まずくなって目をそらしつつ、

「何に使うんだよ、そんな記憶……」

「申し訳ありませんが、わたしにも羞恥心がありますので」

「それを言う時点で恥ずかしがれよ！」

冗談……だよな？　フィオ先輩じゃあるまいし、さすがにこんなに平然と下ネタぶちかましてくるわけないよな？

「……そ、それより、どこかあてはあるのか？」

俺はこの話題から逃げた。

「事件が起こりそうな場所っつってもピンとこねえよな。怪しげな洋館でもあったらまた話は別だが」

「ひとまず、服を買おうと思っています」

「服？」

事件が起こりそうな場所はどこだって話をしたんだが、普通に買い物の目的地を答えられた。

カイラは研磨された石みたいに揺らぎのない瞳で俺を見上げて、

「本日はひとまず無難なコーディネートでまとめましたが、好みに合わせることも重要と考えますので、その調査を」

「……こ、好みって……？」

「不実崎《ふみさき》さまの」

「…………………」

……ぐ、ぐいぐい来る～……。

もうちょっと建前とかねえの？


無数に並ぶアパレルショップの中から、学生の身の丈にあっていそうなカジュアルめのショップを選んで、中に入った。

カイラは次々とラックから服を取り出すと、自分の肩に当てて「これはどうですか？」「こちらはどうでしょう？」と俺の意見を聞いた。

女子の服の良《よ》し悪《あ》しなんてわからねえけど、俺の好みの調査とはっきり言われている以上は適当に答えるわけにもいかず、俺なりに似合っていると思ったものを選んで、カイラを試着室へと送り出した。

「ふう……」

試着室の前にあるスツールに腰掛けて、俺は息をつく。

あの無表情を差し引いても、こうもストレートに好意を突きつけられると、ちょっとたじろいでしまう。俺の経験が浅い証拠なんだろうが、世の男女は本当にみんなこんな工程を踏んでカップルになってんのか？　異世界の文化を垣間見《かいまみ》たような気分だ。

　カイラのペースに流されていたら、大事なテストの最中だってことを忘れちまいそうだ。ここは浮かれすぎず、きっちりと気を引き締めて——

「——これはどう？　界正《かいせい》！」

　二つ隣の試着室が開いて、中にいた女子が、俺と同じくスツールに座っている彼氏（？）に勢いよく尋ねかけた。

　彼氏の方は手元の本から一瞬だけ視線を上げると、

「いいんじゃないか」

「全然見てないでしょ！　もうちょっと考えろ！」

「どうせ他人の後押しが欲しいだけなのだから、時間をかける必要はないだろう」

「あるわ！　こちとら見てほしくておしゃれしとんじゃい！」

「見てほしいのか？」

「逆になんだと思ってた!?」

　彼氏が激詰めされている。

　あれが未来の自分の姿かと思うと身体《からだ》の震えを止めることができなかった。

　果たして俺はうまく感想を言えるのか……。今のうちに案を練っておいた方がいいのかもしれない。まだ一瞬たりとも実物を見ていないが。

俺の前にある試着室のカーテンに、内側から褐色の指がかかった。俺の番が回ってきたのだ。緊迫感がピークに達し、俺の全身に緊張が漲《みなぎ》った、その時だった。

「――きゃひゃあっ！」

絞った喉からこぼれたような、か細く甲高い悲鳴が、左の方から聞こえてきた。

反射的にそちらを見ると、一人の女性客が、カーテンが開いた試着室の中を見ながら尻餅をつくところだった。

「あ……ああ……！」

全身がプルプルと震えた、その尋常ではない様子から、俺はすぐに悟る。

事件か！

俺は弾《はじ》かれたようにスツールから走り出し、女性が見ている試着室の中を覗《のぞ》き込《こ》んだ。

女の人が――倒れている。

狭い試着室の中に、胎児のように背中を丸めて――

それだけなら、貧血か何かで倒れたという線もありえただろう。

しかし、**その女性の腹部には、じんわりと赤いシミを広げた刺し傷があった。**

それを俺が確認した直後、ポケットに入れていた生徒端末からピリリリリ！　という警報めいた音が鳴る。

【事件遭遇通知――**難易度：E**〈試着室殺人事件〉】

【解決条件：犯人の居場所の特定】

【誤答ペナルティ：1ポイント】

【捜査に参加しますか？　Ｙｅｓ／Ｎｏ】

なるほどな。要領としては普段の緊急捜査訓練と変わらねえわけだ。

ってことはこの死体は、よくできた人形か、もしくはエキストラか――

「**靴が履きっぱなしになっていますね**」

脇の下からぬっとカイラが顔を出してきた。

俺はその姿を見てぎょっとする。

「おまっ……！　その格好……」

カイラは薄っぺらいタンクトップと太もも丸出しのミニスカートに着替えていて、健康的な褐色の肌を惜しげもなく晒《さら》していた。俺、こんな服選んだっけ……？

「サプライズです。いかがでしょう」

「う、うーん……」

この格好……どこかの先輩への溢《あふ》れんばかりの対抗心を感じる……。

エロい女の部屋着か、もしくは夏休みの小学生かといった露出度だった。フィオ先輩はあの背丈でも胸があるからエロくなるが、似たような身長でスレンダーなカイラが同じ格好をするとどっちかといえば……。

「と、とりあえず参加申請しようぜ？」

俺はまたしても逃げた。

模擬事件とはいえ、死体の前でする話じゃねえよな、うん。

俺とカイラは生徒端末に表示されたイエスボタンをタップし、内カメラに顔を映しながら名乗った。

「1年3組出席番号21番、不実崎未咲《ふみさきみさき》」

「1年3組出席番号12番、カイラ・ジャッジ」

顔認証と声紋認証をパスして、次に協力か競争か選択する画面が出る。協力を選ぶとカイラの名前が表示された。それをタップし、協力申請を送って承認されると、ようやく【捜査参加完了】の画面になった。

「これでいいみたいだな。……それで、靴がなんだって？」

話を元に戻される前に、俺は素早く事件に話題を誘導した。

「死体の足をご覧ください」

幸いにも、カイラも事件を優先してくれる。あぶねー。

「靴を履いたままです。通常、試着室を使用する時には靴を脱ぐのではないかと」

「まあ確かに基本はそうか。となると、この死体はどこかから運ばれてきたってことになるのか？」

「可能性はあるのではと」

俺は改めて、死体が倒れている試着室の中を見回す。

「……**壁にかけられたハンガーにタグのついた服がかかってるな**」

「被害者が自ら試着室を使用するつもりだったことを示す手掛かりですが、靴を履いたままであることと矛盾します」

「犯人の工作か……？」

カイラはしゃがみこむと、バッグの中から手袋を取り出して両手に着ける。それからその手を試着室の床について、被害者の刺し傷のあたりを検分した。

「……不実崎さま。この床の血痕、お見えになりますか？」

「ああ。……**擦れてるように見えるな**」

「死体が移動させられた痕跡です」

なら、ほぼ確定とみていいだろう。この被害者は実際には他の場所で殺され、それからこの試着室の中に運ばれたんだ。

「問題は、なぜ試着中に襲われたように見せかけられているのか、ですが」

「そりゃ営業中の殺人と見せかけるためだろうな。そうすれば――」

「――その間にアリバイを作っておくことができる、ですか？」

「そういうこった」

逆説的に言うと、

「被害者が殺されたのはこの店の営業時間内じゃない。試着室に運び込むシーンを見られるリスクのことも考えれば、もっと人のいない――営業時間の前なんじゃないか？」

「同意します。店員に事情聴取をすれば容疑者が絞れるのではと」

トントン拍子に話が進んだ。まあ難易度Eならこんなもんだろう——

「——素人質問で恐縮だが、その工作に意味はあるか？」

突然。

背後から、男の声が割り込んできた。

俺とカイラは振り返ると、そこにはさっき、彼女におざなりな感想を述べていた彼氏が立っていた。

そばにいた彼女の方が、慌てて彼氏の腕を引く。

「ちょっと界正《かいせい》！　初対面の人に失礼だって」

「何がだ？　僕は疑問を提示しただけだ」

「だけどさあ～……」

頭を抱える彼女。

話しかけてきた男は、線の細い感じの知的な雰囲気を帯びた奴《やつ》だった。知り合いで言えば本宮《もとみや》に近い雰囲気だが、メガネはかけていない。俺より少し背が高く、どこかぼんやりとした、自分の瞳の奥を覗《のぞ》いているような目が、浮世離れした印象を作っていた。

俺と同じくらいの歳《とし》に見えるが、大学の研究室が似合いそうな奴だった。大学行ったことねえけど。

「あんたも学園の生徒か？」

俺が尋ねると、教授っぽい男は思い出したようにポケットから生徒端末を取り出し、

「そういえば参加申請が必要なんだったか」

「まだルール曖昧なの？　興味がないことは全部これなんだから……」

彼女の方が溜《た》め息《いき》をつき、俺たちに向けて手を合わせる。

「ごめんね？　参加させてもらってもいい？　取り分減っちゃうけど……」

こっちは面倒見のいい委員長タイプって感じだ。背はちょっと低めだが、短めの髪が活発な印象を与える。学校に一人はいる、生徒にも気さくな若い先生みたいな雰囲気だな。

「俺は構わないぜ。初《しょ》っ端《ぱな》からバチバチするのは疲れる。減るのもせいぜい1ポイントだしな。カイラは？」

「わたしも構いません」

俺たちは答えると、二人は自分の端末に向けて名乗りを挙げた。

「1年4組出席番号3番、丑山界正《うしやまかいせい》」

「1年4組出席番号18番、東峠絵子《とうとうげえこ》」

丑山界正に、東峠絵子……他のクラスの人間と喋《しゃべ》るのはこれが初めてかもしれない。

「4組って言うと……ロナが編入したクラスか？」

「え？　不実崎《ふみさき》くん、あの子の知り合いなの？　……もしかして、君もあのお姫様の取り巻き……？」

「いやいやいや、ちょっと顔見知りなだけだって」

「あー……そういえば、あの番組に一緒に出てたんだっけ。ごめんごめん。あの子が編入してからクラスに変な派閥ができちゃってさあ。特に女子がピリついちゃってんの」

ＭＩ６のエージェント様は、どうやら着々と地盤を整えているらしい。女子に嫌われてんの、案の定すぎるだろ。

「そんなことより」

と、丑山が冷たい視線を試着室の中に投げた。

「犯行時刻が営業時間前だという推理には、軽々には首肯しかねるな」

「……なんでだ？　死体が移動させられた痕跡と、営業中の犯行に見せかけた工作から考えれば、それが妥当なところだと思うが」

「妥当なものか——それはこれが模擬事件であることを前提とした推理だ」

「何だって？」

「これが模擬事件ではなく、実際の殺人事件であれば、これから警察が到着し、諸々《もろもろ》の証拠を採取——そして死体は解剖に回され、その死亡時刻がある程度割り出されるだろう。そうなれば、タグ付きの服をハンガーにかけておく程度の工作は意味をなさない」

「…………！」

その——通りだ。

警察の科学捜査の前では、死亡時刻を何時間も誤魔化《ごまか》すようなトリックは使えない……。

少なくとも死体そのものに何らかの細工が必要だろう。

「さらに言えば、犯行が開店前の早朝に行われたのであれば、こんな誰かが必ず使う試着室ではなく、もっと人目に触れない死体の隠し場所に運ぶことができたはずだ。僕はこの被害者が自分の意思で試着室に入り、その後に殺害されたものと考える」

「その場合、靴を履きっぱなしなのはどう説明する？」

「さあな。急いでたんじゃないか？」

投げやりな答えだが――筋は通っている。

例えば、被害者が犯人から逃げていたとしたら――それをやり過ごすために、土足で試着室の中に隠れるかもしれない。

「それと、そことそこの血痕が気になっている」

「そことそこ？」

「界正《かいせい》、それじゃわかんないって！」

東峠《とうとうげ》に言われて、丑山《うしやま》は面倒《めんど》くさそうに試着室の上の方を指さした。

「ハンガーラックと、その下の壁だ。壁の方はかなりかすかだが」

俺とカイラは振り返り、丑山が指さしたハンガーラックを注視する。

ハンガーをかけるための銀色の棒に、確かに、赤い血痕がある。拭き取られたような跡があるが、どうやら完全には拭い去れなかったらしい。

そのハンガーラックから、50――いや、60センチぐらい下か。奥の壁のそのくらいの高

さに、ほんの小さくだが、雨粒のような血痕が残っていた。こちらに拭き取られた跡はなく、どうやらこの血痕の存在に犯人は気づかなかったらしい。

「よくパッと見で気づいたな……。どっちもかなり薄いぞ」

「観察は思考の始まりだ」

　答えになってるんだがよくわからないことを言って、丑山は続ける。

「拭い去りきれないほどの血痕がハンガーラックに残っていることから考えるに、どうやら犯人は血のついた衣服か何かをあそこにかけたらしい。そこから垂れ下がった袖か裾が、奥の壁に接触して血痕を残したんだろう。犯人はなぜそんなことをした？　人一人殺した直後に、悠長に服の試着でもしていたというのか？　不可解だ——構造的にありえない」

　キレのある推理をする奴《やつ》だ——俺は金神島《かながみじま》で出会った探偵たちのことを思い出した。

「丑山、あんたにはわかってるのか？　この事件の真相が」

「いや、皆目見当つかない」

　あっさりとお手上げ宣言されて、俺はずっこけそうになった。

「しかも肝心の解決条件が『犯人の居場所の特定』と来ている。今のところ、その答えに繋《つな》がりそうな手掛かりは皆無だ。なかなか考え甲斐《がい》がある。ゆっくり楽しめそうだな」

「ゆっくりって……界正さあ。これテストだよ？　わかってる？」

「わかってるさ。中学までの筆記テストに比べればずいぶん面白い」

「学校のテストを面白いかどうかで判断してるの、あんただけだって……」

東峠《とうとうげ》が呆《あき》れた顔で首を振った。

探偵学園って場所はどこへ行っても奇人変人に行き当たるもんだが、どうやらこの丑山《うしやま》界正《かいせい》という男子は、その中でもとびっきりの人材のようだった。

「ひとまず関係者に話を聞いて、次を探そう。ここで首を捻《ひね》っていても詮がない」

「次？　この事件が解決してないのに別の事件を探すのか？」

俺が驚いて尋ねると、丑山は平然と答える。

「同時捜査は禁止されていない。幸い、枠はまだ四つ余っているんでな」

枠……？

謎めいた言葉について一切説明する気配なく、丑山は身を翻した。

それから俺たちは手分けしてこの店の店員に話を聞いたが、事件の解決に役立ちそうな情報は何も得られなかった。

そして丑山が口にした通り、一旦この事件の解決を棚上げにして、解散することになったのだった――

3　臆病か納得か――Side: 不実崎未咲《ふみさきみさき》

それから、俺とカイラは東京ドームシティを歩き回り、いくつかの事件に遭遇した。

――例えば、ドラッグストアの棚にいつの間にか現れた未知の薬品の謎。

――例えば、必ずひっくり返ってしまうウォータースライダーの謎。

――例えば、道端に丸まっていた猫が持っていた手紙の謎。

――例えば、観覧車のゴンドラに描かれた落書きの謎。

その他も些細《ささい》な事件ばかりで、殺人なんていう大仰な事件は、結局最初の試着室でしか起こらなかった。

そうして午前を過ごし、昼の14時頃になって、俺たちは遅めの昼食を摂《と》ることにする。

休憩するのも兼ねて、ゆっくりできそうなカフェレストランに入ると、向かい合わせに座ってメニューを眺めた。

「……ぬおー……学食に慣れすぎてどれも高く見える……」

「お出ししましょうか」

「しれっと貢ごうとすんなよ……」

「メイドとしての奉仕精神です」

「いや、金もらう側だろ、メイドは」

嬉《うれ》しいを通り越してちょっと怖くなってくる。こいつ、俺が女に飯代たかるような男でもいいのか？

大きめのピザを注文して二人でつまんでいくことにする。

カイラとは毎日食卓を囲んでいるが、普段はやっぱり、メイドとして一歩引いているような――というか、生活空間を管理する者としての責任感が前に出ている気がしていた。

しかしピザを咥《くわ》えて口からチーズを伸ばしているカイラは、メイドでもなければ家事奉行でもない、一人の女の子として俺の前に座っているように感じられた。

可愛《かわい》い……と、思う。

でもこの子とどうこうなろうっていうイメージが、俺の内からは湧いてこない。

俺が臆病だからか？

それとも……まだ彼女のことを、すぐに会わなくなる他人だと思っているのか……。

「不実崎《ふみさき》さま、チーズが」

「あ」

ピザの端から垂れ落ちたチーズが、俺の服の襟元にかかっていた。

それを見るや、カイラはハンカチを取り出す。

「じっとしてください」

カイラがテーブル越しに手を伸ばし、優しい手つきで襟元についた汚れを拭う。まるで母親に世話を焼かれているようで、俺はなんとなく気恥ずかしかった。

カイラの手が離れると、俺は思わず、その無表情に疑問を投げかける。

「なあ……なんでそんなに、俺を好きでいてくれるんだ？」

普通ならとんでもない勘違い発言。

しかしことりと小さく首を傾《かし》げる少女の瞳は、俺の言葉を否定していない。

「ダメですか？」

「ダメじゃない……。ただ、なんでだろうってさ。俺、お前に好かれるようなことしたか?」

もしかしたら、残酷な質問かもしれない……。俺が何か、好きになって当たり前のことをしていて、俺自身がそれをすっかり忘れてしまっているのだとすれば。

カイラは、手元に置かれた紅茶のカップに視線を落とした。

「明確なきっかけがなければ……いけませんか? 人が人を、好きになるのに」

「そういうわけじゃ……ないんだろうな、たぶん。俺が慣れてないだけだ。俺みたいな奴《やつ》が好かれるんだったら、それ相応の理由があるはずだって」

「納得できませんか――証拠がなければ」

そう言われて、俺は思わず苦笑した。

「おかしな話だな……。推理をしてるわけでもねえのに」

「不実崎さまは魅力的な方です。それに惹《ひ》かれるのは自然なことです」

「そりゃありがたい話だが……」

「どことなく悪ぶっているところも、案外面倒見がいいところも、程よく引き締まった身体《からだ》も、性的魅力に満ちていると思います」

「……なんかそういう言い方されるとちょっとあれだな」

性的魅力って。まあそういうことなんだろうけどよ。

「それに加えて……わたしはあなたと、同じですから」

「……同じ?」

「探偵に憧れ、探偵を目指し、探偵を諦め……」

磨かれたような瞳が、俺の顔を映す。

「そして今は……立ち向かっている」

……立ち向かっている、か。

確かに俺は、探偵になりたいわけじゃない。俺を取り巻く世界に立ち向かうために、探偵になる必要があるだけだ――

だから好きだと、……そう言われれば、確かに納得感はある……か。

なのになんで俺は、素直に受け入れられねえんだろうな――

――ピロリロリン！

突然、テーブルに置いていた生徒端末が音を放つ。

俺はその音に聞き覚えがあった。

これは、模擬事件の解決条件を達成した時の――

「なんだ……？」

今は特に何の事件も捜査していないはず……。解決条件を達成できる事件があるとすれば、それは――

俺は生徒端末の画面を見て、少しだけ目を見開いた。

【解決条件達成――〈試着室殺人事件〉】

【解決ポイント獲得：２ｐｔ】

4　スキル推理――Side: 不実崎未咲《ふみさきみさき》

俺とカイラは事件があった店に戻ってきた。

現場の試着室からはすでに死体がなくなっている――もう撤収したのだろう。だが依然としてキープアウトのテープが貼られ、現場保存はされているようだった。

丑山《うしやま》たちが事件を解決した。

通知が来たことからそれは確かなんだろうが、果たしてどうやってそれを成し遂げたのか、皆目見当がつかなかった。

ポイントは得られたが、このままだと奥歯に物が挟まったようで気持ちが悪い。

そういうわけで、俺たちはもう一度、現場の試着室を調べることにしたのだった。

「……パッと見、目新しいものはねえな」

テープの外から試着室の中を覗《のぞ》き込《こ》み、俺は呟《つぶや》く。

カイラが隣から同じようにしながら、

「肉眼で見つけられる限りの手掛かりは、もう発見しているのではないかと」

「今見えている分の手掛かりだけで事件を――犯人の居場所を突き止めたってのか？」

どこにそんな手掛かりがあった……？

考え込む俺に、カイラは生徒端末を取り出して言う。

「視点を増やしてみましょう」

「視点？」

「いくつかの事件を解決したことで、わたしも不実崎《ふみさき》さまも、すでに10ポイント貯《た》まっているはずです」

10ポイント――ああ、そうか！

「そういや、今日はそれが目的だったな、最初から」

「はい。スキルを取得して改めてこの現場を調査してみましょう」

俺はカメラスキル。カイラは鑑識スキル。10ポイントあれば、それぞれ取得できる。

俺たちは自分の端末を操作して、10ポイントを消費してスキルを取得した。

すると端末のホーム画面にアイコンが増える。どうやらこれがカメラスキルらしい。

そのアイコンをタップする。すると検索欄が現れたので、この店の名前を入力してみた。

「おっ、いけるぞ」

このお店のものと思《おぼ》しきいくつかの防犯カメラを選択できる画面になった。

「もう解決してるから対象外かもと思ったが……一度でも模擬事件の現場になったら、カメラスキルの対象内なんだな」

「明日までだとは思いますが」

カメラスキル・レベル1で閲覧できるのは過去1日の映像まで。事件の解決時刻から丸1日経《た》った頃には、この店の映像も見れなくなるんだろう。

「とりあえず、この試着室の入り口が映ってそうなカメラを見てみる」

カメラ選択画面からいくつかの映像をザッピングしていく。そうして首尾よく試着室前の映像を見つけると、それをカイラにも見せて二人で覗《のぞ》き込《こ》んだ。

「とりあえず、営業開始時刻から見ていくか？」

「はい」

店が営業を開始した時刻まで映像を遡らせ、そこから一旦五十倍速で早回ししていく。現場になった試着室に近づく人間はまったくおらず、超高速で映像を回していても画面にまるで変化はなかった。しかし――

午前10時頃。

俺たちが店を訪れるほんの少し前に、人間が二人、立て続けに現場の試着室に入っていくのが見えた。

俺は慌てて映像を戻して、今度は等速でそのシーンを確認する。

まず、一人の女性が妙に慌てた態度でカーテンの中に入っていった。しきりに周りを確認していて、まるで誰かに追われているような様子だ。

それから数分の後《の》、女性が試着室の中から出てくるのを待たず、一人の男が同じ試着室に入る。息を呑んで見守っていると、さらに数分経ってから、男だけが周りを気にしながらカーテンを開けて姿を現した。そしてそのまま立ち去っていく。

これが事件のあらましだった。

「……犯人に追われていたから、土足のまま試着室の中に隠れた……。その推理が正解だったのか」

「この犯人、妙に厚着ですね」

カイラが試着室から出てきた犯人を指さして言う。

確かにこの犯人は、7月のこの暑い中、長袖のパーカーに長ズボンで身体《からだ》を完全に隠している。さらにフードを目深にかぶって顔も隠しており、怪しい以前に暑苦しいことこの上ない。

「人に見られたくないんだろうな。返り血が肌についたらそれを落とすのも面倒だし」

「試着室に入る前、パーカーの前を開けているように見えましたが、これも返り血を隠すためでしょうか？」

「それは気づかなかったが……そうだろうな。中のシャツとかが汚れる分には、パーカーの前を閉めちまえばいいんだから構わねえってわけだ」

被害者は正面から刺されていた。当然、犯人の側にも多少の返り血があったはずだ。

「フードのせいで顔はよく見えない……か。カイラ、鑑識スキルで試着室を調べてみよう」

「了解しました」

カイラは生徒端末のレンズを試着室の中に向けた。すると生徒端末からまばゆい光が放たれ、狭い空間を照らす。その光で血痕や指紋、足跡なんかを調べるってことだろう。確か実際の警察の鑑識道具にもこういう懐中電灯みたいなのがあったはずだ。今回はたぶん、ただの演出だと思うが。

「どうだ？」

「……**犯人のものらしき新しい指紋はほぼありません。犯人は手袋をしていたようです**」

端末の画面を見ながらカイラは言う。

だろうな。カメラではパーカーに手を突っ込んでいて、手袋をしているかどうかはわからなかったが……たった数分でことを終えるような準備のいい犯人なら、そのくらいの準備をしてきているだろう。

カイラはさらにレンズを試着室の壁に向ける。

「**壁に拭き取られた血痕があります。おそらく血のついた手で触った跡です。**が……」

「何か気になるのか？」

「はい。**拭き取られた血痕の上に指紋がついているのです。**他の誰かの――**例えば被害者の指紋だとすれば、血痕と一緒に拭き取られていたはずです。そうなっていないということは、これは犯人が血痕を拭き取った跡に自らつけた、犯人自身の指紋です**」

「……ちょっと待て。**犯人は手袋を着けていた**んじゃなかったか？」

「はい。しかし指紋があります」

どういうことだ……？

「整理するぞ。犯人は手袋を着けて刃物を被害者に突き立てて殺害した。その後、血のついた手で壁に触れてしまい、そこに血痕を残した。それに気づいて拭き取ったあと――なぜか着けていた手袋を外して、同じ場所に触れてしまった。こういう流れになるよな？」

「その通りと存じます」

なぜ手袋を外した？

あまりにも不可解な行動……その謎の答えを求めて、カイラはさらに端末のレンズをあちこちに向ける。

「……**かすかですが、床に足跡が残っています。被害者のものとは明らかに形が違いますので、犯人のものです**」

「そりゃ犯人も土足で試着室に入ったからな」

「位置が妙です。**この足跡がある位置には被害者の死体が倒れていたはずです**」

「うーん……被害者を奥の壁に追い詰めて刺し殺した後、被害者が前のめりに倒れてきたんだったらその状態になるんじゃゃないか？」

「**足跡は何度も方向を変えています。犯人はしばらくこの位置に留《とど》まっていたものと考えられます。それに、血痕を上から踏みつけたと思《おぼ》しき痕跡も存在します**」

「その場合は……妙な話になるな。**その足跡がつく前に、紛《まぎ》れもなくその位置に被害者が倒れてた**ってことだろ？　じゃあ犯人は一度、倒れた死体をわざわざどかしてその位置にしばらく立ってたってことになる。なんでそんなことをする意味がある……？」

またしても不可解な行動……。試着室に入ってた数分間で、犯人は一体何をしていた？

「……これは、わたしの経験からくる推測になりますが……」

端末越しに床の足跡を見つめながら、カイラが言った。

「この足跡のパターンは……立ったままスマートフォンを操作している時のそれに酷似していると感じます」

「スマホ？　何か調べてたってのか？」

確かに言われてみれば、スマホや生徒端末を操作してる時、重心を動かしたりして足の位置を頻繁に変えるよな……。人にもよるだろうが。

「いや、でも、そうか。スマホを操作してたと考えると、手袋を外したことにも説明がつくよな」

「はい。確たることは申せませんが……」

「スマホで何をしてたのか――は、血痕だの指紋だのじゃ知りようがねえけど……」

ちょっと引っかかる。

犯人は手袋を外してスマホを操作する必要があった――この事実が、今まで明らかになった情報と組み合わさるような……。なんだ？

悩みながら顔を上げると、**奥の方にあるハンガーラックが目に入った。確かあそこにもかすかに血痕が残ってたんだよな――たぶん、犯人が返り血のついた服を脱いでかけたせいで……。**

「……あ」

服を脱いだ？

手袋も外した？

「もしかして……服も脱がないと外せない手袋だったのか？」

「……？　服も脱がないと外せない……？」

怪訝《けげん》な顔をするカイラに、俺は必死に整理しながら思いつきを話す。

「だからさ、手袋と服が一体化してる……こう、全身タイツみたいな……」

そして、考え考え絞り出した言葉が、核心をつく。

「――戦隊ヒーローが着てるような」


そういえば。

隣のエリアには、ほぼヒーローショー専用のシアターがあるんだったか。

「……ああ……」

俺は納得の息をついた。

「レッドなら返り血が目立たない……」

5　非スキル推理――Side: 東峠絵子《とうとうげえこ》

「それで？　界正《かいせい》――なんで犯人がスーツアクターの人だってわかったの？　それも――

スキルなしで」

さっき買ったアイスクリームを舐《な》めながら、私は隣を歩く界正に尋ねた。

「他の事件を調べてたらいきなり『ああ、わかった』とか言って端末に答え喋《しゃべ》り始めるからさあ、何があったのかと思うよ、ほんと――まああんたの場合、いつものことではあるんだけどさ」

「思考というものはいつも何かきっかけがあって結論が出るものじゃない」

「それはいつも聞いてるけどさあ……普通の人は、考え事をしながら考え事なんて器用な真似《まね》はできないんだって」

丑山《うしやま》界正を探偵たらしめる特殊能力が、これだった。

界正は、複数の思考を同時に行うことができるのだ。

〈並列思考能力者《パラレルプロセッサー》〉――そう呼ばれる能力らしい。コンピューターが複数の処理を同時に行うように、界正の頭の中には複数の思考が同時に流れている――私が垂れ流しているこんなモノローグだって、界正の場合は同時並行で語られているということだ。

界正本人が言うところによると、最大で五つまでの思考を展開することができるらしい。多重人格とも違うらしいんだけど……まったく、どういう世界なんだか想像もつかない。

その代わり、計算の速さや物覚えの良さみたいな素の思考能力は大したことない――これも本人の弁。普通の人が目の前のことに集中している間も考え続けることができるから、相対的に優秀に見えるだけらしい。

この能力をもってすれば、複数の事件を同時に捜査し、推理することだって不可能じゃない。試着室の事件の時、界正《かいせい》がすぐに『次に行こう』と言い出したのは、これが理由だった。

「それで、なんでわかったの？　試着室の事件の犯人」

私が改めて質問すると、界正は面倒《めんど》そうに口を開く。

「あの時言っただろう。**ハンガーラックの血痕**が気になったんだ」

「あの血痕が？　犯人に繋《つな》がるの？　どうやって？」

「思考を単線的な言葉に直すのは難しいな……」

界正は眉をしかめながら、

「まず……**ハンガーラックに拭い去れないほどの血痕が残っていた**ということは、そこにかけられた服は十中八九、お腹《なか》側が下になっていたはずだ」

「え？　……あー！　**被害者は正面から刺されてた**から？　そしたら返り血は当然、お腹側につくはずだもんね」

「そうだ。と考えると、**ハンガーラックから60センチほど下の壁に付着していた血痕**は、その服の裾ではなく、袖口から移ったものと考えられる」

「ん？　……あ、そうかそうか。お腹側を下にして服をかけた場合、ハンガーラックの奥にあった壁に触れるのは背中側——背中側には血がついてないはずだから」

「袖口であれば、全方位に血が付着していてもおかしくない」

犯人は刃物で被害者を刺している。手の近くにある袖口にも当然血が付くはずだ。

「袖口に血がついていたとすると、その服は長袖だったことになる。ハンガーラックから60センチも垂れ下がっていたことからもこれは明白だろう」

「この夏場に？」

「もしカメラスキルで犯人の姿を見ていれば、その不自然さにすぐ気がついたはずだ。この夏場にわざわざ長袖を着込んでいた——その理由として考えられるのは、日焼けを嫌っている人間か、腕に刺青《いれずみ》などの個人を特定する特徴があるか、あるいは仕事で使う衣装か」

「それでスーツアクター？　でもその他にも可能性が二つ残ってるんだよね？　日焼けを嫌ったのか、腕に刺青か——その可能性をどうやって排除したの？」

「排除してない」

「えっ？」

戸惑った私に、界正は平然と言う。

「**あの事件は難易度E。解決ポイントは3ポイント。**それを4人で割れば、一人頭は0・75ポイント——四捨五入して1ポイントずつということになる。そして**誤答ペナルティは1ポイント**だから、一回間違えても2ポイントで、一人頭0・5ポイント——やっぱり四捨五入で1ポイントだ」

「つ、つまり……一回までは間違え得だから、とりあえず勘で一回答えてみたってこと？」

「そうだ。そうしたら当たった」

当たった、って……。

「あの事件に参加したのは私たちだけじゃないんだよ？　なのに何の相談もなく……」

「仮説の構築と実験を繰り返すのは基本だろう。試すのを恐れていては結論は出ない」

「あんたって……リアリストというか、自己中と言うか……」

マインドが根本的に探偵のそれではないのだ。でも、逆にそれが探偵らしいと感じてしまう私もいる。

私もこんな風に、適当に正解を当てられたらな……。

「そんなことより気になるのは、獲得した解決ポイントの量だ」

「ああ、そうだね……」

今の界正《かいせい》の説明の通り、私たちが獲得するのは一人頭1ポイントのはずだった。

だけど――

「なぜか一人頭2ポイントももらえちゃってる……。何かの間違いなのかな？」

「考えられるのは、模擬事件の中に美味《おい》しい事件があえて混ぜられているか――あるいは、学園の想定よりも事件が難しかったのか」

「……想定よりも難しかった……？」

「あの事件はたぶん、スキルを使ってようやく推理可能になる類《たぐい》のものだろう。実際僕も完全に犯人の居場所を特定することはできなかった。難易度ＥではなくＤと言われても違和感はない。４人で一人頭2ポイントになるのは解決ポイントが6から9の時だから、難易度Dだとしても多すぎるがな」

「学園の設定ミスってこと？　それとも――」

「――学園も真相を知らなかったか」

界正の言葉に、私は知らず息を呑《の》んでいた。

「覚えているか、絵子《えこ》。僕が回答を送ってから、解決通知が来るまでにずいぶんと時間がかかったことを」

「うん。一時間ぐらいかかったよね。他の事件はすぐに通知来たのにさ」

「その事実について、こういう解釈もできる――その一時間の間に犯人を確保し、推理の裏付けを取ったのだ、と」

「え？　それって――」

「仮に事件が起こったのが、僕たちがあの店に入る直前なのだとしたら――死体に体温が残っていてもおかしくない。模擬事件だと思い込んでいる僕らが、倒れている女性をエキストラだと考えても、なんらおかしなことじゃない……」

「界正！　それっ……！　マジで言ってんの!?」

「冗談を言うほど暇じゃない」

建物を跨《また》ぐジェットコースターのコースを見上げながら、界正はぽつりと呟《つぶや》いた。

「このゲーム……ただのテストじゃないのか……」

6　必勝法――Side: 不実崎未咲《ふみさきみさき》

「デートは楽しかったですか？」

　東京ドームシティを中心に街を歩き回った後、日が傾いた頃になって幻影寮《げんえいりょう》に帰宅すると、エヴラールが迫力のある笑顔で俺たちを出迎えた。

「私がせっせと事件を解決している間、イチャイチャと戯れるのは楽しかったかって聞いてるんですよ」

「そんなに根に持つんならお前も一緒に来ればよかったじゃねえか」

「私だって空気くらい読みます！　その上でやりきれない思いを抱えているんですよ！」

　複雑な乙女心だった。

　エヴラールは居間の座布団に女の子座りをしながら、

「それで？　収穫はあったんですよね。ほんとにデートしかしてなかったら怒りますよ」

「スキルは取った。それに10ポイント使ったから、手元に残ったのは8ポイントだな」

「右に同じです」

　カイラが当たり前のように紅茶をエヴラールの前に置きながら言う。もうすっかりメイドモード――俺の前で見せた一人の女の子としての姿はほとんどない。

　ポイントと言えば、試着室の事件で獲得したポイントが通常よりも明らかに多かった件――共有しておいた方がいいよな。

しかし俺がそれを切り出す前に、エヴラールはふふんとわかりやすく得意げな顔をした。

「8ポイントですか。なるほどなるほど。頑張ったんじゃないですか？　二人で折半した割には」

「……お前は何ポイントだったんだよ？」

あまりにも訊《き》いてほしそうだったので質問してやると、エヴラールは紅茶にゆっくりと口をつけつつ、

「まあ焦らないでくださいよ。20時の集計ですぐにわかることです……」

腹立つ～……！

しつこく聞くのもこいつの思うツボのような気がしたので、俺たちは大人しく夕飯の準備をしながら、初日のポイント集計、そしてランキングの公開を待った。

そして20時――

俺たちの生徒端末が、一斉に通知音を発する。

【1年生総合実技テスト・1日目集計】
1位――詩亜《しあ》・E・ヘーゼルダイン　57ポイント／偏差値114
2位――穂鶴黎鹿《ほづるれいか》　24ポイント／偏差値69
3位――音夢《おとゆめ》カゲリ　22ポイント／偏差値66

「…………」

「…………」

「ふっふっふ」

ランキングの一番上に燦然《さんぜん》と輝く数値を見て、俺とカイラは無言になった。

57ポイント。

偏差値114。

いつの間にか帰ってきていたフィオ先輩が俺の生徒端末を覗《のぞ》き込《こ》んで、

「無双すぎて草」

と一言コメントした。

俺の記憶が正しければ、偏差値ってのは50が標準だったはずなんだが？　っていうか100超えんの？　偏差値って。

「王女ちゃんさあ。ちょっとは恥ずかしくないわけ？　学生のテストでプロがやりたい放題してさあ」

「獅子《しし》はウサギを狩るのにも全力と言いますから」

「王女ちゃんって、異世界転生ものとか好きでしょ」

57ポイント——それもエヴラールは5ポイントのサーチスキルを取っているはずだから、獲得したのは62ポイント。難易度Dなら12個分、難易度Eなら21個分ってところだ。どういう頭してたらたかだか10時間でそんな数の事件解決できんだよ。

「これがサーチスキルの威力ですよ。効率が段違いです。スキルなしでは気づけなさそうな事件も結構多いですから。やっぱりこのスキルは必須ですね」

「初日はとりあえずサーチスキルだけ……ってやつも多そうだな」

俺とカイラは偏差値47で標準より下。これは俺たちが10ポイントのスキルを取ったからだろう。5ポイントのサーチスキルしか取っていない人間がたくさんいて、俺たちの上に詰まっているわけだ。

「まあ初日のランキングなんて何の物差しにもなりません。気にすることはありませんよね？　不実崎《ふみさき》さん」

「優越感丸出しで肩組んでくんじゃねえよ！」

ほんと、格下相手の勝負でよくもこんなに調子乗れるな。

「お嬢様は別格として、続く2位と3位の方々が実際のトップ層になるのでしょうか」

カイラが冷静にランキングに分析を加える。

エヴラールは俺の肩から手を離して、

「そういうことになりますね。私の足元に及ぶとはなかなかのやり手です」

「他人を褒めてんのか自慢してんのかどっちなんだよ」

ツッコミながら、俺は改めて2位と3位に位置している二人の名前を見る。

穂鶴黎鹿《ほづるれいか》に、音夢《おとゆめ》カゲリ……。

音夢カゲリって名前に聞き覚えはない。だが……穂鶴？　この名前、どこかで……。

ランキングをスクロールさせていくと、丑山《うしやま》の名前も30位くらいにあった。たった一度会っただけだが、あいつの能力には特別なものを感じた。直感的には、もっと上の方にいてもいいはずだが——もしかしたらこいつも10ポイントのスキルを取ったのかもな。

「さて、ランキングも出ましたし、今日の本題に入りましょうか」

優越感をしゃぶり尽くしたのか、エヴラールは生徒端末をちゃぶ台に置いて話を進める。

「それぞれ取得したスキルの強化条件を確認しましょう」

俺とカイラはエヴラールに倣って、自分の生徒端末を画面を上に向けてちゃぶ台に置く。

そこには俺たちが取得したスキルの、強化先の情報が表示されていた。

〈サーチスキル・レベル２〉——強化費用：25ポイント

半径１００メートル以内に事件が発生すると音を鳴らして通知し、マップに位置を表示する。また、その事件の難易度も表示される。

〈カメラスキル・レベル２〉——強化費用：20ポイント

屋外の街頭カメラ映像にアクセスすることができる。閲覧できるのは過去３日の映像まで。

〈鑑識スキル・レベル２〉——強化費用：20ポイント

ＤＮＡ型鑑定が可能になる。

「……どのスキルも、レベル1と合わせて30ポイント必要か」

思ったより高い。トップ層の1日の稼ぎを丸ごと費やしてもまだ足りない……レベルいくつまであるのか知らねえが、これで終わりって感じもしない。それだけの費用を払うに足る威力があるってことか？

「サーチスキルはもちろんですが、カメラスキルも鑑識スキルもかなり有用ですね」

エヴラールが言う。

「街頭カメラにアクセスすることができれば、犯人の足取りを追うのにいちいち聞き込みをする必要がありません」

「鑑識スキルによるＤＮＡ型鑑定も、もし現場に髪の毛などが残っていれば、容疑者から検体を取るだけで犯人が判明することになります。捜査時間のかなりの短縮が見込めます」

カイラの説明に俺は唸《うな》って、

「そうなりゃ推理なんてほとんどいらねえな。そもそも探偵が必要なのかって話だ」

「本来はいらなかったんですよ、あなたのおじいさまが現れるまではね」

苦笑交じりに言うエヴラールに、俺は少し顔を歪《ゆが》める。そうだったな。

「……ともあれ、どのスキルもポイントを払う価値はあるってことか」

「あると思いますよ。これらのスキルがあれば、誰でも今日の私ぐらいの解決効率を出すことができるようになります。すぐに元が取れるでしょうね」

「じゃあどうする？　明日もまたスキルのためにポイントを稼ぐのか？」

「ケチケチせずに、とりあえず一つ取っちゃいましょう」

「はあ？　……あー、そうか」

そういやすでに、スキルを二種類レベル2にしてもなお余る奴《やつ》がいるんだった。

エヴラールはちゃぶ台に置いていた生徒端末を手に取り、

「サーチスキルはそもそも取り得のスキルだと思いますが、もしさらに上のレベル3があった場合、いち早くその効果を把握しておくのは重要な行動です。そして現時点でそれができるのは、唯一初日で30ポイント以上取っている私だけです」

「息をするように自慢するなお前は」

「素直に褒めてもらえるまで続きます」

「あーあーすごいすごい！」

「もっとザコっぽく言ってください」

「何っ!?　たった1日で57ポイントだとっ!?」

仕方なくやってやったら、エヴラールはキャッキャと喜んだ。子供の相手してる気分になってきた。

エヴラールは端末を操作し、

「じゃあサーチスキルを強化しますよ」

と俺たちに言って、画面をタップした。

エヴラールはしばらく画面を見つめると、「見てください」と言って、再び端末をちゃぶ台の上に置いた。

そこには新たな表示があった。

サーチスキル・レベル2を得たことで開示された、サーチスキル・レベル3の効果詳細が――

〈サーチスキル・レベル3〉――強化費用：50ポイント
現時点から30分以内に発生する事件の位置と難易度をマップに表示する。

「レベル3は事件を予知するスキルです」

想像以上の内容に、俺たちは息を呑《の》んだ。

「メタを見つけましたね――テスト後半はこのスキルを中心に回りますよ」

「ああ……間違いない……」

説明されなくてもわかる。

今日、他の生徒とほとんどバッティングせずに自由に捜査ができたのは、誰もサーチスキルを強化していなかったからだ。もし全員がサーチスキルのレベル2によって事件の発生位置を正確に把握できるようになれば、おそらく事件の取り合いが起こるだろう。

しかし、事件を発生前に予知できるこのスキルがあれば、その取り合いに巻き込まれずに済む。

俺はようやく理解した――このテストは、解決ポイントという有限のリソースを奪い合うゲームなのだ。そしてその勝負の土俵に最低限立つためには、このサーチスキルのレベル3が必須になる。30分も前に事件の存在を知っている奴《やつ》と解決速度勝負をして勝てるはずがないからな。

そしてこのスキルは……早く取れば取るほど得をする。

周りの生徒がこのスキルを取っていない――いや、存在も知らないうちに、俺たちだけがこのスキルを使うことができれば――

「先行者利益ってやつだ――今のうちにこのスキルを取っておけば、フリーでポイントの荒稼ぎができる……」

「さすが悪知恵が働きますね、不実崎《ふみさき》さん。ではどうすればいいと思いますか？」

「決まってる。全ツッパだ。ポイントを全部お前に集めて、全速力でサーチスキルをレベル3にする。俺たちのポイントはそれからいくらでも稼げる」

「その通り《セ・ブレ》。私も同じ意見です――それがこのテストの必勝法ですよ」

間違いない。エヴラールが規格外だからこそ可能になった、このテストの模範解答だ。

俺は明日からの展開を考えながら、

「そうなると、事件を見つけたらすぐにお前に回せるように、連絡手段が必要になるな」

「そうですね。ですが、私はポイントを割けません。連絡スキルも馬鹿になりませんから」

「だな……。三人じゃ足りない。2：2に分かれて、一人ずつ連絡役を置きたいところだ」

「当てはありますか？　私にポイントを集めることを承諾できる、私欲のない人が条件ですが」

「ある」

俺はすぐに思いついた。

「うってつけの奴《やつ》が。あいつ以上に私欲のない奴を、俺は知らない」

俺の頭の中には、とある女友達の眠そうな顔が浮かび上がっていた。

7　警戒――Side: 音夢《おとゆめ》カゲリ

「サーチスキルにレベル3があったら、かなりまずいかもしれない」

夜――神無《かんな》ちゃんがあたしの部屋で、難しい顔をしながら言った。

「え？　どういうこと？」

「サーチスキルはレベル2の時点でかなり強力。たぶんすべてのグループが一人はこのスキルを取ると思う。もしさらにこの上があるとしたら、それを先に取られた時点で1位は決まってしまうかもしれない……」

「そ、そんなに……？」

「そんなに」

　本来、あたしと神無ちゃんは所属している寮が違う。あたしは桜福寮《おうふくりよう》で神無ちゃんは新《しん》青寮《せいりよう》。だけど桜福寮はドライというか、放任主義というか、互いのことにあんまり干渉しない寮風なので、夜に会う時はあたしの部屋でと決めていた。

　あたしが地べたに座って、神無ちゃんが椅子に座ってるっていうのが解せないけど。

　神無ちゃんはギャルらしく晒《さら》した生足をあたしの目の前で組みながら、

「本来だったら全員条件は一緒だから、さほど気にすることはないわ。でも今回に限っては事情が少し違う――今この時点でレベル３の情報を握っている人間がいるかもしれないから」

「あ……ヘーゼルダインさん……」

「そう。初日唯一の30ポイント以上獲得者。彼女だけがサーチスキル・レベル３の情報を得る資格がある。もしそれがわたしの危惧するようなものだった場合……」

「もう誰にも止められなくなる？」

「独壇場ね。残りの６日間」

　さすがだなあ……。やっぱり王女なんて呼ばれる人は違うや。

「でも、１位は取れなくなってもさ、レーティングに反映されるのは偏差値なんだから、２位や３位を取れてれば大丈夫じゃない？」

「ここは日本よ？　日本の探偵界を代表する水分《みくまり》家として、外国人の探偵王女の好きにさせるわけにはいかないわ」

神無《かんな》ちゃんは厳しい顔で言う。……澄ました顔して、意外と負けず嫌いなんだよなあ。

「明日、探偵王女がどう動くかで、テストの展開は大きく変わる。行動を注視しましょう」

「了解！」

8　隠し要素――Side: 穂鶴黎鹿《ほづるれいか》

ランキングの1位に君臨する彼女の名前を見て、僕は少しだけ顔をしかめた。

「チート女め……」

僕は今日、クラスメイトを五つのチームに分け、それらから上がってくる情報を聞いて現場に急行、捜査の指揮を取る、ということを繰り返していた。当然5ポイントで連絡スキルを取得してのことだ。

連携を密にするため、捜査範囲も神田《かんだ》エリアに絞った。あちこちを動き回り、足が棒になってしまったが、5チーム分のポイントを吸い上げるこの作戦は効率が段違いだ。足を使うなんて名探偵らしくない、古臭い刑事のような真似《まね》をした甲斐《かい》はあった。

なのに、詩亜《しあ》・E・ヘーゼルダイン……この女はたった一人で……。

まあいい。この女が化け物なのは最初からわかっていたことだ。

どうせ今頃、サーチスキルのレベルを上げる算段をつけている頃だろう。好き放題暴れて耳目を集めてくれればいい。

その間に、僕がこのテストの裏の王に君臨する。

そのための武器を、僕はもう見つけた。

あれは19時頃——模擬事件が打ち止めになった後、クラスメイトが集めてきたスキルの情報をまとめている時のことだ。


僕は夕暮れの教室で椅子に座り、優秀な兵隊アリたちが集めてきた強化後スキルの情報を眺めていた。

重要なのは言うまでもなくサーチスキル。現状ではレベル2までしか見えていないが、それにしたって1チームに一つは必要になるスキルだろう。

でもまあ、そんなことは最初からわかりきっていることだ——だから今、僕が気になっているのは、こっち。

カメラスキル。

レベル1では過去1日までの映像しか閲覧できなかったが、レベル2では過去3日まで閲覧できるようになるらしい。

過去3日。

僕が気になったのは、今から3日前の映像を見ることができるのか、ということだ。

まだ試験は1日目——この時点から3日前の映像を見れるとすると、それはテストが始まる前の映像ということになる。模擬事件など何も関係ない、ただのカメラ映像……。

カメラスキルを取らせた生徒の話によれば、レベル1では1日前――まだテストが始まっていない昨日の映像は見れなかったという。それも当たり前の話で、レベル1には『模擬事件が起こった建物の防犯カメラ』という制限がついている。テストが始まる前の昨日には『模擬事件が起こった建物』が存在しない。

だが――もしカメラスキルにレベル3が存在し、今時の防犯カメラには付き物の『あの機能』が解放されたら……？

僕はこのことがどうしても気になった。

だから近くにいたクラスメイトに命じた。

「キミは確か20ポイント持っていたな。それ、裁判スキルを使って僕にくれないか」

チームで行動させたクラスメイトの他に三人、特に優秀な奴《やつ》らには単独行動を取らせ、自力でポイントを稼がせていた。その甲斐《かい》あってその三人は、裁判スキルを使うのに最低限必要なポイント量――20ポイントをクリアしていた。

裁判スキルは、実質的なポイント譲渡スキルだ。

禁則事項に『選別裁判《セレクト》の八百長』が入っていない以上、わざと負けて他人にポイントを譲渡することに何の問題もない……。

ポイント譲渡を命じられたそいつは困惑して、

「え？　何かスキルを取るのか？　いいけど……ポイントの集計後ってスキル使えるんだ

っけ？　もう模擬事件は発生しない時間なのに」

「使えるよ。『スキルを使用できるのは9時から20時まで』とある。ポイント集計の19時からランキング公開の20時までは、おそらくスキルの実験のために設けられた時間だよ」

そして、すでにポイントは集計されているため、この時間のポイントの動きはランキングに反映されない。他人に気取られることもないということだ。

他の単独行動組二人も集めさせ、僕は一気に60ポイント超を自分に集める。

そして、元々持っていた自分の24ポイントと合わせて、計80ポイントを一気にカメラスキルに注ぎ込んだ。

カメラスキルのレベル3はこんな内容だった――

〈カメラスキル・レベル3〉――強化費用：50ポイント
顔検索機能を用いて任意の人物をカメラ映像から抽出することができる。ただし検索できるのは模擬事件に関係した人物のみ。過去7日までの映像を対象にできる。

「……ふふ」

顔検索。

これだ。これが欲しかったんだ。

なぜかって？　自明の理じゃないか。

今日より前に『模擬事件が起こった建物』は存在しない――しかし、『模擬事件に関わった人物の顔』だったら……。

僕だって健全なティーンエイジャーだ。ゲームくらいしたことはある。

だったら、こんなのはあるあるだろう？

スタート地点から逆走したところに、宝箱が隠されているなんてことは――

僕はカメラスキルを起動し、顔検索機能にキーワードを打ち込んだ。

検索対象は過去に模擬事件に関わった人物。

だったらこれもありだろう。

――真理峰《まりみね》・〝アケチ〟・真源《しんげん》。

入学式の模擬事件で、確かに関係者になっていたのだから。

そして、僕の端末には表示された。

今から7日前のJR御茶ノ水《おちゃのみず》駅で、意味深に笑っている我らが理事長の顔が。

SHERLOCK ACADEMY

KYOSUKE KAMISHIRO and
SHIRABII PRESENTS

【第二章】——探偵姫の交錯

祭舘こよみ

普通探偵

PROFILE

Logic.

第二章　探偵姫の交錯

1　幼馴染《おさななじ》みでもないのに起こしに行く——Side: 不実崎未咲《ふみさきみさき》

真理峰《まりみね》探偵学園には五つの学生寮が存在する。

幻影寮《げんえいりょう》が成績不良者やはぐれ者の集まりであるように、寮にはそれぞれ特徴があり、建物の外観や設備も違う。特に序列がつけられているわけじゃないが、成績優良者から順番に入居先を選べるというシステム上、自然と人気の差によって一番から五番までのカーストが発生していた。

二番人気に当たる〈桜福寮《おうふくりょう》〉は、小綺麗《こぎれい》な新築の学生会館である。

朝日を反射するガラス張りの壁がおしゃれな、代官山《だいかんやま》にでも建っていそうな建物だ。たぶん3階建てから4階建てくらいで、1階には入寮者が交流できるラウンジがあることが外からでもわかった。体育すら屋内でやるほど秘密主義のこの学園にしては開放的だな。

歩くたびに床がミシミシ鳴るオンボロ寮で暮らしている身としては、羨ましくて涙が出てくる環境だぜ——お世辞にも成績がいいとは言えないあいつがこんないいところに入れたのは、よほど運がよかったのか、それとも他の生徒が変わってるのか。

考えながら、俺はエントランスに入る。

するともう一枚ドアがあり、その横にオートロックのマンションにあるような端末が設置されていた。あれでお目当ての生徒を直接呼び出すようだ。

俺はパネルを操作し、目的の部屋を探す。セキュリティ上、入居者の名前は表示されない。部屋番号を直接入力するようだ。えーと、前にちらっと聞いたのは確か……。

「誰に御用ですかー？」

急に後ろから声をかけられ、俺はビクッとして振り返る。

そこには、なんだかほわほわとした女の子が立っていた。

髪を二本のお下げにして肩から前に垂らし、柔らかな笑顔を縁取っている。服装はふわふわのブラウスにひらひらのロングスカートで、若妻が買い物に出かける時みたいな印象の格好だった。というか実際、片手にクリーム色のエコバッグを提げている。

この寮の住人か？

「ええっと……友達に用があるんすけど」

「まあ。こんな朝から？」

「総合実技テストで……」

「あ、1年生だー。わたしは2年生ですー」

「あ、はい。どうも」

なんか独特なリズムのある人だな。

「誰に御用ですかー？　よかったら取り次ぎますよー？」

「それじゃあ、祭舘《まつりだて》こよみって奴《やつ》に……」

「あー、こよみちゃん。わたし隣の部屋なんですー」

「え、そうなんすか？」

「こよみちゃんだったら、端末で呼び出しても意味ないですよー。この時間、まだ寝てますからー」

だろうとは思ったが、もうすぐ9時だぞ？　今がテスト中だってわかってんのか、あいつ。

「入れてあげるので、ついてきてくださいー」

そう言うと、ほわほわした先輩はパネルを操作し、自動ドアを開けた。

い、いいのか……？　俺、まだ名乗ってもないのに、簡単に中に入れちまって……。

「どうぞー」

しかし先輩はマイペースに開いたドアの中に入っていってしまう。俺は結局、名乗る暇もなく、その背中についていくことになった。

1階は丸ごと共用スペースらしい。エントランスから階段で2階に上がる。

2階の廊下にいくつも並んだドアのうち、『208』と書かれたドアの前に立ち止まって、ほわほわした先輩はエコバッグの中を探った。

生徒端末を取り出すと、それをドアノブの上にある黒い読み取り部にかざす。

ピッと音を立てて鍵が開いた。

「えっと……先輩？　祭舘の部屋に案内してくれるんですよね？」

「ここがそうですよー？　わたし、合鍵もらってるんですー」

生徒端末で鍵のやり取りなんてできるのか。幻影寮《げんえいりよう》には部屋ごとの鍵すらねえのに。

「これで扉開きますから、あとはごゆっくりー」

感心していると、先輩はふわっと言い置いて隣のドアに歩いていってしまった。

「え!?　ちょ、先輩!?　俺一人で入るんすか!?」

「起こしてあげてくださいー。外から呼んでも起きないのでー」

隣の207号室の前で、さっきと同じように生徒端末で鍵を開け、

「テスト、頑張ってくださいねー、不実崎《ふみさき》くん」

そう言って――先輩は扉の中に消えた。

……俺、まだ名乗ってないんだが？

やっぱ変な人しかいないな……探偵学園って。

残された俺は意を決して、208号室のドアを開ける。

俺が何者かわかっていたとはいえ、一応は女子の部屋に、男を一人で上げるとは……一体どういう了見なんだか。もちろん俺だって祭舘相手にそういう気は起こさないが、女子の部屋に勝手に上がるってのは未知の経験だ。いやが上にも緊張した。

「……邪魔《じゃま》するぞー……祭舘《まつりだて》ー？」

なぜか小さい声で呼びかけながら、ドアの隙間から部屋の中を覗《のぞ》き込《こ》む。

やっぱり学生寮だからシンプルなワンルームだ。入ってすぐにキッチンと、風呂トイレに続くと思《おぼ》しきドアがあって、奥の部屋に勉強机が見える。壁に遮られて隠れているが、部屋の左の方にベッドの端だけが見えた。

俺は遠慮がちに中に入ると、玄関で靴を脱ぎ、そろそろと忍び足でキッチンの前を通る。向かって左の壁沿いに、こんもりと膨らんだベッドが現れた。

布団を頭までかぶってやがる……ヤドカリみたいな寝方だ。

「おい、祭舘……起きろ」

俺はそのヤドカリに、まずは抑えた声で呼びかけた。

反応がない。

「……祭舘！　起きろ！　テストだぞ！」

仕方なく今度は強めに呼びかけると、布団のヤドカリはようやくもぞもぞと動き始めた。

「んん～……？　うるさいなあ～……」

ぼやっとした寝起きの声が聞こえてきたかと思うと、ヤドカリがのっそりと身体《からだ》を持ち上げ、布団の中から寝巻き姿の祭舘がようやく現れた。

しかし、一つだけ問題がある。

「あれ～……？　不実崎《ふみさき》くん？　おはよ～」

「いや、祭舘！　服！　ボタン！」

寝巻きのボタンが三つ目まで外れていて、ノーブラの白い胸元が大胆かつ無防備に露《あら》わになっていたのだ。

祭舘はぼーっとした目でそれを見下ろすと、「あちゃ」という薄いリアクションをした。

「こりゃ失敬失敬～」

「それだけかよ……。もっと恥ずかしがるとかねえのか？」

「んあ～……言われてみればちょっとだけ」

「……もう突っ込むのやめるわ」

突っ込めば突っ込むほど、俺の邪《よこしま》さを思い知らされる羽目になるような気がする。

祭舘は緩慢な動作で寝巻きのボタンを留めながら、

「そういえばなんで、不実崎くんがわたしの部屋にいるのー？」

「それにももっと驚けよ。警戒心を抱けよ。……隣の部屋の人に入れてもらったんだよ」

そういや結局名前聞いてねえな。

「あー、もじ姉かあ」

「もじ姉？」

「しゃもじが一番似合うからそう呼ばれてるんだよねー」

あー、確かに――じゃなくて、結局名前はなんて言うんだよ。

「それで、朝から何の用～？」

俺が質問を重ねる前に、祭舘《まつりだて》が寝ぼけまなこをこすりながら言ってきた。

俺も好き好んで話を脱線させている余裕はない。9時から今日のテストが始まるのだ。単刀直入に、本題に入らせてもらう。

「祭舘、お前たぶん、まだ誰とも組んでないよな？　だったら俺たちに協力してくれないか？　エヴラールとカイラの三人グループなんだが……」

「んえ？　グループ？　……あー、総実の話かー」

「……ちょっと待て。もうテスト2日目だぞ？　お前、昨日何ポイント稼いだ？」

「いやあ、はは」

「ははじゃなくて！　ちょっと昨日の集計結果見せてみろ！」

渋る祭舘に強引に生徒端末を操作させ、俺は昨日のポイント集計結果を表示させた。

【0ポイント／117位／偏差値34】

画面にはそう書いてあった。

「丸ごとサボってんじゃねえか!!」

「昨日はちょっと眠くてさー」

「いつもだろ！　……お前、マジで退学になるぞ。まだブロンズだったよな？　学期末時点でレーティングが1100以下だと即刻退学だぞ？　覚えてるよな？」

「えー、そうだっけ？」

「そうなんだよ！」

ブロンズランクはレーティング1200まで。祭舘《まつりだて》の詳しい数値は知らないが、少なくともそれよりは低いはずなわけで、34というエヴラールとは逆の意味で驚異的なこの偏差値だと、簡単に1100を割ってしまうことは想像に難くない。

「決めた。お前、俺たちと一緒に来い！　退学だけは避けられるようにしてやるから！」

「やだなあ、何をそんなに焦ってんのー？　テストはまだ6日もあるじゃん。……あれ、7日だっけ？」

「俺が焦ってんじゃねえ！　お前がのんびりしすぎなんだよ！」

スカウトのつもりだったが、それは甘い考えだった。

祭舘こよみがやる気を出すのを待っていたら、それだけで一週間が終わる。

2　確信――Side: 穂鶴黎鹿《ほづるれいか》

早朝の御茶ノ水《おちゃのみず》駅は、特に何が変わっているわけでもなかった。

ただ、しばらく待っているうちに、通学ラッシュ／通勤ラッシュの人波に紛《まぎ》れて、一人の男が僕の横を通り過ぎた――それだけだ。

そしてさりげなく、一枚の交通系ICカードと小さなメモを僕の手に握らせてくる。

メモにはこうあった。

『お茶《ちゃ》の水《みず》サンクレール　B1』

お茶の水サンクレールは、ＪＲ御茶ノ水駅の目の前にあるショッピングモールだ。それの地下１階には……確か、コインロッカーがある。

そこに向かうと、僕はロッカーを管理する端末に渡されたＩＣカードを読み込ませた。これ自体が支払いとカードキーを兼ねる……そういうシステムだ。

ロッカーのうち一つが、解錠される。

画面の表示でその位置を確認して、僕は解錠されたロッカーを開いた。

四角形に区切られた小さな空間の、その奥に――一枚の紙が貼り付けられていた。

何が書いてあるわけじゃない。

ただ――二次元コードを印刷しただけの紙。

僕はそれを生徒端末に読み込ませ、一つのアプリをダウンロードした。

その内容を確認し……いくつか実験をして。

このテストの意味と、自身の勝利を確信した。

後の問題は、たった二つ。

詩亜《しあ》・Ｅ・ヘーゼルダインを、どうやって引きずり下ろすか。

不実崎《ふみさき》未咲《みさき》に、どうやって思い知らせるか。

……ああ、すぐに思いついた。

その二人ともに関わりの深い人間が、一人いるじゃないか――

3　探偵係の証明と過去からの警鐘――Side: 不実崎未咲《ふみさきみさき》

「不実崎く〜ん……もう疲れた〜……」

「まだ大して歩いてねえだろ。普段の尾行《ビ》・張り込み《ハリ》授業でお前の体力は大体わかってるからな」

「ぐえ〜……」

「…………………」

「カイラ。あからさまに嫉妬の目で見ない！　ただの友達だって知ってるでしょ！」

祭舘《まつりだて》を加えて四人となった俺たちは、早速御茶の水を回り、サーチスキル・レベル3を取るためのポイント稼ぎを始めていた。

基本的には2：2に手分けしての行動となる。エヴラールが持つサーチスキル・レベル2の効果範囲は半径100メートル――その少し外を俺とカイラがレベル1で探索し、事件の通知があれば祭舘経由でエヴラールに連絡、急行してもらうという作戦だ。

この組み分けは、普段の授業でそうであるように、別に俺と祭舘がコンビでもよかったんだが……祭舘が『外回りは疲れそうで嫌だ』とゴネたのと、カイラが無表情で無言のまま雄弁に、俺の相方を譲ろうとしなかったためこうなった。

まあ実際のところ、情報を整理して伝えるのはカイラの方がうまい――それに、連絡スキルでの情報伝達には暗号を使うので、俺と祭舘だとそれが解読できずに詰むということもある。我ながら情けないが、容易に想像できる未来だった。

「神田《かんだ》近辺は大体回りましたね……。そろそろ次のエリアに向かいましょう」

「次はどうする？　秋葉原《あきはばら》側か？」

「そうですね。かなり栄えている区画ですし、『狩場』になっていそうです」

俺たちは模擬事件が発生しやすい場所について、なんとなく法則性をつかみ始めていた。

東京ドームシティのように、人が多くて栄えている場所は難易度ＥやＦの細かい謎が隠れていることが多い。逆に人気《ひとけ》の少ない場所（なんて東京のど真ん中にそうそうないが）は難易度Ｄ以上の事件が発生しやすいのでは、と推測している。

タイパ的には難易度Ｅをたくさん解決するのが一番いいとエヴラールが言うので、俺たちは人の多い場所を『狩場』として回ることにしていた。

神田から秋葉原までは徒歩圏内だが、祭舘が歩き疲れたと言うので、神田川沿いにある御茶ノ水《おちゃのみず》駅へ。

「１時間ほど神田を歩き回ってみて感じましたが、昨日より事件が少ないですね」

生徒端末を改札の読み取り部に当てて通り抜けながら、エヴラールが言う。

テスト期間中はエリア内の電車・バスがタダで乗り放題だ。より小回りの効く移動をしようと思ったらスキルで自転車をもらう必要があるが……でも東京って自転車乗りにくいよな。人が多すぎて。

「やっぱり、初日は事件多めに調整されてたんでしょうね。スキルがなくてもある程度ポイントを稼げるように」

「難易度Eとか Fって、通知がねえと事件だと気づかねえようなやつが多いもんな」

「いわゆる『日常の謎』と区分されるものですね。私はどちらかというと専門外なので、祭舘《まつりだて》さんの感度が高くて助かります」

「いやあ～……ヘーゼルダインさんのツッコミが鋭すぎて喋《しゃべ》らされてるだけなんだけどね～……」

　祭舘は階段を降りながら、

「ちょっと立ち止まったりしただけで『どうしたんですか?』『何か気づいたんですか?』ってすごいのなんの……」

　それは俺がエヴラールにそうしろと言ったからだ。放っておくと自分の推理を一切喋りやがらねえからな、こいつは。

「祭舘さん、『ヘーゼルダインさん』って呼ぶの、面倒じゃないですか?　ファーストネームでも結構ですよ」

「え～……それは恐れ多いなあ」

「そんなことないですよ。お父様——〈探偵王〉がつけた名前でもありませんし」

「それじゃあ……詩亜《しあ》ちゃん?」

「いいですね。じゃあ私も『こよみさん』で」

　同居人と女友達が親交を深めている姿を、俺は横目で見やる。

あいつ……ずいぶん簡単に名前で呼ばせるじゃねえか。俺にはミドルネームで呼ばせておいて……。

「ミドルネームの方が特別でしょう」

「え？」

突然ぽつりと呟《つぶや》いたカイラに、俺は振り返る。

「……今、心の中読んだか？」

「どうでしょう」

影のように隣に立つカイラは、相変わらず何を考えているかわからない無表情。

探偵学園じゃ心の中を（推理で）読まれるくらい日常茶飯時――とはいえ、相手がカイラとなると別の意味を見出《みいだ》してしまう。

どんだけ俺の顔見てんだよ。

通学・通勤ラッシュはもう終わっていた。おかげで祭館の望み通り、ほんの数分の間だが座ることができ、少しばかり体力を回復して、秋葉原《あきはばら》駅から外に出る。

改札を出て右に進めばUDX側、左に進めばラジオ会館側だが、先を行くエヴラールは迷わずラジオ会館側に出ていった。俺たちもそれについていく。

『あなたのおかげですみっこぐらし！　影端《かげはし》すみかで～す！　悪い子はいるか～!?』

するとその瞬間、謎のVTuberの宣伝カーが道路を走り抜けていった。近いだけあってちょくちょく来るが、相変わらずカオスな街である。

「……あ、早速来ましたよ」

生徒端末の画面を見てエヴラールが言う。

「中央通りを渡ったところにあるゲームセンターですね。難易度E」

「すぐそこじゃねえか」

ラジ館の前を通って中央通りに出ると、高架橋の影に伸びる横断歩道を渡る。その先にあるマツモトキヨシの、路地を挟んですぐ隣にある赤い建物が、目的のゲーセンだ。

どでかいゲームの看板を見上げながら中に入ると、それはすぐに目についた。

クレーンゲームの筐体《きょうたい》の中に、ぬいぐるみに紛《まぎ》れて寄木細工の箱が置かれていたのだ。

それは明らかに周りから浮いていて、どう見ても本来そこにあるべきものじゃない。しかも一見してどこに蓋があるのかわからなくて、開けるのにも一苦労しそうだった。

そして、その筐体では、すでに一人の男子学生がクレーンを操作していた。

「……おや？　誰かと思えば……」

その男子は俺たちに気づいて振り返りながら、筐体のボタンを押す。

停止したクレーンがゆっくりと下がっていき……寄木細工の箱を挟んだ。

「探偵王女殿下に……キミじゃないか、不実崎《ふみさき》くん」

ガコン、と取り出し口に箱が落ちてくる。

男子はそれを取り出すと、涼やかな微笑を湛《たた》えて俺に視線を向けた。

　エヴラールが俺の方を振り返り、

「お知り合いですか？　不実崎さん」

「……？　いや……」

　しかし……どこかで見覚えがあるような気がする。

　性別がわかりにくい線の細い美貌……糸で編み上げたようなしなやかな体格……何よりも、すべてを見透かしたような余裕を滲《にじ》ませる、このあまりにも探偵すぎる微笑。

　記憶の隅を引《ひ》っ掻《か》かれているような感覚がある。

「おいおい、つれないじゃないか。小学生の頃からの縁だろう？」

「小学生……？　──あっ」

　言われた瞬間、記憶の奥底から忘れがたい顔が──そして名前が浮かび上がってきた。

　あの時の──〈探偵係〉。

「穂鶴《ほづる》──穂鶴黎鹿《れいか》」

　落書きトロフィー遺棄事件で、俺を犯人として追い詰めた、あの──

「覚えていてくれて嬉《うれ》しいよ」

　穂鶴は、意味深に口元を緩ませる。

　なぜ忘れていた？　こいつは昔も、こんな風に意味ありげに笑っていた。そうやってクラスメイトの関心を誘い、もっともらしい話術で発言力を高め、そして有事にはその美貌と口八丁で俺を犯人に仕立て上げたのだ。

『探偵』と聞いた時、俺は今も、こいつの話し方や立ち振る舞いを連想する。

幼い頃から俺が嫌ってきた『探偵』――その権化のような存在が、こいつだったのだ。

「思い出してくれたと思ったら、今度はずいぶんと身構えるじゃないか。……まあ仕方がないね。かつての僕は、キミにひどいことをした」

穂鶴《ほづる》は寄木の箱を小脇に抱えながら、俺に歩み寄ってくる。

「あの頃は僕も幼かった。視野が狭くて頑迷だったのさ。今から振り返ってみれば、あまりにも強引な推理だったと認めざるを得ない――」

「……反省してくれてんのかよ？　まるで同窓会のいじめっ子だな。今更謝っててめえの罪悪感だけ綺麗《きれい》さっぱり水に流そうってか？」

「もちろん、補償できるならしたい気持ちだけどね。今はテストが先決だ」

穂鶴は箱を目の前に掲げると、それをくるくると回転させてあらゆる角度から検分する。

そしてほんの三秒ほど考えると、ガコガコと箱の側面をスライドさせ始めた。

一定の手順で箱を操作することで蓋が開く仕組み――その手順を、穂鶴は淀《よど》みなく、一度も間違えることなく、まるでそうなることが決まっていたかのように実演してみせた。

「うわ、一瞬で……」

祭舘《まつりだて》が小さく驚いた声を漏らす。

どうやってかはわからないが、推理したんだろう――秘密箱の秘密の開け方を。

「ふうん」

穂鶴《ほづる》は開いた箱から一枚の写真を取り出す。俺の位置からだとその内容は見えなかった。

「そういうわけか。……この事件は僕のもので構わないかな？　ヘーゼルダインさん」

「構いませんよ。他人が手をつけた事件を横取りするような教育は受けていませんから」

「痛み入るよ。……不実崎《ふみさき》くん。『ヘンペルのカラス』を知っているかい？」

穂鶴は再び俺に視線を戻して、急に関係のない話を始める。

「ヘンペルのカラス……？　いや……」

「対偶論法のことさ。『すべてのカラスは黒い』という文章は、『すべての黒くないものはカラスではない』という文章と同じ事実を指すだろう？　黒くないものを全部世界から取り除けば、残った黒いものの中にカラスが必ず含まれているわけだからね。『AはBである』と『BではないものはAではない』は同値――これが『対偶』。論理のルールだ。

つまり、この世すべての黒くないものを調べ、その中にカラスが一羽も存在しなければ、カラスそのものをまったく調べることなく、すべてのカラスが黒いことを証明できるのさ――ちょっと奇妙な話だけどね」

「……何が言いたい？」

「キミには僕の心のうちを調べることはできない。けれど僕には、『僕がすまなく思っている』という事実を証明する方法がある――行動をもって、『すまなく思っていない僕』をすべて否定することによってね」

持って回った話をした後、穂鶴はポンと俺の肩を軽く叩《たた》いて、電気街の方面に歩き去っていった。

その背中が雑踏に消えると、俺は隣の祭舘《まつりだて》に、今叩かれた肩を見せて訊《き》く。

「祭舘、肩に何かついてないか？」

「え？　何もついてないけど」

「そうか……」

盗聴器でもつけられてたら、わかりやすかったんだけどな。

「なんか警戒しすぎじゃない？　昔に何があったか知らないけどさー」

「初対面で盗聴器つけてくる奴《やつ》が多いからな、この学園には」

「え、そうなの？　こわ」

まあ今のところ一人しかいないんだが。

幼い頃の視野の狭い自分を、今は恥じて反省している――別におかしなことじゃない。よくあることだとさえ言えるだろう。あの〈探偵係〉でさえ、当時は子供だった――当たり前の事実だ。そのはずなのに……。

まだ引っかかる。

探偵はクソだ――そう毒づいていた過去の俺が、警鐘を鳴らしていた。

4　対抗――Side: 音夢《おとゆめ》カゲリ

あたしたちの基本戦法は、①事件を見つける、②神無《かんな》ちゃんが解く、③ポイントをあたしがもらう——以上の三工程から成る。悲しいほどのヒモ状態だけれど、これが最大効率なんだからあたしに文句を言う権利はないのだった。

とはいえ、神無ちゃんも退学は避けないといけないからいくらかのポイントは確保していて、今日はその中から連絡スキルを取得して、頻繁に生徒端末を確認していた。

SNSのチェックを怠らないその姿はギャルな見た目にマッチしているけれど、当然ただ暇を潰しているわけじゃない。

「動きが加速した——サーチスキルをレベル3にしたみたい」

「へーゼルダインさん？」

「そう。目立つ人間は動きが追いやすくて助かるわ」

テスト中にSNSをいじる人なんていないでしょと思ってたけど、これが意外とそうでもないみたいで、目立ってる人の動きを逐一報告している生徒が少なくないようだった。

その筆頭対象がへーゼルダインさんだ。

へーゼルダインさんの一党は神田《かんだ》で活動した後、秋葉原《あきはばら》、湯島《ゆしま》と移動し、昼を過ぎたあたりから目撃件数が爆発的に増加した。どれもこれも『サーチスキルの通知に従って事件現場に行ったらすでにそこにいた』という形だ。

そしてあたしたちは、すでにサーチスキルのレベル2を取得し、レベル3の効果詳細を把握している。

「まさに王道の攻略法——サーチスキルの予知を使って、先行者利益を貪るつもりだわ」

「どうするの？　30分も早く事件を予知されたんじゃ、妨害だってしようがないし……」

「そうかしら」

生徒端末を指先で素早く操作しながら、神無ちゃんは言う。

「やりようはあるものよ。労せずして功を上げる、経済的な方法がね」

5　対峙《たいじ》——Side: 不実崎《ふみさき》未咲《みさき》

「……尾行されてないか？」

休憩に立ち寄った喫茶店の中で、俺は抑えた声で言った。

俺たちが座っているボックス席から二つほど離れた席に、同じくらいの年頃の学生たちが陣取っている。顔に見覚えはないが、この店に入る前からついてきていることはもう確認済みだ。

エヴラールはメニュー表を眺めながら、

「されてますね。あまり見ないようにしてください。警戒させたくありません」

「どういうことだ？　俺たちがマークされるのはわかるにしても、尾《つ》け回すような時間があるとは思えねえけど」

「わたしたちがしていることを把握しているのではないでしょうか」

カイラがストローでお冷やをかき混ぜながら言う。

「それであれば、先んじることはできないまでも、わたしたちと同時に事件に取り組むことはできます——わたしたちが予知した中から選んだ以上、ポイント的にはずれの難易度Fということもありませんし」

「あー、これかも？」

生徒端末を見ていた祭舘《まつりだて》が、その画面を上に向けてテーブルに置く。

そこには連絡スキルで使用できる生徒用ＳＮＳの、とある投稿が映っていた。

『サーチスキルのレベル３は模擬事件の発生を30分前に予知する効果。すでに探偵王女のグループが入手している。尾行すれば彼女たちが取り漏らしたポイントを稼げるかも』

ご丁寧な奴《やつ》がいたもんだ。もう30リポストもされてやがる。最大で１２０人しかいないＳＮＳなのに。

「どこの誰だろうねー？　こんなことして得することあるのかなー？」

祭舘が首を傾《かし》げ、エヴラールが端末を少し俺の方に滑らせて言う。

「何かご意見はありますか、不実崎《ふみさき》さん？　このインフルエンサーについて」

「……そうだな……。まず第一に、サーチスキルのレベル３の情報を持ってるってことは、結構上位の奴だな。最低でも今の時点で30ポイント稼いでいる必要がある」

「そうですね。他には？」

「かなり負けず嫌いな奴だろうな、たぶん」

「その心は？」

「だって、黙っとけば自分もサーチスキルの先行者利益に与《あずか》れたはずだろ。この情報を持ってるくらいのポイント長者なんだから。一番得するのは一番乗りの俺たちだが、だからって二番手以降が同じ戦術を取れないわけじゃないからな——いくら予知できるっつっても、すべての模擬事件を解決できるわけじゃない」

俺たちが北でポイントを稼いでいる間に、こいつは南でポイントを稼げばいい。そうやって住み分ければ、俺たちほどじゃないにしろこいつも得ができたはずだ。

「そうしなかったってことは、俺たちが首位を独走するのを見てられなかったってことだろ。かなりプライドが高くて負けず嫌いな奴だ」

「それか、私たちの誰かが相当の不興を買っているか、ですね」

エヴラールは片目をつむり、アイドルがファンサするように俺に微笑《ほほえ》んだ。

「素晴らしい《トレ・ビアン》。いい洞察力です、不実崎さん」

「どこの誰だかわかんねえなら大した意味のねえ推理だけどな」

「そんなことはありませんよ。今の話を聞いて、これからの立ち回りが決まりました」

そこでちょうど、ウェイトレスが注文を取りに来た。エヴラールは紅茶を、俺はコーヒー、カイラはカフェオレ、祭舘《まつりだて》はキャラメルマキアートを注文する。

「まず、尾行は放置します。少しの間調子に乗らせてあげましょう」

ウェイトレスが帰ってから、エヴラールは続きを話し始めた。

「いいのか？　結構得させることになるが」

「いいんです。意に介さないふりをすることに意味があります」

「どういうことだ？」

「『あなたの妨害なんて何の意味もありません』というポーズをとることによって、このインフルエンサーを挑発します。そうすれば必ず自ら私たちを潰しに来るでしょう。勝負所——例えば、難易度Cの事件が発生した時などに」

「そこを逆に潰すってわけか？　お前も大概負けず嫌いだな」

「不実崎《ふみさき》さんはよくご存知《ぞんじ》でしょう？　夜の私を」

「えっ？　不実崎くん、やっぱり……」

祭舘がちょっと顔を赤らめて俺を見る。

ゲームな。夜にゲームしてる時の話な——と反論してやりたくて仕方がなかったが、祭舘はエヴラールがゲーマーであることを知らない。

何も言えない俺を見て楽しそうに微笑《ほほえ》みながら、エヴラールは話を続ける。

「しばらく尾行を無視しておこぼれを与えておけば、調子に乗ったグループが私たちの先回りをし始めるでしょう。それを契機に、私たちもテンポを上げます。今までは事件が発生するまで待っている時間がもったいなかったので、予知が出てしばらく経《た》ってから現場に向かっていましたが、美味《おい》しそうな事件の予知が出たらすぐに向かうことにします」

「そりゃまたなんで？」

「タイミングを掴《つか》みやすくなるでしょう？　私たちが現場に向かうタイミングが」

インフルエンサーを釣り出すための策の一つか。

「出向いてきた相手を潰したら、それをＳＮＳで公表します。それで刃向かってくる人間も少なくなるでしょう」

「発想が戦国大名だな、お前」

「一応王女ですので」

ま、俺たちのグループの殿様は結局こいつだ。それがそうするって言うなら、俺は従うけどな。

「1年1組、出席番号3番、上野原《うえのはら》彰正《あきまさ》！」

「1年1組、出席番号6番、甘野《かんの》恵紀《けいき》！」

「1年1組、出席番号13番、鈴木《すずき》ブレイド！」

「1年1組、出席番号19番、長良川《ながらがわ》有喜《ゆき》！」

「1年1組、出席番号21番、羽島《はじま》涼《りょう》！」

「1年1組、出席番号25番、雅《みやび》さくら！」

エヴラールの予言の通り、先回りする連中が現れた。

上野原と生徒端末に名乗った男子は後から来た俺たちを振り返り、

「悪いな。ここの事件はもう俺たちが手をつけてるぜ。今からでも勝負するか？」

「……いえ、ここは譲りましょう」

エヴラールのチートじみた推理速度なら今からでも先に解決できそうなもんだが、ここはあえて引いた。

これでこいつらが調子に乗って、SNSに投稿してくれるだろう。

「予定通りです。スピードを上げますよ」

事件の発生を待たず、予知した場所に即座に急行する。事件が起こるまで待たなければいけない分、効率は下がるが、確実に最速で事件に取りかかることができる。

そうして、俺たちは待った。

あのインフルエンサーが絡んでくるであろう、大きな事件の到来を――

――ピロリロリン！

生徒端末が奏でた通知音を聞いて、エヴラールが画面を開く。

瞬間、形のいい眉を上げて、小さく微笑《ほほえ》みながらその画面を俺たちに向けた。

その表示に、俺と祭舘《まつりだて》は同時に声を上げる。

「「――難易度C！」」

一発で20ポイント――今日一番の大物！

座標は、千代田《ちよだ》区北部から文京《ぶんきょう》区南部を覆うテストエリアの北の端――文京区からわずかにはみ出した、出島のような区画。

東京都台東《たいとう》区池之端《いけのはた》一丁目。

旧岩崎邸《いわさきてい》。

旧岩崎邸は戦前に財閥の総帥が住んでいた洋館で、今は誰が住んでいるわけでもなく、都の管理下で一般に開放されて観光地になっている。

この前の天照館《てんしょうかん》もそうだったが、探偵が活躍する場所と言ったら怪しげな洋館というイメージは今も根強い――旧岩崎邸は別に怪しげではないが、殺人事件のロケーションとしては確かに悪くない部類に入るだろう。

そしてもちろん、探偵と探偵が対峙《たいじ》する場所としても。

「名前をお伺いしましょう」

「……音夢《おとゆめ》カゲリ」

古めかしい洋館のエントランスで、待っていたのは二人の女子だった。

片方はいかにもギャルって感じの、派手髪で制服を着崩した女子。

そしてもう片方は、一見何の変哲もない黒髪の、大人しそうな雰囲気の女子――しかし、生徒端末の画面をエヴラールに見せつけていたのは、一見地味なそちらの方だった。

端末の画面には、まだ起きていない模擬事件の通知。

サーチスキル・レベル3を持っている証《あかし》。

人は見かけによらない――ましてやそれが探偵ならば。

彼女が初日3位――SNSを通じてエヴラールに喧嘩《けんか》を売ってきた、当人なのだ。

エントランスの入り口、小さい階段を登ったところで立ち止まっているエヴラールは、待ち受けていたその二人から目を離さないまま、後ろに控えている俺たちに言った。

「手出し無用です。特に不実崎《ふみさき》さん」

「俺が横入り野郎に見えるのかよ」

「得意技じゃないですか」

……まあ確かに。

入り口から差し込んだ光が、エヴラールの影を赤いゴムシートに落としている。行事の時の体育館みたいだが、この大時代的な内装の中にあると、まるで赤絨毯《じゅうたん》のように見えた。

それはアーチ状の開口枠の奥でT字状に分かれ、その分岐点に、二人の女子が立っている――それに向かって一歩踏み出しながら、エヴラールは言った。

「こんなところで話すのもなんです。事件が起こるまで、奥の部屋でゆっくりしようではありませんか」

カチ、コチ、カチ、コチ、とどこからか古めかしい時計の音が聞こえてくる。

エヴラールの言葉はまるでその音に合わせて、空気に見えない糸を張り巡らせていくかのようだった。

「そ……そうですね。奥に行きましょう」

……？　待ち受けていたわりに、ずいぶん大人しい様子だな。さすがに本物の探偵王女を向こうに回して、緊張しているのか……。

エヴラールと音夢《おとゆめ》カゲリ、そして音夢が連れているギャルは、玄関から左手に伸びる通路を歩いていった。俺たちもなんとなくそれについていく。

手出し無用と言われた以上、俺たちは別行動をしていても問題ない――むしろ効率的にはそうするべきだ。しかし、俺にも探偵らしい好奇心ってやつがあったのか、見届けてみたくなった――世界の探偵王女たるエヴラールと、日本の若き探偵の卵の戦いを。

通路の先にあったメインホールを抜けて、正面にある扉の中に入っていく。さっき見た間取り図によれば、そこは婦人客室という部屋だった。

エヴラールたちに続いて中に入ると、びっしりとシルクの刺繍《ししゅう》が施されている天井が頭上に広がり、圧倒された。他はいかにもヨーロッパ的な内装だが、ここだけはどことなくアラビアっぽい雰囲気を感じる……。

そんな中に、カチ、コチ、と針を刻む時計の音が響き渡っていた。

エヴラールは部屋の中をぐるりと見回すと、壁際に置いてあった安楽椅子に腰掛ける。

「ここならメインホール越しに玄関の様子も見えますね」

アンティークな安楽椅子に収まったエヴラールは、まるで等身大のビスクドールだった。

そこに悠然たる笑みを浮かべて、立ちっぱなしの音夢《おとゆめ》を見つめる。

「それで？　そちらの目論見《もくろみ》を聞きましょうか」

「……き、決まっています。ポイントを賭けて勝負です――このままあなたを放置すると、二度と追いつけないくらい独走されてしまいますから」

「ポイントを賭けて、とはお優しい。いいんですよ？　サーチスキルを賭けても」

「………………！」

音夢と同様に、俺たちも息を呑《の》む。

「裁判スキルの説明にはこうあります――『相手と同等以上のスキルを所有している場合、ポイント以外にも所有スキルを賭けることができる。奪い取ったスキルをすでに持っている場合は、そのスキルの取得に必要なポイントと同量の解決ポイントに変換される。選別《セレ》裁判《クト》で奪い取られたスキルは、選別《セレ》裁判《クト》で奪い返すか、本来の取得費用の二倍のポイントを消費することでしか取り戻すことはできない』」

サーチスキル・レベル3を賭けた場合、負ければ80ポイント損――しかも取り戻すのに160ポイント！　後者については俺たちの誰かに新しくスキルを取らせれば済む話だが、どちらにしてもあまりにもでかいダメージだ――スキルを取り戻した頃には、もうとっくに先行者利益を得られる時間は過ぎているだろう。

相手にとっては千載一遇。首位独走のエヴラールを引きずり下ろせるんだから。しかしこっちにとっては旨味《うまみ》は少ない。1位が3位を蹴落としたところで大した得はないからな。

それでも、やろうって言うのか――生きるか死ぬかの勝負を。探偵王女としての威厳を示すために？

「あ、あたしは……」

音夢は動揺した様子で、後ろに立っているギャルにちらりと視線をやった。

　直後、覚悟を決めた様子で唇を引き結び、エヴラールに頷《うなず》いてみせる。

「……わかりました。互いのサーチスキルを、賭けましょう」

「それでなくては」

　エヴラールはくすくすと笑って、さらにとんでもないことを言い出した。

「では、私のハンデをご説明しましょう」

「は……ハンデ？」

「今この瞬間から事件が解決されるまで、私はこの椅子から一歩も動きません。これでも私はプロですので、素人の学生を相手取るにはこれでトントンというところでしょう」

　あまりに傲岸な提案に、たまらず俺は口を挟む。

「おい、エヴラール……！　それはさすがに調子こきすぎだろ！」

「『手出し無用』に『口出し無用』を付け加えましょうか、不実崎《ふみさき》さん。調子に乗っているのはどちらなのか、すぐにわかることですよ」

　椅子から一歩も動かない――それはすなわち、事件が起こっても調べに行けないし、関係者に聞き込みをして回ることもできないってことだ。そしてもちろん、手出し無用、口出し無用を言い渡されている俺たちにも、それを手伝うことはできない。そんな状況でどうやって……。

「情報は向こうから勝手に入ってきます。探偵さんがご丁寧にも、私に推理を説明する時にね」

音夢《おとゆめ》カゲリを見据えて、エヴラールは挑発するように微笑《ほほえ》んだ。

選別《セレクト》裁判である以上、音夢にはエヴラールに自分の推理を説明する義務がある——確かにその時、音夢が調べてきた情報がエヴラールにも入ってくるだろう。それから一瞬で事件の真相を推理する——エヴラールの推理速度ならできない話じゃないが、難易度Cだぞ？　前に同じ難易度の事件に丸一日かけたのを忘れてんじゃねえだろうな。

音夢もさすがに眉根を寄せて、

「そっちの方が言う通り、ちょっと舐《な》めすぎじゃないですか……？」

「この条件でなければ私は勝負しません。別に20ポイントくらい、すぐに稼げますしね——ここの事件にこだわる理由は私にはありません。弱い者いじめの趣味はないんですよ、残念ながら」

いやに挑発するな——普段を知らない音夢にとっては、エヴラールが元々こういう驕《おご》り高《たか》ぶった探偵だったかのように見えているだろう。

実際、音夢はむっつりと結んだ唇に不快感を滲《にじ》ませて、

「後悔しても遅いですよ」

と言った。

エヴラールは何も言わず、ただ微笑みを湛《たた》える。

それから、生徒端末を取り出して、

「では事件が始まる前に手続きを済ませましょう。あなたは何を主張しますか？」

「シンプルです──あたしの方が、この事件を早く解決します」

「いいえ。早いのは私です」

ここに異なる主張が二つ揃《そろ》った。

事件に探偵は一人しかいらない──〈第九則の選別裁判《ヴァン・ダインズ・セレクト》〉の条件が整う。

エヴラールが、音夢カゲリが、自身の生徒端末を掲げて、ここに宣言する。

「「手掛《シ》かり《ョウ》は《ウ》──」」


「──『探偵権限』」


声がした。

と同時、俺たちの生徒端末が一斉に、ピーッ！　というエラー音のようなものを発した。

画面を見れば、今まで一度も見たことのないメッセージが表示されている。

【〈探偵権限〉スキルによって捜査予約が行われました】

【あなたはこの事件の捜査権限を失いました】

な……なんだこれは……。

探偵権限スキル？　なんだそりゃ……。一体誰が!?

「『何人たりとも、探偵の捜査を妨げることは許されない』──悪いね、口を出して。無駄な選別裁判《セレクト》が始まってしまうと思ってさ……」

扉の外のメインホールに、そいつが立っていた。

女と見紛《みまが》うような線の細い美貌。

悠然とした、しかし人を食ったような笑み。

穂鶴黎鹿《ほづるれいか》。

「……探偵権限スキル……」

エヴラールが立ち上がり、部屋に入ってくる穂鶴を睨《にら》みつける。

「特殊な条件で取得できるスキルですね？」

「ふふ。そう思った理由は？」

「公示されたスキル一覧表にはこうありました。『初期状態でポイント消費によって取得できるスキルは次の通りである』——まるでポイント消費では取得できないスキルがあるかのような物言いです」

「さすが目敏《めざと》い」

「それに、裁判スキルの説明にも違和感がありました。『相手と同等以上のスキルを所有している場合、ポイント以外にも所有スキルを賭けることができる』——何をもって『同等』とするのか、その基準の説明がありません。取得費用が基準なのであれば、後の解決ポイントの変換の項にもあるように、その旨を説明しているはずです。ポイント換算ができないスキルが存在するのだとすれば納得がいきます」

「グッド。いい考察だね。だったら今やるべきこともわかるね？」

穂鶴は優越感を滲《にじ》ませた笑みを顔に貼り付け、エヴラールに、そして俺たちに告げる。

「お引き取り願おうか。探偵たりえぬ野次馬《やじうま》の皆様方？　これは僕の事件だ」

穂鶴がすっと片手を上げると、それに応じて6人の生徒が一気に客室に入ってきた。入り口近くにいたカイラに小柄な女子が軽くぶつかって、「おっとごめんよ～」と謝る。

エヴラールは少しだけ目を細めると、嘆息して部屋の入り口に足を向けた。

「ここは譲りましょう。そんなスキルが存在するのでは、私の戦略も成り立ちませんし――作戦の練り直しです」

「余裕ぶるじゃないか、探偵王女。格下相手にあんな小賢《こざか》しい真似《まね》をしておいてさ」

「……何の話でしょう？」

「記憶力には自信があってね――生まれてこの方、秒針が振れる音すら忘れたことがないんだ」

自分の耳を指さして口にした穂鶴の発言に、エヴラールは静かに眉をひそめ、そしてなぜか音夢《おとゆめ》の連れのギャルがハッと顔を上げた。

「……行きましょう、皆さん」

エヴラールは俺たちを促して、婦人客室を立ち去る。

俺たちに少し遅れて、音夢たちも客室から出てくる。

玄関にさしかかった頃、ボーン――と時計が大きく鳴り響いて、同時、2階の方から甲高い悲鳴が聞こえてきた。

旧岩崎邸《いわさきてい》を立ち去る俺たちの背中に、客室に残った連中が端末に名乗る声が追いすがる。

「1年1組、出席番号1番、化野粧《あだしのめかし》！」

「1年1組、出席番号5番、大戸憲太郎《おおどけんたろう》！」

「1年1組、出席番号7番、桐山巧《きりやまたくみ》！」

「1年1組、出席番号11番、境崎《さかいざき》リリ！」

「1年1組、出席番号17番、寺須池《てらすいけ》ミロ！」

「1年1組、出席番号27番、安岡葵《やすおかあおい》！」

「――1年1組、出席番号23番、穂鶴黎鹿《れいか》」

6　探偵王女の成長――Side: 音夢《おとゆめ》カゲリ

「もう、何なのあの穂鶴って人！　なんか嫌な感じ！」

旧岩崎邸から離れ、湯島《ゆしま》駅から千代田《ちよだ》線に乗ると、あたしはようやく我慢していた悪態を吐き出した。

神無《かんな》ちゃんは閉じたドアにもたれかかりながら、

「助かった。……危ないところだった」

と、呟《つぶや》いた。

予想外のセリフに、あたしは思わず「え？」と目を瞬く。

「ど、どういうこと？　助かったって？」

「あのまま選別裁判《セレクト》を始めていたら、わたしたちは間違いなく負けていたわ」

「そんなのわかんないじゃん！　まだ事件も始まってなかったのに……」

「事件は始まってなかった。だけど勝負は始まっていたの――わたしは、それに気づけていなかった」

　あたしにはちんぷんかんぷんだった。

　あたしは神無ちゃんこそ1年生で最高の名探偵なんだって信じてる。だからへーゼルダインさんがハンデとか言い出した時、かなりムッとしてしまった。舐《な》めやがって、思い知れって――なのに、その時点で勝負は始まっていた？

「探偵王女がなぜこの場から動かないなんて言い出したのか……あれは、ただの挑発じゃなかったのよ。わたしたちの行動を制御するためのものだった……」

「行動を、制御する……？　そんなのどうやって……」

「彼女がああ言ってあの部屋に留《とど》まった場合、わたしたちはどうしていたと思う？　選別《セレ》裁判《クト》が成立した後、わたしたちはどんな行動をとるかしら？」

「そりゃあ……お屋敷の中を一通り調べるんじゃない？　事件に備えて……。あの部屋でへーゼルダインさんと睨《にら》み合っててても息が詰まるだけだしさ」

「そう。彼女はわたしたちを、あの部屋に留まらせたくなかったの」

「え？　何か……重要なものがあったってこと？　あの婦人客室に？」

「時計」

経済的に――神無《かんな》ちゃんは短く言った。

「時計の秒針の音が……少しだけ、ずれていたような気がする」

「えっ!?　ずれてたって……リズムが？」

「短かったのか、長かったのか、そこまではわたしにはわからなかった……。おそらく0・1秒もないような、些細《ささい》なズレ。でもそれが何百回も重なれば、時計は実際の時刻から大きくずれていく――おそらくそれが、あの屋敷で起こる事件のトリックだった」

言われてみれば、確かに妙に耳につく針の音だったような気がする……。それもリズムがずれていたせい？

「あの部屋にずっと留《とど》まり、針の音を聞き続けていれば、わたしも気づけた自信はあるわ。でも他の場所に移動して、調査に集中していたら……」

「……気づけなかった……？　ヘーゼルダインさんはそれを狙っていた？」

神無ちゃんは無言で頷《うなず》いた。

トリックの核に気づかないまま捜査・推理をしていたら、いくら神無ちゃんでも間違った結論を出してしまうに違いない。ヘーゼルダインさんはそれをゆっくりと聞き終えてから、最初からわかっているトリックをそこに加えて口にするだけでいい。

事件は始まってなかったけど――勝負は始まっていた。

信じられない……。

神無ちゃんがここまであっさりと負けを認めることもだけど、ヘーゼルダインさん——彼女は、旧岩崎邸《いわさきてい》に到着してから婦人客室に移動するまでのほんのわずかな間に、まだ起こってもいない事件のトリックを解いてしまったっていうの？　しかもそれを敵に気づかせないための作戦を即座に考えて、実行した……？

規格外だ。

探偵王女——探偵界の王位を継ぐ少女。

「入学当時……不実崎未咲《ふみさきみさき》との選別裁判《セレクト》を見たわ」

神無ちゃんがぽつりと言う。

「確かに計算能力は凄《すさ》まじいけど、あのくらい迂闊《うかつ》なところがあるなら勝負にはなる——そう思っていた」

「……でも、今は？」

「成長している——いえ、学習している」

神無ちゃんの形のいい唇が、ほんの少しだけ、悔しそうに歪《ゆが》んだ。

「この探偵学園での戦い方を。……今の彼女は、どこにでもいるただの名探偵じゃない」

ただの名探偵……。

その領域さえ遥《はる》か彼方《かなた》にあるあたしには、目の前にいるはずの神無ちゃんの姿すら、ひどく遠くに思えた。

7　探偵権限――Side:不実崎《ふみさき》未咲《みさき》

探偵権限スキル。

事件の捜査権を無理やり奪ってしまうあのスキルがあったら、俺たちのサーチスキルによる先取り作戦はまったく意味をなさなくなる。いかに予知して素早く事件現場に到着しても、後から来た探偵権限持ちにあっさり横取りされちまうんだから。

対策を練る必要があった。

「まずはあのスキルについて詳細を調べることです」

バス停のベンチに腰掛けると、エヴラールはそう切り出した。

「具体的にどんな効果なのか。どういう条件で入手できるのか……」

「そうだな。……それに加えて、俺は穂鶴《ほづる》のことも気になる」

「というと？」

俺はベンチの背もたれに軽くお尻を引っ掛けながら、

「いくら難易度Cの大物だからって、あんな風に見せつけるようにしてスキルを使う必要はねえだろ。何か意図があるんじゃないか――俺にはそう思えるんだよ」

「確かにねえ。普通はあんなにいいタイミングで登場できないし」

と、祭舘《まつりだて》がらしい意見を追加してくれる。そこはあんまり考えてなかったけどな。探偵ってやつは、どいつもこいつも多かれ少なかれ芝居がかってるもんだから。

「それを推理するためにも、情報が必要ですね。祭舘さん、端末を」

「ほいほい。何するのー？」

「連絡スキルのクエスト機能を使います」

クエスト――連絡スキル・レベル2でDMと共に解禁されるテスト用SNSの機能だ。ゲームのクエストみたいに依頼を不特定多数に掲示して、それを達成してくれた相手に任意のポイントを支払う――今まで使ってなかったが、情報収集にはうってつけである。

「えー？　大丈夫？　クエスト機能で入ってくる情報、ほぼガセだって言ってるポスト見たよ？」

「ダメで元々です。祭舘さんのポイントは後で必ず補償しますので」

「別にいいけどなあ、わたしは。退学さえ回避できたらさー」

祭舘は慣れた手つきで端末に文字を打ち込んでいく。文面が完成したら「こんな感じでいい？」とエヴラールに確認して、クエストの掲示を済ませたようだ。

「報酬は5ポイント。……このくらいで来るかなあ、レアスキルの情報なんて」

「高額すぎるとそれこそガセが増えますからね。ひとまずそんなところでいいでしょう」

話しているうちにバスが来る。それに四人で乗り込んで、祭舘が真っ先に空いている席に飛び込んだ、その時だった。

祭舘の端末が通知音を鳴らす。

「およ」

祭舘《まつりだて》が眉を上げて端末の画面を確認した。

「もう来たよ、回答」

「さすがに早すぎだろ。クエストボードに張り付いてガセ答えてポイント稼いでるやつがいるんじゃねえの？」

「とりあえず確認してみましょう」

祭舘は画面を俺たちに向けてくる。その回答はこういうものだった。

『俺の友達が今日の昼まで探偵権限スキルを持っていた。取得条件は他パーティーとの捜査競争で何度か競り勝つことだ。これだけじゃ信じてもらえないかもしれないが、事情があって俺の正体は明かせない。俺がこの情報を提供したことも他言無用で願いたい。あなたたちが奴《やつ》を倒してくれることを期待している』

これは……思っていたものとは少し違う雰囲気だった。

「妙に真に迫ってるな……。取得条件もそれっぽいし、何より――」

「『奴』……」

エヴラールが呟《つぶや》く。それだ。その言葉が、俺には穂鶴《ほづる》を指しているように思えてならなかった。

「『持っていた』という過去形の表現とも合わせると、まるでスキルを誰かに奪われたかのような言いようですね――私たちが探偵権限スキルに関する情報を募集したその時点で、私たちが誰と出会ったのかを理解しているかのような」

「穂鶴が誰かから奪ったってことか？　おそらく偶然からあのスキルを手に入れた、誰かから……」

「でもさ、二人とも」と祭舘。「『他のパーティーとの捜査競争で競り勝つこと』だったら、わたしたちも何度もやってない？　とっくに達成してるはずだよ、こんな取得条件」

「確かにその通りです。もしこの情報が正しいのであれば、他にも何らかの取得条件があることになりますが……」

　この時点では、これが俺たちに調べられる限界だった。

　話が進んだのは、さらに1時間後――

　日が傾いてきた頃に届いた、一通のＤＭだった。

　差出人は、音夢《おとゆめ》カゲリ。

　探偵権限スキルに関して、提案したいことがあるという連絡だった。


　会合場所は学生らしく、御茶ノ水《おちゃのみず》駅のすぐ近くにあるサイゼリヤだった。

　音夢カゲリとその連れのギャルは、四人掛けのボックス席に先に座って待っていた。俺たちの中から座れるのは二人だけなので、代表して俺とエヴラールが彼女たちの向かい側に座り、残りの祭舘とカイラはすぐ隣のボックス席に腰掛ける。

　とりあえずドリンクバーを頼むと、音夢カゲリは単刀直入に語った。

「あたしたちで……探偵権限スキルの取得条件をクリアしませんか？」

緊張気味な様子で、音夢《おとゆめ》はまくし立てていく。

「裏は取りました。取得条件は『他のパーティーとの捜査競争で数回競り勝つこと』。他にもいくつか付帯条件があって――」

「待った。……そろそろ喋《しゃべ》りにくくないですか？」

「え？　……はい？」

「協力を申し出るつもりなら、代役を立てず自分の口で頼むべきでしょう――そうは思いませんか？」

そう言ってエヴラールが顔を向けたのは、正面の音夢ではなく、その隣に座っているギャルの方だった。

ギャルは冷静にエヴラールの目を見返しつつ、

「さすがに……気づかれるか」

「そりゃまあ。頑張ってはいましたが、指示を求めるような視線がチラチラ向いてましたし。誰か代役を立てるというのは、正体を隠したい探偵の常套手段《じょうとうしゅだん》ですしね」

代役――音夢カゲリは代役だったたっていうのか？　本物の探偵はこのギャルの方だったと……？

「改めて、お名前をお伺いしましょう。できれば本名の方で」

「水分神無《みくまりかんな》」

無駄を省いたその名乗りに、俺は少し驚いた。

「三偵理襲末家《さんていりしゆうばつけ》・水分家の嫡子――水分・〝カミヅ〟・神悟《しんご》の娘。学園では墨野《すみの》カンナという名前で通しているわ」

「……なるほど。金神島《かながみじま》では分家の方にお世話になりました」

三偵理襲末家――日本三大名探偵と呼ばれる探偵たちの推理法を受け継いだ、と自称する三つの探偵一族。その中でも、日本に二人しかいないS階級《ティアー》探偵を擁する水分家――しかも嫡子だって？　とんでもねえ探偵エリートじゃねえか。

「納得がいきました。道理で絡んでくるはずです――この国はいわば、あなたたちの縄張りですものね」

「……経済的ではない判断だった。だから今回は、経済的な提案を持ってきたの」

「談合によるスキル取得ですか。確かに経済的な戦略です」

「今までの状況から、探偵権限スキルの取得条件はソロじゃないと達成できないとわたしは見ている」

どんどん本題が進む。贅肉《ぜいにく》をそぎ落としたような話し方だった。

俺はそれに振り落とされないようにしつつ、

「それなら確かに今まで俺たちが取得できなかった理由も、他のほとんどの生徒が取得できてない理由もわかる。ほとんどの奴《やつ》がチームで動いてるからな。だけどそれだったら、お前ら二人で談合したら済む話なんじゃねえのか？」

「すでに実験済み。おそらく一度でもパーティーを組んだ相手との競争ではカウントされないわ」

　それで俺たちが必要ってわけか。

「でもそうすると、穂鶴《ほづる》の奴《やつ》はどうやって……」

「それを考察するのも、わたしの仮説が正しいかどうか、検証してみてからでいい。協力する？　しない？」

「しましょう」

　水分神無《みくまりかんな》のテンポに合わせるかのように、エヴラールは即答した。

「利害が一致しています。私もあなたもこれから先、探偵権限スキルがなければ立ち行きませんから」

「話のわかる人でよかったわ」

　二人はテーブル越しに握手する。あまりにスピーディーな展開に、同じテーブルに座っているはずの俺と音夢《おとゆめ》は少し置いてけぼり気味だった。


　そして、仮説が正しいことが実証された。

　取得条件その1・他のパーティーとの捜査競争にソロで5回競り勝つこと。

　取得条件その2・相手のパーティーに過去にパーティーを組んだことのある人間が存在しないこと。

　スキルの効果内容は次のようなものだ。

『模擬事件の捜査権限を独占することができる。また、サーチスキル・レベル3によって予知できている事件に捜査予約をすることができる。そして、他の生徒の探偵権限スキルを無効化することができる』

概《おお》ね予想通り――このスキルがあれば、捜査権限を奪われることはない。文字通り、探偵として最低限の権限を保証してくれるスキルだ。

しかし、こうなると疑問が残る。

「穂鶴はどうやってこのスキルの存在を知った？」

穂鶴は1組の生徒と行動を共にしていた。ソロで動いていたこともあったが、あの統率っぷりからすると、旧岩崎邸《いわさきてい》の時だけチームで動いていたってわけでもないだろう。探偵権限スキルの取得条件を自力で達成した可能性は低い。

考えられるのは、偶然このスキルを取得した生徒に選別裁判《セレクト》を仕掛けて奪った――あの情報提供者の口ぶりからするとかなり有力な可能性だ。

しかし、その生徒が探偵権限スキルを得たことを、どうやって知った？

模擬事件で使いまくって無双していたんなら、もう少しSNSで話題になっていてもよかったはずだ――しかし俺たちは、穂鶴に使われるまで、こんなスキルがあることを露ほども知らなかった。

「穂鶴さんに関する疑問は次の三つです」

エヴラールが指を三本立てて言う。

「一つ目、どうやって探偵権限スキルの存在を知ったのか？　二つ目、どうやって元の所持者に選別裁判《セレクト》の実行を承諾させたのか？」

それもそうだ。選別裁判《セレクト》を受けるかどうかは任意。強制させる手段は、今のところないはず……。

「そして三つ目――どうしてわざわざ私たちの前で探偵権限スキルを使ってみせたのか、です」

あまりにも不気味な三つの疑問。

その答えは現時点では杳《よう》として知れない――だが、強力に見える手札を簡単に使ってみせる理由なんて、いくつも考えられるもんじゃない。

まだ、切り札を隠している。

おそらくそれが、三つの疑問すべてに解答を与えるものなのだ。

8　探偵らしいやり方――Side: 不実崎《ふみさき》未咲《みさき》

夜20時――2日目のポイント集計結果が発表された。

「祭舘《まつりだて》……お前な……」

「えへへ」

「わざとやってんのか？」

「そんなつもりはないよー。いくつかスキル取って、クエストの報酬にも使っちゃったんだから仕方ないじゃん」

祭舘こよみ――**2日目集計結果・119位／0ポイント。**

一日中街を歩き回ってそれでも0ポイントって……水分神無《みくまりかんな》みたいに、実力を隠すためにわざとやってんじゃねえだろうな。

ちなみに今日、祭舘は幻影寮《げんえいりょう》に泊まる運びとなっていた。その方がいろいろスムーズだろうという判断だ。明日また桜福寮《おうふくりょう》に起こしに行くのも面倒だしな。

「連絡スキルでDMが解放されてから、クラスの連中と連絡を取り合うようになったが……**たぶんウチのクラスでお前だけだぞ、2日目が終わってもまだ0ポイントなの。**あのクールな本宮《もとみや》にさえちょっと心配されてたぞ？」

「まあまあ、テストはまだ6日あるんだから」

「5日だよ！」

畳の上でたははと誤魔化《ごまか》し笑いをしながら、祭舘は話題を変える。

「それよりも面白いよねー、この寮。今時こんな純和風の建物、サザエさんくらいでしかお目にかかれないよー。なんだか可愛《かわい》い先輩もいるし」

「あの先輩を可愛いの一言で片付けられるあたり、お前もやっぱり大物だな……」

「そう？　可愛いよ、吹尾奈《ふいおな》先輩」

「お前はあの裁判の時、惰眠を貪ってたからそんなことが言えんだよ……」

俺たちはこんな気の抜けたことを話しているが、居間の一方では真面目な話し合いが行われている。

もちろん、つい先ほど公表された、解決ポイントランキングの明らかな異常についてだ。

【1年生総合実技テスト・2日目集計】
1位――穂鶴黎鹿《ほづるれいか》　103ポイント／偏差値125

2位以下には見覚えのない名前が並んでいる。それもそのはずで、サーチスキル・レベル3の取得に80ポイントも消費し、さらに解決ポイントを俺たちと分け合っていたエヴラールは30ポイントの偏差値63に留《とど》まっているし、初日3位の音夢《おとゆめ》カゲリも、サーチスキルを強化しきるのにかなりのポイントを消費し、一時的に下位に沈んでいるのだ。

今日はスキルの有用性が広く知られ、多くの生徒がスキルの取得のためにポイントを消費した。今はたまたまポイント消費を抑えた奴《やつ》が上位に来ているに過ぎない。しかし、それにしても――

「あまりにも不自然ですね、このポイントは……」

1位に君臨する穂鶴のポイント集計結果は異常値だった。

「探偵権限による捜査予約を行った以上、穂鶴さんもサーチスキルをレベル3まで強化しきっているはずです。にも拘《かか》わらず103ポイントも余るなんて……普通に事件を解決しているだけでは絶対に不可能です」

「そうなるとお嬢様——方法は一つしかありませんが」

「んにひひ。面白くなってきたじゃ～ん」

話し合うエヴラールとカイラの横で、フィオ先輩が完全に傍観者面でにやにやと笑う。

確かに先輩好みの展開ではあるだろう——現状わかっている情報で考える限り、穂鶴は選別裁判《セレクト》で他の生徒からポイントを搾り取っているはずなのだから。

〈裁判屋〉の異名を取るフィオ先輩がこのテストに参加していたら、きっと穂鶴みたいな戦略を取っていただろう。

「それにしたって」

猫のように座布団でゴロゴロし始めた祭舘《まつりだて》を放置して、俺はエヴラールたちの会議に参加する。

「受けるかどうかは任意のはずの選別裁判《セレクト》で、どうやったらこんなに稼げるんだ？　……フィオ先輩だったらどうするっすか？」

「おっと、それは答えられないなぁ～。会長に怒られちゃう」

と言いながら、フィオ先輩は四《よ》つん這《ば》いで俺のそばまでやってきて、艶《つや》たっぷりに耳元で囁《ささや》いた。

「（今日、同じお布団で寝てくれたら……教えてあげちゃうかも？）」

「んなっ……！」

「……不実崎《ふみさき》さん。そんな律儀に赤くならなくても、なんとなく想像はつきますよ。人間に判断を強制させる方法なんて、いくらでも研究されていますからね」

だからカイラも過剰に反応しない、と無表情のメイドをなだめるエヴラール。

俺はフィオ先輩から距離を取りながら、

「俺だって一応思いついてはいるってのーー……ただ、ちょっと口にするのが憚《はばか》られるだけだ」

「遠慮無用です。何を思いついたのか言ってみてください」

「可能性は、ざっくり言えば三つだろ。スキル、交渉、……そして、脅迫」

裁判を強制させるスキルが存在するか。

ポイント以上のメリットを提示してポイントを譲り受けているか。

弱味《よわみ》か何かを握って、裁判を承諾せざるを得ない状況に追い込んでいるか。

「わかってるじゃないですか。私も概《おおむ》ね同じ意見です」

「お前は……この三つのどれだと思ってんだ?」

「三つ目ですね。十中八九」

「……それは、なんでだ」

「探偵とは、人の弱味を握る職業だからです」

俺は口を噤《つぐ》んだ。

多分に露悪的な言い方ではあるものの、……浮気調査も、犯人の告発も、言ってしまえばそういうこと。

誰かの知られたくない秘密を握る。……穂鶴《ほづる》も穂鶴なりの、探偵らしい戦い方をしているとしたら……。

「その方法が問題なんですけどね。そもそもこの時のためにあらかじめ有力そうな生徒の身辺調査をしておいたのか、それともこのテスト中に、何らかの方法で弱味を探り出したのか……」

「前者だとしたら、エヴラール、お前だって危ないだろ」

「私にはバレて困るような弱味はありませんから」

部屋でゲームしてるの見られて大騒ぎしてた奴《やつ》とは思えねえ言い分だな。

いずれにせよ、結論は出ない。

しかし、穂鶴だけが知っていて、俺たちが知らないことがある――それだけは確かなんじゃないかと思えた。

――ピロリロリン！

その時、どこかから軽やかな通知音が聞こえてきた。

「誰だ？」

周りを見ながら、俺は自分の生徒端末を確認する。俺じゃないな。

「あ、私ですね」

エヴラールが自分の端末の画面を見て言う。

……というか。

つい普段の癖で、ＳＮＳか何かの通知音だと思っちまったが……今は普通のＳＮＳはロックされてるはずだし、スキルもすでに機能してない時間のはず……。

何の通知だ？

「……え？」

エヴラールが端末の画面を見ながら困惑した表情を見せる。

この時、彼女の元に届いた通知が——

——このテストの姿を、一変させてしまうこととなった。

9　深夜、銀杏並木《いちょうなみき》——Side: 穂鶴黎鹿《ほづるれいか》

等間隔に並ぶ銀杏の木が、オレンジ色の柔らかな光でライトアップされている。

洗練されたビルに挟まれたこの通りは、甲賀《こうが》通りという——一説には、かつてこの通りに甲賀忍者が住んでいたからそういう名前になったのだと言うが、それが真実であれば、探偵が密会するのにはなかなかいいロケーションだと言えるだろう。

僕が呼び出した丑山界正《うしやまかいせい》は、植え込みの縁に座って待っていた。

「やあ。夜分遅くに呼び出してすまないね」

「何の用だ？」

挨拶もしない。僕の方も見ない。その目はまるで、この世の裏にたゆたう真実在《イデア》を透かし見ているかのようで、その姿さえも、この世界の位相から一つずれているかのようにすら感じられた。

さすが神童サマは佇《たたず》まいからして違うね。

「僕に協力しないか」

ここは敬意を表して、相手の流儀に合わせてやろう。

「調べはついている。君も持っているんだろう？　ユニークスキルを」

そう口にすると、丑山はようやく、ちらりと僕の方を見やった。

「君は……このスキルが何のためのものかを知っていて、そんなことを言っているのか？」

僕はただ、少し笑う。

これで充分わかるだろう、探偵？

丑山は植え込みの縁から立ち上がった。そしてそのまま、僕に背中を向ける。

「僕に協力すれば、君好みの事件をたくさん紹介できると思うんだけどね」

去りゆく背中に僕はそう声をかけたが、丑山はまったく振り返る気配を見せなかった。

やれやれ。交渉決裂か。

しかしまあ、裏は取れた。彼はあのスキルを持っている。僕にとってそこまで必要なものではないが、確認しておくに越したことはない。

僕も寮に戻ろうと踵《きびす》を返す。すると——

「フラれてやんの。だっせ」

そこに、前城冥士《まえじろヘヴン》が立っていた。

古めかしいヤンキー風の少年を、僕は目をすがめて見据える。

「君は僕のストーカーか？　それかどこぞのクラスのスパイか？」

「どっちでもねえよ。夜の散歩と洒落込《しゃれこ》んでたら、たまたまてめぇの声が聞こえただけだ」

どうだかな。**この男がこの辺を歩いているという時点で不審だ。**

「お前は孤高の王様を気取っている割に、仲間が欲しいんだな、穂鶴《ほづる》。悪ぶりながら大勢でつるむヤンキーと変わりゃあしないぜ。自分が最強だと思ってるくせに、誰かにそれを証明してもらわなけりゃ不安で仕方ねえんだ」

「…………」

この男の戯言《たわごと》に付き合っている暇はない。明日も朝からポイントを稼がなければならないのだ。

僕は黙って前城《まえじろ》の横を通り過ぎた。

野卑な声だけが、僕の背中を追いかけてくる。

「なあ穂鶴！　他人を自分の思い通りにしようとしてる人間に心を開く奴《やつ》なんて、この世のどこにもいやしねえんだぜ！」

黙れ。

僕のレコーダー並みの頭脳に、ゴミみたいな記憶を増やすな。

【第三章】探偵だから

SHERLOCK ACADEMY

KYOSUKE KAMISHIRO and
SHIRABII PRESENTS

不実崎未咲

犯罪王の孫

PROFILE

第三章　探偵だから

1　真実の事件――Side: 不実崎未咲《ふみさきみさき》

「何してんだこいつ……」

朝になって居間に出てくると、祭舘《まつりだて》がエヴラールの膝枕で寝こけていた。

格好はエヴラールから借りたらしいひらひらの寝巻きのまま。すでに服に着替えているエヴラールの太ももに、気持ちよさそうにほっぺを押し当てて寝息を立てていた。

「一度起こしてなんとかここまで連れてきたんですが、一瞬で二度寝してしまって……」

困り笑いをするエヴラール。一晩でどこまで気を許したんだか……他人《ひと》ん家での振る舞いじゃねえだろ。

「まあいいだろ……。こいつが6時に起きるなんて、どうせできっこねえと思ってたし。それよりも使えるようになったか?」

「はい。しっかりと」

俺がちゃぶ台のそばに座ると、カイラが味噌汁《みそしる》を持ってくる。

朝食がてら始めるのは、昨夜エヴラールの端末に届いた、あの通知についての確認だ。

「〈ユニークサーチスキル〉」

エヴラールは自分の端末をちゃぶ台に置きながら言う。

「効果は本物でしょう。昨日と一昨日《おととい》にこの近辺で起きた事件の座標や難易度等の情報を、すべて参照することができます――学園が用意したもの以外の事件に至るまで」

ユニークサーチスキル。

エヴラールの元に来た通知は、そのスキルの取得をアナウンスするものだった。

取得条件はよくわからない。おそらく2日目終了時点でサーチスキルのレベル3を持っていることや、事件の解決件数などがトリガーになったんだろうとエヴラールは言うが
……とにかく、今重要なのは。

「……やっぱり、初日の試着室の事件は、そうだったのか？」

「あなたとカイラから話を聞いた時点では半信半疑でしたが、このスキルの情報が真実であればそういうことになります――あの事件は本物です。あなたたちが試着室の中で見たのは、本物の死体です」

解決ポイントに違和感があったあの試着室の事件――あれは模擬事件ではなく、本当の殺人事件だった。俺たちは本当の殺しを捜査させられていた。

「……死体に体温が残ってたから、てっきりエキストラかなんかだと思ってた……。あれは、単に死んだばっかりだったってことなのか」

「そういうことになりますね。そこで気になるのは、本物の殺人なのに学園のテストとしてカウントされてしまったという事実――むしろ通常より多くのポイントを付与されたという事実。これらは学園側が、模擬事件の中に本物の事件が混ざってしまうであろうことをあらかじめ認識していたという証拠になります」

「テスト用のアプリに元からそういうプログラムが組んであったってことだからな……」

俺たち生徒に本物の事件を解かせることもあらかじめ織り込み済みだったってことだ。

「ってなると、事件発見時に通知された難易度だの設問だのは一体何だったんだ？　学園側も事件の真相を把握してなかったはずだよな？」

「確か『犯人はどこにいるか』という設問だったんですよね。本物の事件は大体そう訊《き》かれるんじゃないですか？　犯人さえ確保してしまえば他の細かいことは本人から聞いてしまえばいいですし」

「あー、なるほどな。なら難易度は？」

「いい言い方をすれば統計的に、悪い言い方をすれば適当に決めたんでしょう。どうせ解決ポイントはその難易度とは関係なく決まってそうですし」

生徒に犯人の居場所だけ推理させ、身柄の確保という危険な仕事は秘密裏に終わらせる――まるで仮想通貨のマイニングのような、生徒の計算能力だけを借りるやり方。

一体学園は何を考えてんだ？

「そこでなのですが……スキルの情報に、気になるものを見つけました」

エヴラールはちゃぶ台に置いた端末の画面をスイスイとスワイプし、マップをとある座標までスライドさせた。

それは神田川《かんだがわ》沿いにある、真理峰《まりみね》探偵社本社ビル。

そこに、事件の発生を示すアイコンがポップアップしていた。

「この事件だけ、テスト開始の瞬間から起こっていることになっているんです」

「2日前からずっと？　真理峰探偵社のビルで？」

「あるいは、このテストが始まる前からずっと」

真理峰探偵社――この学園の創立者にして理事長である真理峰・〝アケチ〟・真源《しんげん》が社長を務める、日本最大最高の探偵社。

その本社ビルで、どんな事件が起こってるって？

「厳密には、このビル自体で事件が起こっているわけではないと思います。おそらくこれは、『気づいたならここに来い』というメッセージ――この事件はこんな、一個の小さなアイコンで座標を示せるような類《たぐい》のものではないのでしょう」

「どういうことだよ？　そのアイコンをタップすると何が表示されるんだ？」

「見た方が早いでしょう」

エヴラールの細く白い指が、真理峰探偵社本社ビルのアイコンをタップする。

表示されたメッセージウィンドウには、こう書いてあった。

【犯罪ＲＰＧ事件――難易度：Ａ】

2　犯罪ＲＰＧ

神田川《かんだがわ》を見下ろすように建つ真理峰《まりみね》探偵社本社ビル。

その地下には、所属探偵たちに『忘却の部屋』と呼ばれる空間がある。この部屋に入ったものは例外なく、退出する際に『ここで見聞きしたことは忘れ、外では絶対に口にするな』と言い含められるからだ。

世間の混乱を防ぐため、秘密裏に大規模な捜査を行う場合に用いられる大会議室。

今はその部屋が、〈犯罪ＲＰＧ事件〉の捜査本部となっていた。

別のビルの地下からひっそりと続いている地下通路を通り、恋道瑠璃華《れんどうるりか》はその捜査本部のドアをくぐる。

瞬間、慌ただしい足音と怒号のような声が一体となって溢《あふ》れ出《だ》した。

「飯田橋《いいだばし》で殺人！　飯田橋で殺人！」

「舐《な》めやがって。俺がすぐに行く！」

「また窃盗の予告だ。解析班に写真回せ！」

「渋谷《しぶや》の事件、ゲソ痕出ました！」

「渋谷の事件ってどの渋谷の事件だ⁉　コードで言え！」

探偵や刑事たちが、どこか殺気立った様子で大学の講義室ほどの空間を動き回っている。

恋道瑠璃華は車椅子を巧みに操り、それらの間を通り抜けると、顔見知りの探偵を見つけて声をかけた。

「明山《みようざん》さん。どうですか、調子は」

その探偵は最新式のモニターが6つも設置された席で、うまそうにコーヒーをすすりながら振り返った。

気怠《けだる》そうなパーカーに身を包んだ、30代の男である。髪はボサボサ、口周りには無精髭《ひげ》があり、探偵だと知らなければニートと区別がつかないかもしれない。

しかし、この男こそ明山骨斗《こつと》。

真理峰《まりみね》探偵社調査部サイバー課課長を務める〈電脳探偵〉である。

「調子ねえ……」

明山は再び、ずず、とコーヒーをすすり、

「元気に仕事してるって意味なら絶好調だし、やってもやっても終わらねえって意味なら最悪だな。中野《なかの》ブロードウェイの喫茶店が恋しいよ」

「心中お察しします」

「見ての通り、たけのこみたいに湧いて出てくる有象無象の事件のせいで、捜査本部のキャパシティはとっくに破裂してる。そのおかげで本丸の攻略は遅々として進まねえ。これが狙いだったら犯人は相当なアジテーターだ。時代が時代なら独裁者にもなれただろうな」

「では、黒幕の特定はまだ？」

「ダークウェブから個人を特定するのは至難の技だ。FBIだって手を焼く案件。どんなスーパーハッカーが味方についたところで、吉報を期待してほしくはねえな」

明山《みょうざん》はコーヒーカップをキーボードの横に置き、ぎしりとオフィスチェアを軋《きし》ませる。

「ゲームと名のつく事件ってことで、将棋のお嬢にも訊《き》いてみたんだがな」

「〈遊戯探偵〉殿ですか。彼女はなんと?」

「『こんなのゲームでもなんでもないじゃないですか。私の知ったこっちゃありません』だそうだ。薄情だとは思わねえか?」

「彼女は探偵が本業ではありませんから……餅は餅屋ということでしょう」

「餅屋だって猫の手も借りたい時があるってんだ」

明山は溜《た》め息《いき》をつく。相当疲れているらしい。周りの探偵や刑事たちが殺気立っているのも、疲れからくるものだろう。日夜続く犯罪との戦いに、最前線の戦士たちは限界を迎え始めている。

この事件は早々に、解決しなければならない。

そのための手を、瑠璃華《るりか》はすでに打っていた。

「猫の手といえば、あんたの計画はどうなってんだ?　黒幕お嬢」

「その呼び方はやめていただきたいものですが……そろそろ成果が出る頃ですよ」

その時、探偵や刑事たちがひときわ強くざわつき、そしてすぐにしんと静まった。

瑠璃華は微笑《ほほえ》みながら振り返る。

「ほら来た」

瑠璃華は手元のコントローラーで車椅子を操り、捜査本部の入り口に向かう。

扉のところに、妖精のように美しい少女が立っていた。

瑠璃華は微笑み、その妖精めいた少女——詩亜《しあ》・E・ヘーゼルダインを歓迎した。

「早かったね。スキルが使えるようになってから、まだ2時間程度のはずだが」

「遅すぎたくらいです。事件の概要を調べるよりも、ここの入り口を見つける方が手間取りました」

「我が国の犯罪捜査の中枢の一つを、たった2時間で攻略されるようじゃ立つ瀬がないね」

瑠璃華は大会議室の隅にある応接セットに、詩亜を招いた。

詩亜はくたびれたソファーに礼儀正しく腰掛けると、厳しい目つきで正面の瑠璃華を見つめる。

「犯罪RPG——ダークウェブで始まった一種のイベント。写真などの形で犯罪の証拠をアップすると、それに応じてポイントが与えられ、その獲得量でランキングが作られる——ポイントを消費することでスキルを取得することもでき、犯罪をより有利に、簡単にすることができる」

この2時間で調べてきたのだろう事件の概要を語った詩亜は、真理峰《まりみね》探偵学園の実質的な支配者である瑠璃華に、自分の推理を突きつける。

「今回の総合実技テストは、この事件をベースにしたものですね？」

「あなたは今回の総実を、犯罪ＲＰＧに対抗し、この捜査本部に加わることのできる即戦力を選別するためのテストとして利用したんですね？」

「見ての通りだね」

「そして、その選別をクリアした者の証《あかし》としてユニークスキルを与えている——模擬事件ではなく、本物の事件を解決するための、このスキルを」

「いかにも」

そう言って詩亜は、ユニークサーチスキルの画面を立ち上げた生徒端末をガラステーブルに置いた。

ユニークサーチスキルはこの捜査本部の情報を基に、模擬事件のみならず犯罪ＲＰＧによって起こっている事件をも通知する。

一方で普通のサーチスキルは、学園が用意した模擬事件についてしか通知することができない——当然ながら、本物の事件の発生に学園は関知していないからだ。

普通のサーチスキルしか持たない生徒は安全な模擬事件に誘導され、このユニークサーチスキルを持つ生徒だけが本物の事件にたどり着く。

ユニークスキルは犯罪ＲＰＧに関わるための即席のライセンスなのだ。

「まるで学徒動員ですね。日本のお家芸というわけですか？」

「80年以上も前の話を持ち出されても苦笑いするしかないが……どうやら君は、この施策に反対のようだね。理由を聞かせてくれないか」

「破綻しているからですよ。昨日のランキングを見ましたか？」

「見たとも」

「ではわかるでしょう。穂鶴黎鹿《ほづるれいか》――彼はユニークスキルを悪用しています。おそらくはユニークカメラスキル。その効果は、模擬事件に関係あるなしに拘《かか》わらず、テストエリアのすべての防犯カメラ・監視カメラの映像にアクセスすることができる、超法規的閲覧権限――違いますか？」

「回答は差し控えよう。特定の生徒に肩入れするわけにはいかないのでね」

「そんなことを言っている場合ではないでしょう！」

詩亜《しあ》の手がガラステーブルをしたたかに叩《たた》いた。

「彼はユニークカメラスキルを悪用し、他の生徒の弱味《よわみ》を握っています！　それによって選別裁判《セレクト》を強制し、ポイントを稼いでいるんです！　これは立派な脅迫罪！　犯罪ですよ！　学園が与えた権限によって、犯罪が横行しているんです！」

「証拠はあるのかい？」

あくまでも悠然と、恋道瑠璃華《れんどうるりか》は答えた。

「推定無罪の原則だ。それがもし本当だとすればテストのルール違反だが、証拠がないなら彼の不正を罰することはできない」

「またそれですか……」

「我が校の流儀でね」

「彼をどうするかも含めてテストだとでも？」

「そう取ってもらっても構わない」

しばらくの間、瑠璃華《るりか》と詩亜《しあ》は視線を交わし合った。

やがて詩亜の方が乗り出していた身体《からだ》をソファーに戻し、改めて瑠璃華に尋ねる。

「あなたとしては、私にどうしてほしいんですか？　テストを荒らす穂鶴黎鹿《ほづるれいか》を止めるのか、それとも犯罪ＲＰＧの捜査に加わるのか……」

「わたしたちにとって、君が非常に大きな戦力なのは間違いないね」

「……では、一つ条件を出します」

〈探偵王女〉詩亜・Ｅ・ヘーゼルダインは、真理峰《まりみね》探偵学園生徒会長・恋道《れんどう》瑠璃華に、指を突きつけて告げる。

「この事件の捜査に協力する代わりに、真理峰探偵学園の生徒会長が閲覧できるという〈秘匿資料庫〉を見せてください」

「……目的を聞こうか？」

「〈不実崎未全《ふみさきみぜん》最後の事件〉を調べるためです。その資料庫に情報が封印してあることは、とっくに調べがついています——日本の国家探偵資格以上にそれこそが、私がこの学園に来た最大の目的です」

瑠璃華はしばし目を伏せると、詩亜の力強い眼差《まなざ》しを見つめ返して、答えた。

「このテストで、１位を取ってみたまえ」

目録階梯《かいてい》A階梯《ティアー》。

学園でたった一人、詩亜の上位を行く探偵は、超然と探偵王女に告げる。

「それができたら、検討しよう」

そして手元のコントローラーを操り、車椅子で応接セットを離れた。

その背中を見つめながら、詩亜は不服そうに呟《つぶや》く。

「……両方やれ、ってことじゃないですか、結局……」

3　クソなのは――Side: 不実崎未咲《みさき》

「1年1組、出席番号8番、桑原霊奈《くわばられな》！」

「1年1組、出席番号9番、剣田飛鳥《けんだあすか》！」

「1年1組、出席番号16番、椿将人《つばきまさと》！」

「1年1組、出席番号18番、豊川工事《とよかわこうじ》！」

「1年1組、出席番号22番、古本《ふるもと》セトリ！」

「1年1組、出席番号30番、蘭奈々《らんなな》！」

くそっ、また先回りされた！

椿と名乗った男子が、得意そうに笑いながら遅れてきた俺たちに言う。

「悪いな、不実崎。俺たち1組の連携はお前たちとはレベルが違う。**その証拠として、昨**

日の時点で俺たち1組は全員、真ん中以上の順位を確保している！ 穂鶴《ほづる》君は俺たちから落ちこぼれの一人も出さないつもりだぜ。対抗できるもんならしてみるんだな！」

1組の連中は誰も彼もが綺麗《きれい》に分担してスキルを取得していて、そのため事件の捜査も最高効率で行う。エヴラールが抜けている今の俺たちには真正面からの解決勝負ではあまりにも分が悪すぎた。

「あいつら、わかってんのか……？　信頼してる自分たちのリーダーが裏で何をしてんのか……」

「1組はすでに、強固な信者で形作られた一枚岩の組織となっています」

カイラが冷静な声で言う。

「証拠もなくそれを指摘して刺激すれば、どんな行動に出るかわかりません」

「わかってる。せめて証拠が必要だ……」

エヴラールは行き先におそらく生徒会長がいるだろうと踏んで、穂鶴《ほづる》のことを直談判《じかだんぱん》してくると言っていた。しかし、エヴラール自身も予感しているだろうが、生徒会長は取り合わないだろう。推定無罪の原則をどこまでも守るのが、この学園のやり方だ。

証拠がいる。

穂鶴の不正を証明する証拠が。

「証拠って言ってもさー、どうすんのー？」

祭舘《まつりだて》は頭の後ろで手を組みながら、街路樹の横に設置された街頭カメラを見上げる。

「詩亜《しあ》ちゃんによれば、穂鶴君はユニークカメラスキルっていうやつでどんなカメラ映像でも見られるんだよね？　それでこっちの動きも筒抜けなわけだし、サーチスキルを使わなくたってどこで事件が起こったのかすぐにわかる——ボロなんか出すはずないと思うけどなあ」

「それでもやるしかない。まずは居場所の特定だ」

俺はさっきの1組のグループを遠目に窺《うかが》いながら、

「尾行《つけ》るぞ。あいつらはいずれ必ず穂鶴のところに戻るはずだ」

「え？　でもカメラスキルでバレちゃうんじゃ……」

「変装しよう。カイラ、用意できるか？」

「いつでも。探偵の必需品ですので」

「よし」

祭舘だけは、依然として表情を曇らせていた。

「なんか嫌な予感するよ……。やめときなよ。危ないよ？」

「お前に無理はさせねえよ。エヴラールとの連絡係も必要だしな。お前は残って、エヴラールが戻ってくるのを待ってくれ。……カイラ、行くぞ」

「はい」

1組のグループが事件の捜査をしている間に、俺たちは近場の店のトイレで変装を済ませた。さすがカイラは変装にも通じているらしく、メイクをして人相もかなり変えた。声を聞いたりしない限り、俺たちだとはわからないはずだ。

そして俺とカイラは祭舘《まつりだて》と別れ、1組のグループの尾行を開始する。

出発地点は御茶ノ水《おちゃのみず》駅前の楽器屋街。そこから奴《やつ》らはお茶《ちゃ》の水《みず》橋を渡り、文京《ぶんきょう》区方面に向かう。

俺とカイラは奴らの真後ろと向かい側の歩道に分かれ、人波に紛《まぎ》れてその背中を追った。

途中にある大学やクリーニング店で事件を解決しつつ、奴らは徐々に北上。テストの中心地から離れていく。

やがて入り組んだ路地に入ったかと思うと、何の看板も出ていないテナントビルのドアの中に入っていった。

ここか……？

俺とカイラは合流し、その無機質な鉄のドアを慎重に検分する。

「……入るか？」

「セオリーでは一人だけ入り、一人は残るところですが……」

「連絡スキルがないな……」

カイラは持っているが、俺は持っていない。無駄な出費は避けたいところだが……出し渋るところじゃないか？

「二人で入りましょう」

カイラが言った。

「もし暴力行為があれば、証拠としてそれを撮影する役が必要です。それも立派なルール違反ですから」

「……大丈夫か？」

「いざとなれば、わたし一人であれば逃げられます」

そう言って、カイラはスタンガンを懐から取り出した。

場数はむしろこいつの方が上か。

だったら信じよう。

「行くぞ」

「はい」

ドアには鍵がかかっていたが、さほど強固なものではなかった。カイラが手早くピッキングして鍵を開ける。これもこれで不法侵入ってことになるだろうが、穂鶴《ほづる》の不正を糾弾するためってことで情状酌量を求めるしかない。

ドアを開けると、薄暗い空間に狭い階段が上に伸びていた。

埃《ほこり》に大量の足跡が残っている。おそらくこの上だ。

足音を殺すため、靴を脱ぐ。俺たちは埃っぽい空気を吸わないように口元を覆いながら、ゆっくりと階段を上っていった。

……話し声が聞こえてくる……。

たぶん、3階だ。古いテナントビルだからか、防音は甘い。にも拘《かか》わらず元気よく、誰かに何かを報告する男の声が聞こえる。

　踊り場で折り返して、一段、二段……ゆっくりと階段を上っていき、3階の床からひっそりと顔を出した。

　明かりが漏れているドアがある……。声はそこから聞こえてくる。

「——これで以上です！」

　ひときわはっきりと声が聞こえたかと思うと、足音が室内から近づいてくる。まずい、出てくる……！　俺たちは慌てて顔を引っ込め、早足で2階に戻った。

　2階に人の気配はない。近くにあったドアを開き、その中に滑り込んで息をひそめた。

　階段を複数人の足音が下ってくる。

　全身に緊張が漲《みなぎ》り、鼓動が速くなるのを感じた。自然と息も荒くなってくる。自分が生み出すあらゆる音が気になって、階段を降りてくる連中に聞こえてしまうんじゃないかと不安になった。

　その時、ピト、と細い指が俺の唇に触れた。

　カイラだった。吸い込まれるような水晶めいた瞳が、じっと俺の目を覗《のぞ》き込《こ》む。

　その目を見つめ返していると、不思議と不安が和らいだ。伴って息も落ち着き、緊張はあるものの身体《からだ》の硬さはほぐれていく。

　足音が、ドア一枚向こうを通った。

　俺たちに気づいた様子はまったくなく、そのまま1階の方向へと遠ざかっていき、そしてドアが開かれ、閉じる音がした。

俺は詰めていた息を小さく吐き、囁《ささや》き声でそばのカイラに礼を言う。

「(ナイス。結構落ち着いた)」

「(いえ。役得ですので)」

またしれっとそういうことを言う……。

吊り橋《つばし》効果が発動しそうだからやめろよ。いや、それを狙ってんのか？

ともあれ、邪魔《じゃま》者はいなくなった。俺たちはそーっと部屋を出ると、再び3階への階段を忍び足で上る。

さっきのドアからは、依然として光が漏れていた。

完全に3階まで上がりきると、まずはそのドアのそばに寄り、中の音を聞く。かすかに聞こえるのは、機械の駆動音……たぶん、ファンの音か？　パソコンでも置いてあるのか。だけど、生徒端末以外の通信機器に当たるものは使用禁止のはず……。

ドアを少しだけ開けて中を覗くかどうか、迷った時だった。

「来たんだろ、不実崎《ふみさき》」

聞き覚えのある声が、俺を呼んだのだ。

「入ってきなよ。お茶くらい出そう」

俺はカイラと顔を見合わせる。

やっぱり……お見通しだったか。

こうなると下手に逃げるのは得策じゃない。俺はカイラが頷《うなず》くのを待ち、意を決してドアノブを捻《ひね》った。

その部屋には、大量のモニターがあった。

壁を埋め尽くすほどのそれらには、どれにも御茶《おちゃ》の水《みず》の街並みが映っている。おそらくは街頭カメラの映像――たまに現れるターゲットマークのようなものは、顔検索に引っかかった人物を示しているのか。

その手前の椅子に、穂鶴《ほづる》は座っていた。

穂鶴はくるりと椅子を回して、こちらに振り返る。

相変わらずのいけ好かない薄笑みに、俺は硬い声を投げかけた。

「……なんでわかった、って訊《き》いたら、答えてくれるのか？」

「その質問は、探偵の大好物さ」

穂鶴は片手で生徒端末を操作する。するとその背後のモニターの表示が変わり、俺の顔が拡大表示された画像が現れた。

背景から察するに……さっき、組の連中を尾行していた時の。

「今時の顔検索はね、多少の変装なんか簡単に見抜いてしまうんだよ。サングラスやマスクはもちろん、メイクで少し人相を変えた程度じゃ科学の目を逃れることはできない。本当に尾行するつもりなら、銀行強盗みたいに顔全体を隠すマスクを用意しなければならなかったね」

「目出し帽なんかかぶってたら捕まるっつうの」

軽い調子で突っ込むが、自分でもわかる。これは強がりだ。

ユニークカメラスキル……想像以上の性能だった。

「構えることはない」

全身を緊張させる俺に、穂鶴《ほづる》はくつくつと笑ってみせる。

「暴力行為はルール違反。僕から君たちに手を出すことはない。野蛮だからね。だから見ての通り、外野は席を外させただろう？」

「俺たちからならどうだ？　見たところ、体術が得意そうには見えねえけどな」

「この部屋には隠しカメラがいっぱいある。そうなったら、君を学園から退学させるのが簡単になる」

俺は眉根を寄せて穂鶴を睨《にら》みつけた。隣でカイラも少しだけ目つきを鋭くする。

「本性を表しやがったな。俺を退学させる――それが目的か？」

「どっちでもいいさ。学園に在籍していようがいまいが、キミが身の程を知っていてくれさえすればそれでいい――懐かしいだろう？　不実崎未咲《ふみさきみさき》。僕とキミが小学校で同じクラスだったあの時……キミは無様に、泣き喚《なわめ》きながら暴れることしかできなかったっけね」

同窓会で思い出話をするように、穂鶴は目を細めて語った。

俺は鼻で笑って、

「覚えてねえよ。あちこちで似たような目に遭ってきたんでな」

「……そうかい」

穂鶴《ほづる》は少しだけ不快そうに眉をひそめる。

「まあいいさ。今回ここに招いたのは、キミが目的じゃない。彼女に――確認したいことがあってね」

「……カイラに？」

穂鶴の視線は、俺ではなく隣のカイラに向いていた。

俺は警戒して前に出つつ、

「お前がこいつに何の用があるって言うんだ。またお前だけ一方的に覚えてるパターンか？」

「ふふ。確かにそのパターンにはずいぶんと悩まされているけれどね。完全記憶能力というのも厄介なものさ。しかし今回は、彼女自身にも心当たりがあるはずだよ」

俺はカイラの顔を見る。カイラは無言で首を横に振った。

やはりカイラには穂鶴との面識《じか》はない。だったら穂鶴は何の用で……？

「実は僕は子供の頃、探偵王を直に見たことがあってね」

穂鶴は突然、関係ない昔話を始めた。

「手を伸ばせば届くほどの距離に世界最高の名探偵の姿を見て、ずいぶん感銘を受けたものさ。そしてその日、僕はとある一つの宝物を手に入れた。それは探偵王が歩いた道に、無造作に落ちていたんだ。何かわかるかい？」

「……いや」

「髪だよ。言い換えれば――探偵王のＤＮＡだ」

瞬間だった。

カイラの表情が、明らかに変わった。

今まで、あんなにも無表情を貫いていたカイラが――驚きと、恐れと、焦りをないまぜにした表情に、顔を歪《ゆが》めたのだ。

「気づいたかな？　旧岩崎邸《いわさきてい》でキミたちと会った時、僕の部下の一人がカイラ・ジャッジ――キミにぶつかったよね。実はその時、キミの髪を一本拝借したんだ。詩亜《しあ》・Ｅ・ヘーゼルダインの出身はフランスのエヴラール孤児院。その一方で、キミの経歴を洗っても、なんだか嘘《うそ》くさい無機質な記録が出てくるばかりで判然としなかった。このことは結構前から気になっていたんだ。学園に入学する前、同学年になる人間で障害になりそうな相手は、あらかた調べていたんでね」

「あ……あなたは……！」

「驚くのも無理はないね。我ながら、僕くらいしかいないと自負しているよ。幼い頃に手に入れた一本の髪を解析し、探偵王の塩基配列を眺めて研究し、その煩雑な文字列を一字も漏らさず暗記している人間なんて、僕くらいしかいない――そして、そんな僕だから気づく。キミの髪の解析結果と探偵王の髪の解析結果に、ちょっとした共通点があることを」

「おい……何の話だ……。お前は何を言うつもりなんだ、穂鶴！」

震え出したカイラの前に出て、俺はくすくすと笑う穂鶴《ほづる》と対峙《たいじ》する。

穂鶴は楽しそうだった。この瞬間のために生きているとでも言わんばかりに。

「何、よくある話さ。意外な人間関係。探偵が相手取る事件には付き物だろう？　意外な人間同士が付き合っていたり、実はあの人とあの人の血が繋《つな》がっていたとか……」

「それは小説の中の話だろ！　昔の探偵を描いた伝記小説の……！」

「カイラ・ジャッジ——本物の〈探偵王女〉は、キミだな？」

俺の反駁《はんばく》を無視して、穂鶴は鋭くカイラの心臓を突いた。

「キミと探偵王のＤＮＡの一定の一致——これは親子の関係にあることを示している。肌の色がまったく違うから今まで考えもしなかったけれど、アメリカは人種の坩堝《るつぼ》と呼ばれる土地——母親によってはそういうこともあるだろう。あるいは血縁関係を疑われないために、探偵王があえて自分とはかけ離れた容姿の相手を選んだのかもね」

……親子……？

カイラが、探偵王の本当の娘……？

そう聞かされて、俺の中には腑《ふ》に落ちるものがあった。

俺は犯罪王・不実崎未全《ふみさきみぜん》の血の繋《つな》がった孫。

そしてカイラが、本当に探偵王と血の繋がった娘だとしたら——

彼女がこんなにも、俺に寄り添ってくれるのは。

「これが世間に知れたら、大変な騒ぎになるだろうね」

俺の身体《からだ》越しに、穂鶴はカイラを目で射抜いていた。

万物を見通す探偵の目で──彼女という存在の奥底を、槍《やり》で貫くように射抜いていた。

「世界が神のように称《たた》えている探偵王が、実の娘を認知せず、どころか養子の小間使いにしているなんて──二十一世紀始まって以来のスキャンダルだ！　証拠が僕の頭の中にしかないのが口惜しいが、公開すればそれなりの人間が飛びつくだろうね。詩亜《しあ》・Ｅ・ヘーゼルダインも、厳しい立場に追いやられるだろう……」

「それはっ……！」

震えた声で、カイラが言い募る。

「それだけは──」

「──やめろッ!!」

その声を遮るようにして、俺は一歩、穂鶴に足を踏み出した。

「穂鶴……こんなことをして何になる。人の秘密を明かして、人の弱味《よわみ》を晒《さら》して！　それでお前が何を得する!?」

「おいおい不実崎──キミは僕を誰だと思っているんだ？」

穂鶴黎鹿《れいか》は。

悪びれず。

本能のままに。

トラがウサギを狩るように自然に、己の在り方を語る。

「僕は、探偵だ。探偵が真実を明かして何が悪い？　後ろめたい隠し事がある方が悪いんじゃないか！」

こ、……こいつは……！

本気なのか？　それが自分だと？　それが探偵だと？

一人の女の子の声を震わせ、恐怖に凍えさせている、これが――こんなものが！

「穂鶴《ほづる》……てめえっ……！」

「怒るなよ、犯罪者の孫。ただの確認だって言っただろう？　本当に用があるのはキミじゃないし、後ろにいるそのメイドでもない。だって――これもさっき言ったじゃないか。このスキャンダルで困るのは、キミたち二人のどちらでもない」

こいつ……まさか……！

「探偵王女だよ。探偵王の娘という正統性を奪われる、あのお姫様だ。キミたちは証人兼、メッセンジャー。キミたちは今から彼女と合流し、こう伝言するんだ――『キミが持っているユニークサーチスキルを譲ってくれないか？』ってね。そうすれば僕も、この真実を胸に仕舞《しま》っておくことを約束するよ」

「このクソ野郎が……！　結局やってることは脅迫だろうが！」

「推理した真実を胸の内にしまい、犯人を見逃すのはエルキュール・ポアロだってやっていることだ。極めて紳士的な司法取引だと思うけれどね――」

頭の奥で何かが切れた音がして、俺は拳を固く握りしめながら、さらに足を踏み出した。

だがその瞬間、後ろから強く腕を引かれる。

振り向けば、カイラが必死な顔で俺の顔を見つめて、首を横に振っていた。

……ああ……！　クソっ！　わかってるよ。相手の思《おも》う壺《つぼ》だって言いたいんだろ！　わかってるよ。わかってる……。

だったら。

「穂鶴――俺と〈第九則の選別裁判《ヴァン・ダインズ・セレクト》〉で勝負しろ」

生徒端末を剣のように穂鶴に突きつけ、俺は告げる。

「俺が勝ったらカイラのDNA情報を廃棄し、今話したことも二度と口にするな。お前が勝ったら俺のポイントもスキルも全部くれてやる。そして潔く退学してやるよ」

これは決闘に誘う白手袋。

もしHALOシステムがあれば、穂鶴の目の前に白手袋が舞い落ち、掴《つか》み取られる瞬間を待っていたことだろう。その先に待つのは探偵としての矜持《きょうじ》をかけた決闘。

こすい手使ってんじゃねえ。正々堂々と戦えよ。そんなに自分に自信があるなら、真正面からこの俺とッ――

「――やだねッ!!」

ありもしない白手袋が見えているかのように。

穂鶴は、足元の床をしたたかに踏みつけた。

「高く見積もってんじゃないぞ。キミなんか倒したって何の旨味《うまみ》もない！　ユニークスキルの一つも手に入れてから言えッ!!」

「お、お前……」

俺に――戦う機会すら、与えない気か？

穂鶴《ほづる》は俺の顔を見て、楽しそうにニヤリと笑った。

そういう顔が見たかったんだと――そう言うかのように。

「さあ、お引き取り願おう」

穂鶴がそう言った瞬間、背後のドアが開いて、1組の生徒たちが四人ほど入ってきた。

「くれぐれも頼んだよ？　彼女にうまく伝えるんだ。破滅したくなければ敗北に甘んじろってね――！」

「穂鶴ッ……！　お前ぇぇぇ……！　穂鶴――――ッ!!」

生徒たちに腕を掴《つか》まれ、俺とカイラは強制的にビルから叩《たた》き出される。

こんなの認められるか。

これが探偵だって？　お前が探偵だって？

ほざきやがれ。

てめえだけは違う。他の誰が探偵を名乗ろうと、てめえだけは……！

ようやくわかった。

探偵が、じゃない。探偵が作ったこの社会が、じゃない。

クソなのは――てめえだ。

穂鶴黎鹿《れいか》……お前だけは、許さねえ。

4　探偵王女だった少女――Side: 不実崎《ふみさき》未咲《みさき》

俺たちは来た道を戻り、神田《かんだ》方面に無言で歩き続けていた。

時刻はまだ昼過ぎ。東京の街に人は絶えない。喧騒《けんそう》も、足音も、変わらずすぐそばにあるのに、俺たちはたった二人で世界に取り残されたような気分になっていた。

カイラが、本物の――探偵王女。

瞬間的な怒りが過ぎ去った後、その真実の衝撃が、遅れて俺を襲っていた。

いや……いや。血縁がどうだろうと、カイラという個人には関係ない。これまでの3ヶ《か》月《げつ》間、俺が見てきたカイラ・ジャッジという人間とは、何ら関わりのない話だ。

誰よりも俺が、それを知っている。

血縁に縛られて生きてきた俺が……。

「……実験だったのです」

「……え？」

突然、カイラがぽつりと呟《つぶや》いて、俺は隣を歩く彼女の顔を見下ろした。

「探偵王の探偵能力が、遺伝子によって引き継がれるかの実験――それによって生まれたのが、わたしだったそうです」

犯行を見抜かれた犯人が観念して自白するように、カイラの声はするすると、蚕が糸を吐くような調子で喉の奥から滑り出していた。

その姿に痛ましさを感じて、俺は言う。

「無理に話さなくていいぞ」

「いいえ、聞いてほしいのです――今まで、話す相手がいなかったので……」

本人がそう言うのであれば、俺にはもう、何も言うことはできなかった。

カイラは独白を続ける。

「探偵王を継ぐ器を作るため、20年以上前からいくつものアプローチが試みられてきたそうです。そのうちの一つが、わたしであり――詩亜《しあ》。世界中の孤児院から才能ある子供を集めて実行された蠱毒《こどく》は、20年来の実験に明確な回答をもたらしました。詩亜が〈探偵王女〉の成功作であり、わたしは、血を継いでいるだけの失敗作です」

「……そんな言い方するなよ。成功とか失敗とかじゃねえだろ、人間は」

「探偵王女とは、システムなのです。探偵全盛時代を維持し、犯罪全盛時代を終わらせるための象徴――そのための機能が備わっていないのであれば、それは失敗なのです」

――人形。

金神島《かながみじま》で出会った探偵、月読明来《つくよみあきら》が、エヴラールをそんな風に呼んだことを思い出した。

「探偵王女を決める最後の課題で、わたしは犯人を告発できず、代わりに詩亜がその犯人を告発した――この話は、お話ししたでしょうか」

「ああ……聞き覚えがある」

「その犯人は、わたしたちの面倒を幼い頃から見てくれた、侍女でした。そして同時に──わたしにとっては、血を分けた産みの母親でした」

「…………！」

「最後の課題の最中、わたしはその事実を知り……それまで通り、推理を振るえなくなりました。機能が備わっていないとは、こういうことです」

「それは……わざとだったのか？」

壊れ物に触れるように、俺は質問した。

「仕組まれたことだったのか？　お前らを試すために、探偵王があえて──」

カイラは黙して語らなかった。

それは肯定の沈黙か。それともカイラにもわからないのか。俺には判断がつかなかったが──一つだけ、確かだと思えることがある。

カイラたちに推理できたことなら、探偵王にも推理できたはずだってことだ。

「……クソだな、どいつもこいつも……」

探偵ってやつは……極めようとすると、そうなっちまうのか？

人としての感情を失い……機械のように、プログラムされた機能を全うする、そんな冷たい存在になっちまうのか？

「なぜわたしがあなたを慕うのか、と──そう尋ねられましたね」

2日前の質問を、カイラは繰り返す。

「わたしはただ、傷を舐《な》め合いたかっただけです。仲間のような気がしただけです。寂しかっただけです。ただ……眩《まぶ》しかっただけです」

どうしようもなくうら寂しい、それは、初めての告白。

表情にも出さず、ただ行動だけで示してきた好意の、初めての主張。

「恋なんて、綺麗《きれい》なものではありません。ただわたしが……浅ましいだけのことです」

俺には、何も答えられなかった。

それが人生で初めて女子から受けた、告白の返事だった。

「……エヴラールは、このことを知ってるのか？」

ただ事務的に、必要なことを質問する。

「いいえ」

カイラも事務的に、必要なことを回答した。

「あの子には、話せません。こんなに惨めで浅ましいわたしを——あの子には」

そんなことあるか、と簡単に否定することは憚《はばか》られた。

だからと言って、優しく抱きしめてやるような甲斐性《かいしょう》は、今の俺にはなかった。

足りない。

俺には、何もかも。

5　探偵という幻想――Side: 東峠絵子《とうとうげえこ》

「1年1組、出席番号2番、石倉《いしくら》あいり！」
「1年1組、出席番号10番、駒田勝一《こまだしょういち》！」
「1年1組、出席番号14番、竹本冬目《たけもとふゆめ》！」
「1年1組、出席番号20番、西山田春可奈《にしやまだはるかな》！」
「1年1組、出席番号28番、勇気圭治《ゆうきけいじ》！」

苦労して見つけ出した事件の現場に1組の生徒たちが先回りしていて、私と界正《かいせい》は撤退を余儀なくされた。

私はもちろん、界正も推理速度についてはさほど速くない方だ。分担してスキルを取っている上に連携も取れている1組のチームに、解決速度勝負で敵うわけがない。

今日はこんなことばかり続いていた。

昨日まで私たちは、界正の推理に従って、模擬事件の中に紛《まぎ》れた本物の事件だけを狙い撃ちで解決していた。その方が世間の役に立つのは確かだし、本物の事件は報酬ポイントが多めに設定されているのでテスト的にも有利だ。

そうしているうちに界正が手に入れた〈ユニーク鑑識スキル〉によって、今日はより多くの本物の事件を見つけ出して解決していく――予定だった。

でも、今日は昨日まで以上に、1組が幅を利かせている。

原因はわかっていた。昨日、界正に穂鶴《ほづる》が接触してきたという——しかもユニークスキルのことも知っていた。穂鶴もユニークスキルを持っているからだ。

それに、被害報告もちらほらと上がり始めていた。わたしも友達づてに聞いたことだけど……どうやら、他の生徒の弱味《よわみ》を握って選別裁判《セレクト》をふっかけている奴《やつ》がいるらしい。もし穂鶴がユニークカメラスキルを持っていたら、それも簡単にできるだろう——と、界正は推理していた。

「……どうするの？　界正《かいせい》」

「どうするとは？」

私がそれとなく水を向けても、界正はいつも通り、どこかとぼけた返事だった。

「穂鶴がやってることだよ。ほっといていいの？」

「いいことはないだろうな。でも、僕が何かやるような義理はない」

「冷たくない？　被害に遭ってる人がいるんだよ？」

「僕は正義の味方じゃない。探偵なんか目指しているのは、ただ考えるのが好きだからだ——それ以上の理由はない」

「……あんたは本当に、それでいいの？」

少し声が低くなりながら、私は界正に問いかけた。

「それがあんたの思う探偵なの？」

「……忠告しておくがな、絵子《えこ》。職業に余計な幻想を持ち込むべきじゃない」

どこか空寂しい調子で、界正は答える。

「職業とは第一に生計を立てる手段であり、自分の性質と合っていればそれがより効率的になる——それ以上でも以下でもない」

「憧れちゃダメってわけ？　やりがいを求めるのが悪いことなの？」

「何事も、過ぎたるは及ばざるがごとしと言う」

どこまでも冷静に、どこまでも平坦《へいたん》に、界正はいつも通り。

「こんな風に詮のない議論をする時だけ浮かび上がってくる幻想なんて、追い求めても虚《むな》しいだけだろう」

……そうなのかな。

虚しいのかな。

どんな謎にも立ち向かい、どんな悪事も暴き出す。

そんな探偵に——あんたなら、なれると思ってたのに。

「さっさと次を探そう。１組の彼らも、どこにでもいるわけじゃない」

「……うん」

界正……あんたは探偵になってくれないの？

あんたが私の憧れる探偵になってくれるんなら、私は一生、ワトソン役でも構わないのに——

6　探偵には探偵を──Side: 音夢《おとゆめ》カゲリ

「ごめん……音夢さん。心配かけて……」

2組の教室で顔を合わせてくれたそのクラスメイトの女の子は、力のない調子で無理やり微笑《ほほえ》みを作った。

「自分のテストくらい自分で頑張りたいと思って、音夢さんには頼るつもりなかったんだけど……へへへ。やっぱり隠し事は、できないね」

「……1組の穂鶴《ほづる》だね？」

あたしは硬い声で尋ねる。

「穂鶴が、君のポイントを全部奪ったんだね？」

「私が迂闊《うかつ》だったんだよ……。街中で、あんなこと……まさか見られてたなんて……」

「違うよ！　悪いのはそれをいいことに脅迫なんかしてくる奴《やつ》でしょ!?」

「だとしても……迂闊だった」

その子は壁際でうずくまって、自分の膝に顔を埋《うず》める。

「こんなので、わたし──探偵になんか、なれる気しないよ」

学園から街に出たあたしは、歩道を踏みつけるようにして歩く。

「ずいぶん怒ってるわね」

後ろからついてくる神無《かんな》ちゃんが、あたしとは正反対の冷静な様子で言う。

「そりゃ怒るよっ！　逆に神無ちゃんは怒らないの⁉」

「業務上知り得た情報を悪用する探偵は後を絶たない。どこにでもあるのよ、こういう話は。残念ながらね」

「だとしてもさあ！」

握りしめた拳を震わせながら、あたしはようやく喉の奥から声を絞り出した。

「……なんか、悔しいよ、こういうの……！」

あの子はきっと、今日のことがなかったら、明日からも純粋に夢を目指せたはずなのに。

それを、こんな……卑怯《ひきょう》な手で……！

「1年1組、出席番号4番、榎本美笹《えのもとみささ》！」

「1年1組、出席番号12番、新澤美幌《しんざわみほろ》！」

「1年1組、出席番号15番、知里屋結羽《ちりやゆう》！」

「1年1組、出席番号26番、村広場一成《むらひろばかずなり》！」

「1年1組、出席番号29番、吉田《よしだ》ひろし！」

その時、路地の奥からそんな声が聞こえてきた。

5人の男女がたむろしている――その真ん中には倒れた男性。模擬事件だ。

いや、今はそれよりも。

「――お前らあっ！　1組っ！」

あたしは言うが早いか、５人のうち、一番近くにいた男子に掴《つか》みかかった。

「あんたら、こんなことして満足なわけ!?　知らないわけないよね、あんたらのボスが何をしてるのか！　裏であんなことしといて、よくも堂々と探偵ヅラして……！」

信じられない。どういう神経してるの？　この人たち！

30人も探偵志望が集まっておいて、どうして誰一人、穂鶴《ほづる》のやることを――

「何を言うんだ。あれもテストの戦略だろう？」

あたしが掴みかかった男子は、平然とそう言った。

他の４人も次々にそれに続く。

「批判したけりゃ証拠を出せ、証拠を！」

「そうよ。あなたこそそれでも探偵志望？」

「穂鶴君がやることに証拠もなくケチつけてんじゃないよ！」

「大丈夫だと思いますよ。穂鶴君のことですし……」

「さあみんな！　事件に取りかかろう！」

最初の男子があたしを振り払ってパンパンと手を叩《たた》くと、もうすっかりあたしのことなんか忘れてしまったみたいに、彼らは倒れた男性のことを調べ始めた。

あたしはただ、立ち尽くすことしかできない。

本当に、誰も疑問に思ってないの……？　穂鶴がやっていることを知っていて、それでもなお？

「あなたを個性のない人間だと思って影武者にしたのは、見込み違いだったかもね」

後ろから来た神無《かんな》ちゃんが、しらっとした目であたしを見ながら、珍しく皮肉を言った。

「ご、ごめん……。頭に血が上って、つい……」

「いえ……別にいいわ。そのくらい情に厚い人間の方が、周りの支持は得やすいし」

冷たいなあ～……。神無ちゃんは神無ちゃんで……。

スタスタと立ち去っていく神無ちゃんを追いかけて、あたしも路地を出る。

大通りの歩道で神無ちゃんの隣に追いつくと、神無ちゃんはボソッと言った。

「穂鶴黎鹿《れいか》を潰すしかないわ」

「へ？」

いつもながら単刀直入すぎる言葉に、あたしの理解は追いつかなかった。

「言ったでしょう。おそらく穂鶴黎鹿が使っているのはユニークスキルだと」

「ああ、神無ちゃんが持ってるのとは違うやつだよね？」

「『ユニーク』というのは『独特の』『特異な』という意味で、ことゲームにおいては世界にたった一つしか存在しないものを指すわ。ユニークスキルも一種類につき一つしか存在しないはず——これも説明したわよね？」

「ご、ごめんなさい……」

あたしは思わず萎縮する。神無ちゃんは同じことを二回説明させられるのが嫌いだ。

「ユニークスキルは一種類につき一つしか存在しない——だったら、選別裁判《セレクト》でそれを奪ってしまえば、二度と悪用できなくなる」

「そっか！　目には目を、裁判には裁判を、だね！」

「問題は、どうやったら彼に切り札のスキルを賭《ベット》けさせることができるのか……」

「あ、そっか……。選別裁判《セレクト》を受けるかどうかは任意だし、スキルだって都合よくかけてもらえるかどうかわかんないもんね……」

「餌が必要ね。ユニークスキルが引っかかるほどの餌が……」

そう呟《つぶや》いて考え込む神無《かんな》ちゃんの横顔は、いつになく真剣なものに見えた。

もしかしてだけど……。

「……神無ちゃんも、怒ってる？」

「……不経済よ。怒りなんて」

どうしてだろう。いつもは天才すぎてよくわかんない神無ちゃんの頭の中が、今だけはよくわかるような気がした。

「やっぱりあたしにとっては、神無ちゃんが一番だよ！」

「どういうロジック？」

7　帰還――Side: 不実崎未咲《ふみさきみさき》

幻影寮《げんえいりよう》に帰り着くと、すでにエヴラールは俺たちを待っていた。

祭舘《まつりだて》と一緒に居間の座布団に座っていたエヴラールは、帰ってきた俺とカイラを見ると、手に持っていた湯飲みをちゃぶ台に置いた。

「おかえりなさい。どうでしたか？　首尾は」

俺はちらりと祭舘を見る。俺たちが1組の生徒を尾行していったのを伝えたのだろう。

俺は座布団に腰を下ろしながら、

「いや……いつまで経《た》っても穂鶴《ほづる》のところに行かないから、引き上げてきた。時間は有限だしな」

「そうですね……。当然ポイントは稼がなければなりませんし、犯罪ＲＰＧのこともあります。穂鶴さんのことにばかりかかずらってはいられません」

「生徒会長の方はどうだったんだ？　直談判《じかだんぱん》はうまくいったのか」

俺は少しの期待を込めて尋ねたが、エヴラールは緩くかぶりを振った。

「いつも通りですよ。不正だと言うなら証拠を出せ、で門前払い。どうやら会長は、こういうトラブルが起こることもあらかじめ予想した上で、私たち1年生に自力で解決させようとしているきらいがありますね」

「どうかしてるぜ……。今に始まったことじゃねえけど」

どうにか話を流せたようで、内心で安堵《あんど》した。

カイラのことはエヴラールには話せない――エヴラールには、きっと犯罪ＲＰＧの方に集中してもらった方がいい。

こっちはこっちで解決する。

どうすればできるのか、今のところが皆目見当がつかないが……。

カイラ本人はまるでそういうロボットかのように、いつも通りキッチンへと向かった。

どちらにしても、まだサーチスキルの先行者利益があるうちにポイントを稼いでおかなければならない。

もう3日目――他の生徒からも、レベル3まで強化しきった奴《やつ》が出てきてもおかしくない時期だ。昼飯を食べたら、また街に繰り出さないと追いつかれる……。

そんなことを考えていると、エヴラールがすすっと、俺のそばに寄ってきた。

そして、キッチンのカイラの方を気にしながら、小さな声で耳打ちしてくる。

「(カイラと何かありました?)」

「(……何かって、何がだ?)」

内心の動揺を隠しつつ、俺は尋ね返す。

「(なんとなく様子がおかしいと思いまして……。告白でもされました?)」

「(されてねえよ。……連日歩き回ってるし、ちょっと疲れてんだろ)」

「(そうですかね。そんな感じじゃありませんけど……)」

さすが長年連れ添った幼馴染《おさななじ》みなだけはある。あんなに表情が変わらないのに、様子の変化を嗅ぎ取れるのか。

「(なんだか誤魔化《ごまか》し誤魔化しやっているご様子ですけど――不実崎《ふみさき》さん)」

少し厳しい目つきをして、エヴラールは俺を見据える。

「(私の助手を泣かせたらただじゃすみませんからね)」

「(泣かせたくねえのは同意見なんだけどな……)」

「(煮えきらない態度ですね。実際のところ、カイラのことはどう思ってるんですか?)」

……はっきりと言葉にはできない。

カイラだってそうだ。言葉にできないからこそ、ずっと態度だけで示してきた。

恋なんて綺麗《きれい》なものじゃない――

カイラ自身が語ったあの言葉は、きっと俺にも適用される。

彼女にどんな感情を向けるとしても、それは恋なんて綺麗な言葉じゃ、受け入れきれない。

「(……っつーか、思わせぶりなことしてんのは誰かさんも一緒なんだよなあ……)」

「(は?　誰のことですか?)」

「(アイドル的な存在のくせに、触れ合うような距離まで近づいてきたり、耳元に囁《ささや》いてきたり、ちょっとからかってみたらワンチャンある反応する奴のこと)」

「(え?　……あっ!)」

肩が触れ合う距離で俺の耳元に囁きかけていたエヴラールは、顔を赤くしてパッと俺から離れた。

「こ、これはそういうのではなくて!　必要に迫られて仕方なくと言うか!」

「そういうのだよ、そういうの」

裏表しかない探偵どもの中で、祭舘《まつりだて》の次に裏表がないのがこいつだ。にも拘《かか》わらず、探偵王女であれている――その事実が、こいつが選ばれた理由なのかもしれない。

カイラが選ばれなかった理由なのかもしれない。

「――お、みんな集まってんじゃーん」

廊下からフィオ先輩が顔を出して、居間の俺たちを見回した。

「テスト中なんだから、別に集まんなくても良かったのに。あの人たちも別に怒んないと思うよー？」

「はい……？　何の話ですか？」

俺たちは一様に首を傾《かし》げる。

するとフィオ先輩も首を傾げて、

「あれ？　帰ってくるから集まってたんじゃないの？」

「帰ってくるって、誰がっすか？」

「あ……そういやまだ言ってなかったっけ？」

その時だった。

ピーンポーン――という古めかしいチャイムが、玄関の方から鳴り響いた。

「お、噂《うわさ》をすれば」

フィオ先輩がたかたかと廊下を小走りに去っていく。俺とエヴラールは顔を見合わせ、とりあえずついていってみることにした。

玄関まで行くと、ちょうどフィオ先輩がガラガラと引き戸を開くところだった。

「げ」

引き戸の向こうに立っていた人物を見て、先輩がわかりやすく嫌そうな声を漏らす。

お嬢様のような気品を宿したその異国の少女は、ロナ・ゴールディ。

近頃、捕虜として真理峰《まりみね》探偵学園に編入した、イギリスのスパイである。

ロナは相変わらず人好きのする笑みを浮かべて、小さなフィオ先輩を見下ろす。

「ご案内してまいりましたわ。お家の方はいらっしゃるでしょうか」

「子供扱いすんな。なんであんたがいるわけ？」

「会長さまから依頼されたのです。なかなか捕まらないから探して連れてきてくれ、と。本来は例の事件の捜査に協力するはずだったのですが……」

「パシリにされてんだ？　おもろ」

「詭弁《きべん》を弄するしか能のない役立たずよりはマシかと」

「ああん？」

相変わらず馬が合わないんだな、この二人は……。

ロナは先輩の後ろに立っている俺たちに気づくと、パッと表情を華やがせる。

「不実崎《ふみさき》さま！　ご在宅だったのですね。お会いできて嬉《うれ》しゅうございます！」

「お、おう……」

ハニートラップ継続中……。カイラはもちろん、さっきあんな話をした直後だからかエヴラールまで冷たい目を向けてくる。俺が悪いんじゃねえだろ。

「あー……そういやロナ、お前はテスト大丈夫なのか？　一応1年生だろ、お前も」

「建前上は参加しておりますが、ご存知《ぞんじ》の通りの身の上ですので、たとえレーティングが下限を下回っても退学になることはありませんわ。実際この3日は、この方々を探し出すのに精一杯で、テストの方はご覧の通りです」

そう言って、ロナは生徒端末を見せてくる。そこには昨夜——2日目終了時点のポイント集計結果が表示されていた。0ポイント——119位。

「あの、ロナさん……『この方々』とは？」

エヴラールが遠慮がちに尋ねると、ロナは「はい？」と首を傾《かし》げて、

「それはもちろん、すぐ後ろにいるこちらの——あれ？」

ロナが振り向いた先には、誰もいなかった。

「え!?　さっきまでそこにいたのに！」

珍しくロナが素になって叫んだその時、今度は逆の方向——俺たちがさっきまでいた居間の方角から声が響いてきた。

「…………助けて〜〜〜〜…………」

このやる気のなさそうな声は……祭舘《まつりだて》？

俺たちはすぐに歩いてきた廊下を取って返す。

そして居間にたどり着くと、そこには理解しがたい光景が広がっていた。

「オレらのナワバリに忍び込むたぁ根性の入ったヤツだ。敬意を込めて全力でシメてやんよ」

「不実崎《ふみさき》く〰〰ん……助けて〰〰〰〰……」

祭舘が謎の女ヤンキーに踏みつけにされて、しくしくと泣いていた。

な……何だ、このヤンキーは。

学校指定のプリーツスカートの下にジャージを穿《は》いた足で、グリグリと祭舘の背中を踏み潰している。顔にはでかくて黒いマスク、髪は中途半端に染めてるせいで黒が混じり、サバンナの動物みたいになっている。

田舎に住んでた時、こういうのをコンビニの前で見たことがある。探偵という概念とは真逆に存在しそうな奴《やつ》ら。

しかし不思議なことに、見る影もなく着崩しているその服は、どこからどう見ても真理《まり》峰《みね》探偵学園の制服なのだ。

「蜜楓《みつか》ちゃ〜ん、ストップストップ」

「あん？」

フィオ先輩が声をあげると、女ヤンキーは目をすがめながら振り返る。

「おう、吹尾奈《ふいおな》。久しぶりだな。相変わらずちっちぇえなオメェ」

「うん、久しぶり〜。とりあえずその子は放してあげてくれる？　ウチの後輩の友達だからさぁ」

「ふうん？　なんだよ、そういうことか。ぶん殴り損ねたぜ」

女ヤンキーは意外と素直に祭舘《まつりだて》から足をどける。祭舘は普段からは考えられないほど機敏な動きで彼女の足元から脱出し、そのままエヴラールに飛びついた。

こいつ、俺に助けを求めてたくせに……。まあ抱きつかれても困るけどよ。

「蜜楓《みつか》ちゃん、先輩は？」

「ああ？　トロいから千切られちまったんじゃねえか？」

「――ひどいなあ。勝手に置いていったのはそっちじゃないか」

柔らかな声が、すぐ後ろから聞こえた。

振り返って、声を上げそうになる。一瞬前まで何の気配も感じなかったすぐ背後に、長身の美青年が立っていたからだ。

少女漫画から飛び出してきたようなその男は、人懐っこい笑みを満面に浮かべて、俺たちに向けてこう言い放った。

「やあ、1年生の諸君。君たちの親友が帰ってきたよ！」

……………………。

いや、誰？

8　〈親友探偵〉——Side: 不実崎未咲《ふみさきみさき》

俺たちもすっかり忘れていたが、この幻影寮《げんえいりよう》に入居した時、誰だかがこう言っていた。

この寮の住人は他に二人いるが、長期出張で今はいない、と——

その二人が、目の前に座っている、このイケメンとヤンキーだった。

「改めて自己紹介をしよう」

イケメンの方が人懐っこい笑みを浮かべて、柔らかな声音で言う。

「僕の名前は犬蔵仁《いぬくらじん》。3年生だ。そしてこっちが——」

「打本蜜楓《うちもと》だ」

マスクを外したヤンキーが野生児みたいな笑いを俺たちに向ける。

「吹尾奈《ふいおな》から聞いてるぜ。ずいぶん気合いの入った新入りが入ってきてるってよぉ」

「どんな伝え方したんですか……？」

「普通に喋《しゃべ》っただけだけどね、最終入学試験のこと」

本当か？　この人の中で俺たち、暴走族にカチコミをかけたみたいな扱いになってそうなんだが。

「本当はもう少し早く挨拶したかったんだけどね。テスト中になってしまって申し訳ない」

イケメン——犬蔵先輩が微笑《ほほえ》みながら言う。この人ずっと微笑んでないか？

「何分、僕の助手でもある打本君が並外れた方向音痴でね。気づいたら熊本にいたんだよ」

「オレのせいにすんじゃねえよ。センパイの放浪癖に付き合ってやってただけだろうが」

「……って感じで、常にどっかほっつき歩いてるから、誰か優秀な探偵を探しに出さないと捕まらないの」

と、フィオ先輩がまとめた。

なんでこの二人がコンビ組んでんだよ。考えうる限り最悪の組み合わせだろ。

「探偵としては優秀なんだよー？　犬蔵《いぬくら》先輩が雑談担当で、蜜楓《みつか》ちゃんが暴行担当」

どっちにも探偵要素がない。

「まあ僕たちの話はこのくらいでいいさ。４丁目の山田《やまだ》さんから聞いたんだけど、どうやらテスト、なかなか荒れてるみたいだね」

４丁目の山田さんって誰？

……という疑問で、本題の質問がすぐに頭に入ってこなかった。

「いいんですか？　１年生のテストに他学年が口を出すのはご法度では」

さすがエヴラールが脱線せずに返す。

と、犬蔵先輩は朗らかに笑い、

「テストに口を出すつもりはないさ。僕がしたいのはただの世間話でね。公園でママ友と出会ったようなつもりで話してくれると嬉《うれ》しい」

「ママ友ができたことがないので自信はありませんが……」

始まったよ、と打本《うちもと》先輩が呟《つぶや》いて、ゴロンと畳の上に寝転がった。

「穂鶴《ほづる》君の暴走を止めるには、僕が思うに選別裁判《セレクト》でスキルを奪い取るしかない。でも厄介だよね。選別裁判《セレクト》は受けるも拒むも挑まれた側の自由だって言うんだからさ」

本当に俺たちの状況を完全に把握している——ますます誰だよ、4丁目の山田さん。

「そうですね。私のユニークサーチスキルを餌にすればあるいは……」

「……いや、穂鶴は勝てる勝負しかしないタイプだ」

俺の挑戦を踏みにじったあいつの姿を思い返して、俺は奥歯を噛《か》みしめた。

「正面から挑んだって相手にしない。あいつが油断するような状況を作らないと——」

「うんうん。なかなか難しい問題だ。相手に主導権を取られた状況というのは何とも窮屈なものだね」

まるで最初から俺たちと行動を共にしていたかのように共感してくる。本当に何が話したいんだ？

「これは中学の頃に同じクラスだった中村《なかむら》君の話なんだけど」

と思っていたら、また知らん名前が出てきた。

「中村君を含めた四人で麻雀《マージャン》にハマった時期があってね。中村君はなかなかどうして中学生にしては渋い打ち手で、とにかく防御が固いんだ。僕たちは彼からアガろうと躍起になってね、三味線もイカサマも何でもありで、どうにか彼を崩そうとした。でもどうにもならないんだね。彼は危険の匂いを察知できるタイプの人間だった」

意図のわからない話なのに、気づいたら聞き入っていた。

犬蔵《いぬくら》先輩の流れるような語り口は続く。

「どうしたかって言うと、結局、ルールを作ったんだ。半荘《ハンチャン》で上がらなかった奴《やつ》は何点だろうと最下位になるって具合にね。そこまでやってようやく、中村君の鉄壁の打ち回しに隙ができたんだ」

「……結局、どういう話ですか？」

俺が思ったことを、エヴラールが代わりに言ってくれた。

犬蔵先輩はこくりと頷《うなず》いて、

「実はね、テストが始まる少し前に、シャーロック・ランクでの特別会議があったんだ」

「……はい……？」

「議題は、『総合実技テストでスキルを悪用する生徒が現れたらどうするか』」

「「！」」

俺とエヴラール、そしてカイラが身を乗り出した。

っていうか、その会議のことを知ってるってことは――

「犬蔵先輩って、もしかして……」

「あ、違うよ。僕はシャーロック・ランクじゃない。僕みたいな凡人に、そんな肩書きもったいないじゃないか」

「謙遜しすぎじゃん」

フィオ先輩がにやつきながら言う。

「レーティングで言ったら上から三番目のくせにさ――まあいいけどねー。先輩が入れ替え戦を挑まないでくれてるおかげで、フィオがシャーロックでいられてるんだし」

「『上から三番目⁉』」

それって実質、この学園で第3位――日本全体で見てもとんでもねえトップ探偵じゃねえか！

「いやあ、優秀な友達が多いだけさ。彼らの相談に乗ってあげていたら、みんながレポートに僕の名前を書いてくれたみたいでね……そのおかげでレーティングが上がってるだけなんだよ」

さっきから先輩は、友達の話ばかりする。

そういうことか。豊富な人脈から情報を引き出したり、他の探偵にアドバイスして事件に関与する、間接的名探偵――

――マスターランク第1位・犬蔵仁《じん》。

「おや。態度が変わったね。なんだか緊張しちゃうなあ」

柔らかく微笑《ほほえ》む先輩の前で、俺もエヴラールもカイラも居住まいを正していた。

口を出すつもりはないと先輩は言った。だが、意味がないはずがない。この学園で三番目の名探偵が、初めて会う同じ寮の後輩に対してのっけからする話が、何の意味もないはずが……！

「期待されているところ恐縮だけど、これはただの業務連絡なんだよ」

「業務連絡……？」

「さっき言った会議なんだけど、出席したのはたった三人らしくてね。そういうわけだから、事前投票制でとある議題に関して採決を取ったんだけど、これも6票しか集まらなかったんだ」

「第2位の人はフィオも見たことすらないもん。存在してるかどうかも怪しくない？」

「そういうわけで、偶数票じゃあ決まるものも決まらないから、マスターランクの1位である僕のところにもお鉢が回ってきたんだよね。まあそれはさっき聞いたんだけど」

「なにせ連絡が取れなかったものですから……」

ずっと黙って話を聞いていたロナが、困り顔で溜《た》め息《いき》混じりに言った。探し出すのに相当苦労したらしい。

「その投票ってのは……どういう議題なんすか？」

緊張しながら、俺は尋ねた。

業務連絡と先輩は言った。つまり俺やエヴラールに、業務上伝えなければならない内容ってことだ――俺たちに関係のある内容ってことだ。

「簡単さ。『不実崎《ふみさき》未咲《みさき》に〈ユニーク裁判スキル〉を与えるかどうか』――これが議題だ」

俺は息を呑む。

ユニーク裁判スキル――俺はさっきの先輩の話を思い出していた。防御が固すぎる友人を崩すために、攻めることを強制するルールを作った。その話が繋《つな》がっているのだとしたら、その効果は――

「このスキルがあれば、他の生徒に選別裁判《セレクト》を強制させることができる。もちろん相手に賭けさせるスキルもこっちが選ぶことができる。ユニークスキルを狙う場合は、こちらもユニーク裁判スキルを賭ける必要があるけどね――」

俺はエヴラール、カイラと顔を見合わせた。

そのスキルがあれば穂鶴《ほづる》に強制的に選別裁判《セレクト》を挑むことができる――いや、それだけじゃない。

このスキルは何よりも、穂鶴自身が欲しがるはずだ。弱味《よわみ》を握った相手を絶対に逃すことがなくなるんだから。エヴラールのユニークサーチスキルなんかより、あいつにとってはずっと有用なスキルのはずだ。

餌になる。

この餌には絶対に食いつく。

後は選別裁判《セレクト》でこっちが勝てる状況を整えさえすれば――

「スキル悪用者が現れた場合に対抗できる力として、このスキルは用意されることになった。そして、その掃除人《スイーパー》の候補として挙がったのが、最終入学試験で目覚ましい活躍をした不実崎くん――君だ」

俺は思わず、フィオ先輩の方を見ていた。フィオ先輩は俺の視線に気付くと、にひっと意味ありげに笑ってくる。やっぱりこの人か……！

「シャーロック・ランクの投票は3対3で割れた。賛否を分ける7票目が、僕の手に握られているわけだ――」

「ください！」

俺は前のめりになって、先輩に言い募った。

「そのスキルを、俺に……！　そのスキルがあれば！」

「まあまあ、焦らないで」

穏やかに俺を制して、犬蔵《いぬくら》先輩は言う。

「僕に与えられた投票権を行使する前に、君にはまだ二つ、言わなければならないことがあるんだ」

ピースするように伸ばした2本の指を、先輩はくいくいと折り曲げる。

「まず一つ目。今、君たちも気付いたように、ユニーク裁判スキルは極めて強力なスキル――テストの監督側から与えられた、いわば公式チートだ。とはいえ、そのままではちょっとずるいだろう？　だからその強力さに見合う、大きなリスクが与えられている」

「リスク……？」

「このスキルの所持者は、挑まれた選別裁判《セレクト》を拒否できない。相手に拒否させせないんだ、当然自分も同じ条件にならなければずるいよね？」

俺は息を呑《の》む。

そのスキルのデメリットは、まるで俺に問いかけているかのようだった。

負けない自信はあるか。失う覚悟はあるか。

それらを持たない者に、戦いを強制する資格はない、と。

「そして二つ目――僕の票をどちらに入れるか決めるにあたって、不実崎《ふみさき》くん、一つだけ、僕の質問に答えてくれないかな？」

「……なんですか？」

「君にとって、探偵とはどんなものかな？」

マスターランク1位が柔らかな表情で放った、しかし重大な質問に、俺は息を詰めた。

俺にとっての……探偵。

少なくとも、穂鶴《ほづる》が言うような、真実を解き明かせば何をしてもいい、というようなものじゃない。

だからと言って、伝記小説で読んだ知的好奇心の塊でもなければ、正義のヒーローでもない。

俺にとって、探偵とは――

「――最後まで、考えることを諦めない人間のことです」

明白だった。

かつて祭舘《まつりだて》が俺に言った、『ガチャを引き続ける人間が探偵』。

当時もしっくりきたその言葉を、俺なりに翻訳するとすれば。

「そして、自分が考え出した推理に、魂がこもるほどの覚悟を持った人間のことです」

ソポクレスが俺に諭した悪の定義。

自分の考えに薄っぺらい覚悟しか持たない人間のことを、俺は軽蔑していた。

それを否定する者こそが——俺にとっての名探偵だ。

「うん、うん」

犬蔵《いぬくら》先輩は俺の言葉を、味わうように何度も頷《うなず》いて聞いた。

そして、

「——気に入ったよ」

優しい微笑《ほほえ》みを浮かべて、生徒端末を手に取り、ポンと軽くタップした。

【不実崎《ふみさき》未咲《みさき》にユニーク裁判スキルを与えるかどうか？】
第1位：〈黒幕探偵〉——賛成
第2位：〈牢獄《ろうごく》探偵〉——無投票
第3位：〈背水探偵〉——反対
第4位：〈照準探偵〉——賛成
第5位：〈紀行探偵〉——反対
第6位：〈不在探偵〉——反対
第7位：〈衒学《げんがく》探偵〉——賛成
補票者：〈親友探偵〉——賛成

「4対3、賛成多数にて、不実崎未咲君、君にユニーク裁判スキルが与えられることになった。——今口にした言葉に魂を懸けて、君が思う探偵を追い求めてくれ」

——反撃開始だ。

9　穂鶴黎鹿《ほづるれいか》討伐会議——Side: 不実崎未咲

授業で御茶《おちゃ》の水《みず》を練り歩いた俺でも知らないような路地を曲がりくねり、たどり着いたのは恐ろしく怪しいレンタルスペースだった。

入り口も狭く、看板らしい看板もない。この細い地下への階段を初見で下ってみようと思う勇者は、そんじょそこらじゃ見つからないだろう。

俺、エヴラール、カイラは地下の扉を開き、いかにもやる気のなさそうな受付のバイト（鼻にピアスしてた）に待ち合わせだと告げて、事前に聞いていた部屋へと向かった。

カラオケボックスのような圧迫感がある空間には、すでに4人の人間がソファーに座って待っていた。

まずはこの会合の発起人——墨野《すみの》カンナ改め水分神無《みくまりかんな》と、その影武者・音夢《おとゆめ》カゲリ。

そしてもう一組が、初日に偶然出会った二人組——丑山界正《うしやまかいせい》と東峠絵子《とうとうげえこ》だった。

それに俺たち三人を加えた七人が、監視カメラの一つもない狭苦しい密室で顔を合わせる――

その目的は、言うまでもない。

穂鶴黎鹿《ほづるれいか》から、ユニークカメラスキルを奪い取る作戦を立てるためだ。

エヴラールは俺たちと一緒に壁沿いのソファーに腰を下ろすと、早速自ら口火を切った。

「とりあえず、人選の理由を聞きましょうか」

視線は水分神無《みくまりかんな》に向けられている。

水分は落ち着いた調子で、

「ユニークスキルを持っていると、わたしが判断したメンバーよ」

と、単刀直入に答えた。

「まず、ヘーゼルダインさん――あなたがユニークサーチスキル」

次に水分は、斜向《はすむ》かいに座っている丑山《うしやま》に目を向ける。

「丑山君は、おそらくユニーク鑑識スキル」

隣の東峠に顔を見られて、丑山は無言でこくりと頷《うなず》いた。

やっぱり只者《ただもの》じゃなかったな。

「そしてわたしは――ユニーク連絡スキル」

言いながら、水分は生徒端末の画面を俺たちに見せてくる。

そこには、スキルの画面とは違う――普通のＳＮＳの画面が映っていた。

「本来は禁止されている、通信機器の使用が解禁されるスキル。ついでに、連絡スキルのテスト用SNSで、投稿者の本名を照会できるようになる」

「なるほど。生徒端末の機能が制限されている状態では、犯罪RPGの捜査などやってはいられませんからね。……ちなみに、取得条件は？」

「テスト用SNSを使って、一つの投稿でエンゲージメントを200以上稼ぐこと——と推測してる。サーチスキル・レベル3に関する情報拡散ポストでクリアした」

バズれば手に入るスキルってことか。犯罪RPGの捜査本部に、そういう能力を求められてるってことか？

「先に言っておくと、ユニーク鑑識スキルの取得条件は本物の事件を4件解決することだ」

丑山が不意に言った。

「効果は、現場の情報を記録して送ると警視庁のデータベースと照合できるようになる——完全に犯罪RPG用のスキルだな」

ユニークスキルは、現在進行形で起こっている大事件・犯罪RPG事件の捜査に加わるためのライセンス——効果を聞かされてみると納得だ。どれもが、模擬事件ではない本物の事件を調べるためのものになっている。

ただ一つ——ユニークカメラスキルだけは、あまりにも汎用性が高すぎた。よりによってそのスキルが穂鶴《ほづる》の手に渡ったのが、今回の件で一番の不幸だろう。

「こちら側からの最低限の情報共有は終わったわ。次はあなたたちの番」

水分が俺たちの方を——特に俺を見つめて言った。

「DMで言っていたもの――まずはそれを見せて」

俺はエヴラールと頷《うなず》きを交わすと、生徒端末を少し操作してから、その画面を上に向けてテーブルに置いた。

そこに表示されているのは、〈ユニーク裁判スキル〉の画面。

選別裁判《セレクト》をさせる相手を選ぶ欄と、相手に賭けさせるものを選ぶ欄がある。

水分《みくまり》はそれを覗《のぞ》き込《こ》んで、

「……試してもらってもいい？　ポイントはあげるから」

「いや、ちゃんと返すよ」

俺は適当な不明案件を設定し、水分に選別裁判《セレクト》を挑んだ。

拒否の余地なくそれが成立したのを確認すると、適当に裁判を終わらせる。その後、同じことを繰り返して、移動してしまったポイントを元に戻した。

「……本物ね……」

呟《つぶや》いて考え込む水分の横で、音夢《おとゆめ》カゲリが興奮気味に言う。

「これがあれば穂鶴《ほづる》からスキルを無理やり奪えるじゃん！」

「そんなに簡単じゃないわ。できるのは選別裁判《セレクト》を成立させることまで――その後、あの用意周到な穂鶴黎鹿《れいか》を打ち負かさなければならない。しかもわたしたちではなく、不実崎《ふみさき》君が」

そういうことになる。ユニーク裁判スキルを所持しているのが俺である以上、矢面に立つのもまた俺でなければならない。

今この場で誰かにユニーク裁判スキルを譲っちまえば話は別だが——今のところ俺にそのつもりはない。

「絶対に勝てる選別裁判《セレクト》を用意しなきゃいけないってことか……難題だね」

丑山《うしやま》の隣に座っている東峠絵子《とうとうげえこ》が、むーんと難しげに唇を曲げる。

「それに、なんかデメリットがあるって話じゃなかった？　そのスキル。それって何なの？」

「ああ、そこまで共有しないとフェアじゃないよな——こっちから選別裁判《セレクト》を強制させられる代わりに、こっちも挑まれた選別裁判《セレクト》を拒否できないんだよ。だから穂鶴が有利な状況で裁判スキルの射程範囲に入られたらかなりやばい」

「なるほどね……」

東峠は唇に親指を押し当てて難しそうに黙り込んだ。

代わりに丑山が口を開く。

「射程範囲の話でいうと、たとえ君が絶対に勝てる事件を用意できたとしても、その範囲に穂鶴が入ってこなければ無意味ということにならないか？　確か半径10メートル以内だったか」

「ああ……明らかに俺たちに有利な事件を作っても、あいつがのこのこ射程範囲に入ってきてくれることはねえだろうな」

「その点については、わたしにアイデアがあるわ」

一同の視線が水分《みくまり》に集まった。

「ルール違反を装えばいいのよ。つまり——スキル以外の通信機器を使用した、と思える状況を用意すれば、穂鶴《ほづる》は乗ってくる」

「その根拠は？」

「わたしがユニーク連絡スキルを持っていることを、穂鶴は知らない」

エヴラールの質問に、水分は端的に答えた。

その一言で、エヴラールも丑山《うしやま》も得心した顔になる。

「おい、どういうことだ？」

「ユニーク連絡スキルの隠し効果——とでも言いましょうか」

エヴラールは水分の前のテーブルを指さして。

「例えばここで水分さんがノートＰＣを使ったとして、それを水分さんだけが使ったのか、それとも同じ場所にいる私たちも使ったのか、はっきりと判別する方法がないんです」

「そりゃまあ、確かにそうだな。穂鶴の目を逃れるために、わざわざカメラのない場所に集まってんだし……」

「そもそも何をもって『使用』とするのかも難しい。画面を見ただけでも使ったことになるのか、キーボードを触ったら使ったことになるのか、線引きを設けるのは不可能といえます。それこそ本物の裁判で何ヶ月《かげつ》も話し合わなければならない案件です」

確かに……。とすると、ユニーク連絡スキルの隠し効果ってのは——

「通信機器の使用を免罪するユニーク連絡スキルは、その辺りのややこしい問題をクリアするために、スキル所持者のみならず、同じ空間にいるすべての人間に対して適用されるのではないでしょうか」

「そう」

水分が頷《うなず》いて、自分の生徒端末を軽く持ち上げてみせる。

「生徒端末の機能のロックが外れるのはスキル保持者のみ。だけど他のスマホやタブレット、パソコンなどの使用は、その周りの人間も許される。すでに実証済み——だから不実《ふみ》崎《さき》君に通信機器を使ったとしか思えない状況になってもらい、その場にわたしがこっそり存在していれば、穂鶴を騙《だま》すことができる」

「穂鶴は俺がルール違反を犯したと思い込んで前のめりになるってわけか。実際には、穂鶴は知らないユニーク連絡スキルの効果で許されているのに——でも、通信機器を使ったとしか思えない状況ってどんなのだ？　ネットカフェとか？」

「まさにそう」

水分はバッグの中からタブレットＰＣを取り出し、少し操作してからテーブルの上に置く。

それはマップアプリの画面になっていて、神田《かんだ》の南の方を映していた。

「テストエリアの南の端にネットカフェがある。不実崎君にはここに行ってもらい、ビル

6階のブースに入ってもらう」

「どうして6階なんですか？」

「塞がれた窓があるの」

エヴラールが質問すると、水分《みくまり》の細い指がタブレットを操作し、マップからストリートビューに画面を変えた。ネットカフェが入っているテナントビルの写真が映し出される。

「このビル、外から見ると確かに窓があるけど、当然ブースの中に窓はない。つまり塞がれている。窓を塞いでいる板を内側から取り外せば、隣のビルの窓から侵入することができるようになるってこと」

「なるほどな」

丑山《うしやま》が感心したように言った。

「監視カメラはブースの外の廊下にあるが、ブースの中にはない。つまり穂鶴《ほづる》にはブース内の状況を正確に知るすべがない。存在しないはずの窓から出入りすれば、密室の中に突然君が現れて、そして消えたように見えるわけだ」

「そういうこと。わたしがそうやって出入りした、と証明するのも簡単なの。隣のビルの人たちに証人になってもらえばいいから」

「うまい手だ。何よりシンプルだ」

「複雑な作戦はヒューマンエラーの元だから」

シンプル、ゆえに強力な密室トリック——穂鶴からすれば、水分がそんなことをするなんて理解の外にあるわけだから、疑われる可能性も低いだろう。

「私もいい作戦だと思います。残る懸念は……釣り針の垂らし方ですね」

「垂らし方……？」

音夢《おとゆめ》が首を傾《かし》げ、エヴラールが説明する。

「ユニーク裁判スキルの存在を知れば、穂鶴黎鹿《れいか》は必ず欲しがるはずです。その情報をどうやって彼に伝えるか、という問題です」

「それなら問題ないわ。わたしに伝手《つて》がある。何人かの生徒を経由して、1組の生徒から穂鶴の耳に入るようにする」

「顔が広いですね」

「ギャルだもの」

真顔で言う水分。確かに格好だけ見ればギャルなんだが。

驚くほどスムーズに、やるべきことが明確になった。

あとは実際に動き出すだけ——そして、動き出す覚悟を固めるだけだ。

「最後に聞いておきたい。この作戦に参加する意志があるかどうか」

そう言って、水分はまず丑山に目を向けた。

丑山は前傾姿勢で肘を膝に置きながら、

「この作戦、僕は必要なのか？」

「選別裁判《セレクト》になったら、ユニーク鑑識スキルでフォローしてほしい」

「なるほどな……」

それからソファーの背もたれに体重を預けて、何かを考えるように天井を見上げる。

「参加してもいい。探偵同士の舌戦というものにも興味がある」

「珍しいじゃん、界正《かいせい》」

東峠《とうとうげ》が面白そうにからかった。

「さっきは穂鶴《ほづる》のことなんか、興味なさそうだったのにさ」

「この作戦の構造の美しさに敬意を表してのことだ。正義感が芽生えたわけじゃないさ」

「そっちは？」

今度は俺たちに水分《みくまり》の目が向いた。

エヴラールはすぐに頷《うなず》いて、

「もちろん――」

「お嬢様は、外れた方が良いかと存じます」

一言も喋《しゃべ》っていなかったカイラが、ここで声を発した。

エヴラールのみならず、全員の視線がそこに集まる。

「カイラ……それはどうして？」

「作戦中、この場の全員がどのカメラにも姿を現さなくなれば、穂鶴黎鹿《れいか》は警戒します。特にお嬢様――あなたが何か企《たくら》んでいると思われれば、慎重な穂鶴は絶対に表に出てこないでしょう。せめてあなたと祭館《まつりだて》さまは、今まで通りテストに取り組んでいる姿勢を見せておく必要があります」

「……なるほど《ジュ・ヴォワ》……」

　それらしい理由。でも俺だけがわかっている。カイラは何かの拍子に穂鶴が握っている秘密がエヴラールに漏れるかもしれないと思っているんだろう。

「同じ理由で、わたしは不実崎《ふみさき》さまに同行します。これまで行動を共にしていましたから、急にネットカフェに入っても今までの延長線上の行動だと思わせることができるでしょう」

「確かに、不実崎君一人よりは自然かも。ネットカフェで男女二人って、なんだかいかがわしいけれど……」

　水分も納得したのを見て、眉根を寄せていたエヴラールは、不意に俺の顔を見つめた。

「不実崎さん──任せてもいいですか？」

　その真剣な顔を見て、そしてカイラの想《おも》いを考えて、俺は頷《うなず》く。

「任せろ。いつまでもお前に頼りっきりじゃねえよ」

　エヴラールは深く頷いて、水分の方に向き直る。

「それでは、私は作戦から外れ、犯罪ＲＰＧの捜査の方に注力します。あちらもどうやら、予断を許さない状況のようですから」

「わかった。穂鶴は必ずわたしたちがなんとかする」

　重い責任が肩にのしかかるのを感じながら、俺は改めて、探偵たちに向けて尋ねた。

「決行はいつだ？」

「早すぎるのはまずい。今日、この子が1組の生徒と一悶着《ひともんちゃく》起こしたから」

言われて、音夢《おとゆめ》カゲリが恐縮そうに照れ笑いする。

こっちとしてもありがたい。俺とカイラが穂鶴《ほづる》と一悶着起こしたばかりだ。

「明日、13時頃——昼下がりの弛緩《しかん》した時間を狙う。準備をしておいてほしい」

「了解！」

こうして、穂鶴を倒す算段が整った。

頼もしい探偵たちを味方につけて、俺は金神島《かながみじま》のことを思い出していた。

あの時も敵対していた探偵たちが協力することで、事件を解決することができたんだ
——穂鶴。どんなに部下を作ろうが、結局お前は一人。目的を同じくする仲間は誰もいない。

これなら、勝てる。

その確信を深めながら、俺たちは決戦の日——テスト4日目に臨むのだった。

10　虚《うつ》ろなる事件の幕開け——Side: 不実崎未咲《ふみさきみさき》

そう、思っていた。

『位置に着いた』

「了解。ネットカフェに入る」

これからは俺たちのターンだと。

穂鶴のターンは終わったんだと。

「行くぞ、カイラ」

「はい」

ビル6階。

階段から伸びる廊下を歩き、突き当たりを曲がったその先。

通りに面した窓のそばにある、37番ブース。

その扉を開ける、その瞬間までは――

――勝てるはずだと、思っていたんだ。


「……な、ん……!?」

「…………!?」


血、血、血。

赤い鮮血が、狭いブースの床に、マットにぶちまけられていた。

濃厚な鉄の匂い。

偽物の血糊《ちのり》なんかじゃない。本物の血液が――**血だけ**が。

「──おや、おやおやおや……」

見計らったかのように、背後から声が聞こえた。

振り向けば、そこにいる。

穂鶴黎鹿《ほづるれいか》。

事件あるところに探偵あり──そう言わんばかりの微笑《ほほえ》みを湛《たた》えた、そいつが。

「血まみれじゃないか──これは、こう判断するしかないんじゃないか？　ここで誰かが殺されて、死体はどこかに隠されてしまったってね──！」

「ほ、づるッッ……────!!」

「手掛かり《シヨウダウン》は示されただ！　不実崎《ふみさき》ィ!!　キミの方はどうか知らないけどね!!」

これこそがずっと、穂鶴が狙っていたことだったんだと。

気づくには、あまりにも遅すぎた。

【第四章】――カラスが虹に染まる時

SHERLOCK ACADEMY

KYOSUKE KAMISHIRO and
SHIRABII PRESENTS

カイラ・ジャッジ

詩亜のメイド兼
探偵助手

PROFILE

第四章　カラスが虹に染まる時

1　疑念――Side: 音夢《おとゆめ》カゲリ

申し訳程度に椅子だけ用意された大選別法廷の控え室には、重苦しい空気が漂っていた。

ただ所在なく椅子に座っていることしかできないあたしの前で、神無《かんな》ちゃんはずっと、忙しなく部屋の中を歩き回っている……。その表情は自分の瞳の中を睨《にら》んでいるような、あたしが今まで見たことのない鬼気迫るものだった。

神無ちゃんは、ずっと呟《つぶや》いている。

「……なんでバレたの……？」

なんで、なんで、なんで、なんで――と、幾度となく。

「ありえない……。わたしたちの作戦を読んで罠《わな》を張るなんてこと……。作戦そのものが、何もかも漏れていたとしか……」

そして、神無ちゃんの冷たい目が、あたしの方を見やる。

疑念が渦巻いている、目が。

「あ、あたしじゃない！　あたしじゃないっ！」

あたしは焦って、必死に否定する。

「ずっと神無ちゃんと一緒にいたじゃない！　それに、穂鶴《ほづる》たちに情報を漏らそうとしたって、連絡スキルだって持ってない……」

神無ちゃんを相手に、こうして言い訳を並べ立てていること自体が無性に悲しくなって、あたしの声はどんどん尻すぼみになっていった。

神無ちゃんもはっとして、

「ご、ごめんなさい……。どうかしていたわ。あなたを信頼して影武者に立てたのはわたし自身なのに……」

「動揺してるんだよ……。あんなことになるなんて思ってなかった。作戦は、うまくいってたはずだったのに……」

最後の瞬間に、何もかもが反転してしまった――

何が起こったのかわからなかった。不実崎《ふみさき》君たちからの連絡がなくなって、嫌な予感がし始めた頃に、待機していた隣のビルに1組の生徒たちがどっと押し寄せてきた。

全部、読まれていた。

どころか、穂鶴はあたしたち以上に周到な用意をして、あたしたちに罠を張っていた。

いや……きっと正確には、あたしたちに、じゃない。

不実崎君に、だ。

穂鶴《ほづる》はどういうわけか、ユニーク裁判スキルのデメリットを知っていた。それを利用し、不実崎《ふみさき》君との選別裁判《セレクト》を成立させ、そのままこの選別大法廷へと連れ去ったのだ。

たぶん、不実崎君は、まともな調査の時間も与えられなかったと思う……。あたしたちと合流することもできなかったんだから。こんな状況で選別裁判《セレクト》なんてまともにできるわけがない。全部全部……穂鶴の目論見《もくろみ》通りなのだ。

そもそもこの法廷だって、事前に許可を取らなきゃ使えないはずだ……。今、あたしたちがここにいるその時点で、穂鶴はこちらの作戦を何もかも知っていたことになる。

穂鶴の推理力を舐《な》めていたってこと？

それとも、神無《かんな》ちゃんが疑った通り、あたしたちの誰かが——

「……彼女しか、いない」

神無ちゃんが、ぽつりと呟《つぶや》いた。

「スパイがいるとしたら、彼女しか——」

2　探偵学園のワトソン——Side: 東峠絵子《とうとうげえこ》

電灯をつけないまま、ただ窓から射し込む昼の陽光だけに照らされた薄暗い教室に、界正《かいせい》だけが窓辺にもたれかかって佇《たたず》んでいた。

私たちは現場にはいなかった。だから1組の生徒たちの手を逃れることができた。それを不幸中の幸いと呼ぶべきか、ただいないものとして捨て置かれた屈辱と呼ぶべきか、そのところは界正の胸中にしかない。

ただはっきりしているのは、界正は自由の身なのに事件を探しに行くでもなく、こうして誰もいない教室で選別大法廷がある方向をじっと見つめているということだけだ。

「助けに行くの？」

私は問いかけた。

「作戦が失敗したのは残念だったけどさ。あんたは元々、穂鶴を成敗することには興味なかったじゃん。仲間意識が芽生えるほど不実崎と話してもいないし――」

まさか今更――そんな正義の探偵みたいなこと、言い出しはしないよね？

「……君か？」

窓の外に視線を向けたまま、界正は静かに私に問いかける。

「作戦を漏らした人間がいたとすれば、あのレンタルスペースで顔を合わせた七人の中の誰かに違いない。そのことはこうなった時点で誰もが考える――スパイとしての性能を失ってしまうということだ」

窓の外から、私に目を向けて。

いつも通りのどこか面倒《めんど》くさそうな顔で、界正は言う。

「そんな自爆同然の行動をする動機がありそうなのは……君しかいない」

「論理が弱いね」

私は少しだけ、笑った。

「もっとないの？　こう、連絡スキル周りの情報を踏まえてさ――」

「幼馴染《おさなじ》みの行いを論理で解体しなければならないほど、冷たい人間ではないつもりだ」

「……嘘《うそ》ばっかり」

溜《た》め息《いき》混じりに言って、私は無人の机にお尻を乗せる。

「界正《かいせい》ってさ、本当に私の期待には応えてくれないよね。ちょっと楽しみだったのに。探偵に追い詰められる犯人の気持ちって、どんな感じなのかなってさ――」

「なんでだ？　どうして穂鶴《ほづる》側に着いた？」

「さっき自分で言ったでしょ。私には動機があるって――自分で説明すればいいじゃん」

「…………」

「言いたくない？　じゃあやっぱり、実は気づいてたんだ。私が、界正――あんたのことが、羨ましくて仕方がないってことに」

くすくすと、私は笑う。

「意外と有能でしょ？　あんたがユニーク鑑識スキルを手に入れたのも、天才たちが集まって作戦を立ててるのも、ユニーク裁判スキルの弱点も、全部穂鶴に流してたのに、全然疑われないでさ――こういう潜入活動も探偵の仕事じゃない？　私、やっぱり才能あるみたい。あんたほどじゃなくても」

自殺っぽい死体を一目で他殺と見抜けなくても。

中学生のうちに何本もの論文を発表できなくても。

こういうことは、あんたにはできないでしょ——界正？

「あんたが悪いんだよ」

どうしようもなく笑いながら、私は言う。

「私は小学生の頃とっくに、あんたのワトソンになる気になってたのに。あんたには全然そんな気がなくて——なのに急に、探偵学園に入るって？　遅いよ。私は憧れなんか捨ててた。ホームズにもワトソンにもなる気はなかった。探偵学園なんて、遠い日の夢だった。なのにさ、私が一番のホームズだと思ってた奴《やつ》が、やっぱり探偵を目指すなんて言い出したらさ、逃げられないじゃん——憧れを、終わらせられないじゃん」

「……その未練に、穂鶴が付け込んだのか？」

「そういうことに、なるのかな。あいつはよくわかってるよ。私たちがどんな思いでこの学園に通ってるのか——ねえ、界正。昨日までの3日間、私はあんたについて回って一緒に事件を解決してたけどさ……ここは、探偵学園なんだよ？」

私は机を降り。

胸を張って。

心の本音を——真実を、抉《えぐ》り出すように口から吐く。

「私たちは探偵《ホームズ》になりに来たんだ——助手《ワトソン》になりに来たんじゃない！」

こんなこと言いたくなかった。

でもそれが、辛《つら》くて痛い現実だった。

「なのにあんたみたいなやる気のない奴《やつ》に限って才能があって！　私たちのことを勝手にワトソンにする！　うんざりなんだよ！　あんたたち天才の推理にリアクションするのも！　頑張って考えた推理をあっさり否定されるのも！　何もかも求めてない！　私たちは本来——あんたたちみたいになるためにここにいるんだ!!」

視界の中で、界正《かいせい》が歪《ゆが》んでいく。

「でも、３ヶ月《かげつ》もあったらわかるんだよ……。私はあんたみたいにはなれない。どんだけ勉強しても、あんたみたいに複数のことを考えられるようになるわけじゃないし、探偵王女みたいに一瞬で謎が解けるようになれるわけでもない。不実崎未咲《ふみさきみさき》みたいに……たった一人で上級生に立ち向かえる、勇気が手に入るわけでもない。

助手がお似合いなんだよ。しっくりくるんだよ！　でもさ……ジョン・Ｈ・ワトソンみたいに、アーサー・ヘイスティングスみたいに、小林少年みたいに、探偵《あんた》たちを素直に尊敬することなんかできないんだよ！　なんで私はあんたみたいになれないんだって、嫉妬でおかしくなりそうなんだよ！

だったらさ！　このくらいするしかないじゃん！　まともにやってたってダメなんだから！　幼馴染《おさななじ》みって立場利用して、信頼を裏切って、スパイの真似《まね》事して——そのくらい、するしかないじゃんかっ!!」

すべてを。

私のすべてを——界正は、ただ黙って受け止めた。

幼馴染みの表情を、私は見れなかった。

ただ荒い息をしながら、小汚い床を見つめるばかりで——

「……絵子《えこ》」

やがて、その静かな声だけを、耳で聞く。

「それで君が満足なら、僕は構わない。だから、お願いがある。僕を裏切って、それで本当に君が満たされたと言うなら——もっと晴れ晴れと笑ってくれないか。僕を引っ張って野山に走り出していた、あの頃みたいに」

……そんなの。

あの頃とは、もう……何もかも、違うのに。

「…………う、……ぅうっ……うっ…………！」

私の目から、ポロポロと涙が溢《あふ》れ出《だ》す。

取り返しがつかなかった。戻れるわけがなかった。笑えるわけがなかった。

私だって——こんな今を、求めたわけじゃなかったのに。

私はなんで……こんな風に、なっちゃったんだろう。

その場に膝をつき、ただただ涙を流すことしかできない私に、界正の冷静で、少し優しくて、だけど何かを押し殺したような声が降ってくる。

「……絵子。期待していた、と君は言ったな」

考えることが好きなだけだった界正《かいせい》が。

他人のことなんて何も考えてなかった界正が。

「その期待に、応えたい——僕は今日、探偵になる」

なのに、私のために、それを曲げる。

「君を探偵にすることはできないが——君が目指すに足る、憧れになろう」

……遅いよ。

でも、この瞬間を——誰よりも私が、待ってたんだ。

3　虚構法廷——Side: 不実崎《ふみさき》未咲《みさき》

俺は選別大法廷の控え室で、縛り付けられたようにじっと椅子に座っていた。

入り口の両脇には、上背のある1組の男子が門番みたいに腕を組んで、俺に目を光らせている。もちろん俺だって、腕に覚えがないわけじゃない。二人くらいならなんとか強行突破できるかもしれないが……その時点で、俺のルール違反は確定。ペナルティを食らった上、この裁判だって勝てなくなるだろう……。

穂鶴《ほづる》は俺が選別裁判《セレクト》を断れないリスクを背負っていることを知っていた。

その上で俺を確実に叩《たた》き潰せる状況を整えていた。

ブースに撒《ま》き散《ち》らされていた致死量の血液。そこに訪れた俺とカイラ……。

穂鶴のシナリオは、おそらくすでに俺の敗北までデザインされている。これから始まる法廷は、ただその台本をなぞるだけの劇場でしかないのかもしれない。

それでも——戦うしかない。

負ければユニーク裁判スキルを穂鶴に与えることになる。ユニークカメラスキルによる脅迫の被害者も増え続ける。俺の目標だってひどく遠のくことになる——あるいは、道が絶たれてしまうかもしれない。

何よりも、俺は俺の無実を知っている。

後ろめたい隠し事がある方が悪いと、そうほざいたあいつに、ありもしない罪を認めてやるわけにはいかない。

たとえ、たったの一分も調査を許されず、たったの一つも手掛かりを持っていなかったとしても——穂鶴黎鹿《れいか》という探偵を、認めるわけにはいかない。

カイラと早々に引き離され、相談をできる相手もなく、俺はただ一人で、内なる戦意を高めていく。

見つけるしかない。

穂鶴が語る推理の中から、俺の無罪を証明する手掛かりを。

その場で、即興で、間髪入れず。

瞬発力が課題だって言われてる、この俺が——

「不実崎！　時間だ！」

俺は俯《うつむ》けていた顔を上げて、ゆっくりと椅子から立ち上がった。

やるしかない。

たとえ苦手でも。弱点だって言われても。

今から、この法廷で、俺は俺の真実を紡ぎ出す。


二回目の大法廷は、前回のような超満員ではなかった。

それも当然だ。1年生はまだテストの真っ最中。2年生、3年生にとっても、ただの下級生同士の小競り合いでしかない。

だから、そう——当然のこととして、傍聴席にいるのはたった一人。

カイラだけだった。

閑散とした傍聴席の最前列で、褐色肌の少女の心配そうな視線を受けながら、俺は法廷の探偵席に立つ……。

向かい側に設置された教卓のような探偵席で、同じようにして待ち受けていた穂鶴《ほづる》は、薄笑みを浮かべながら広い大法廷を見渡した。

「寂しいものだね。ほぼ無人の大法廷というのは」

「……残念だったな。俺をボコるところを見せびらかせなくて」

「いいんだよ。配信はしてるしね」

すり鉢状に並ぶ傍聴席の後ろ、壁と天井の間で光を放っているカメラを、穂鶴は指さした。本物の法廷は撮影禁止だが、もちろんここはそうではない。

「予約をするのは面倒だったけど、まあ致し方ない話だ——HALOシステムによるホログラム表現がなければ、僕の推理をキミが理解できないかもしれないからね」

「ずいぶん自信たっぷりじゃねえか。そんなに自慢の推理ができたのか？」

「もちろん。キミは自分の推理を組み上げることもできず、その場に膝を屈するだろう」

……馬鹿言え。

事件そのものもでっち上げのくせに——

「そんなことできるわけ——」

「できるんだよ。この穂鶴黎鹿《れいか》にはね」

そう豪語する穂鶴には、息が詰まるほどのプレッシャーがあった。

真実を知る探偵だけが放つ、特有のプレッシャー——

……確かにこいつは真実を知っているかもしれない——しかしそれは、『この事件はでっち上げである』という真実。

これから始まる議論も、推理も、何もかもが虚構——虚構でできた法廷。

普通に考えればそんなものは成立しない。嘘《うそ》ってのは重なれば重なるほど脆《もろ》くなるもんだ。必ずどこかに隙が生まれるはず——

見つけ出すんだ、それを。

穂鶴の虚構の綻びを。

「ではそろそろ始めよう。――ＨＡＬＯシステム、起動」

穂鶴《ほづる》の操作に応じて、大法廷内を光の帯が切り裂く。

交錯する光が紡ぎ出した二つの白手袋が、俺と穂鶴、それぞれの前にひらひらと舞い落ちてくる。

それは俺にとって、地獄から救い出してくれる蜘蛛《くも》の糸となるか。

それとも、探偵としての俺への最後通牒《つうちょう》となるか。

すべては、俺の頭脳が決める。

目の前に翻った白手袋を、俺は勢いよく掴《つか》み取った。

「「手掛かりは示された《シヨウダウン》！」」

俺は初めて、この言葉で嘘《うそ》をつく。

手掛かりは今、これから明かされる。

4　不実崎《ふみさき》未咲《みさき》はいかにして死体を隠したか？――Side: 不実崎未咲

「まずは冒頭弁論と行こう。この事件の概要はこういうものだ」

穂鶴は探偵席に備えられたＨＡＬＯシステムの操作端末に触れた。

風景が塗り替わる。

閑散とした大法廷から、ビル６階のネットカフェ店内に。

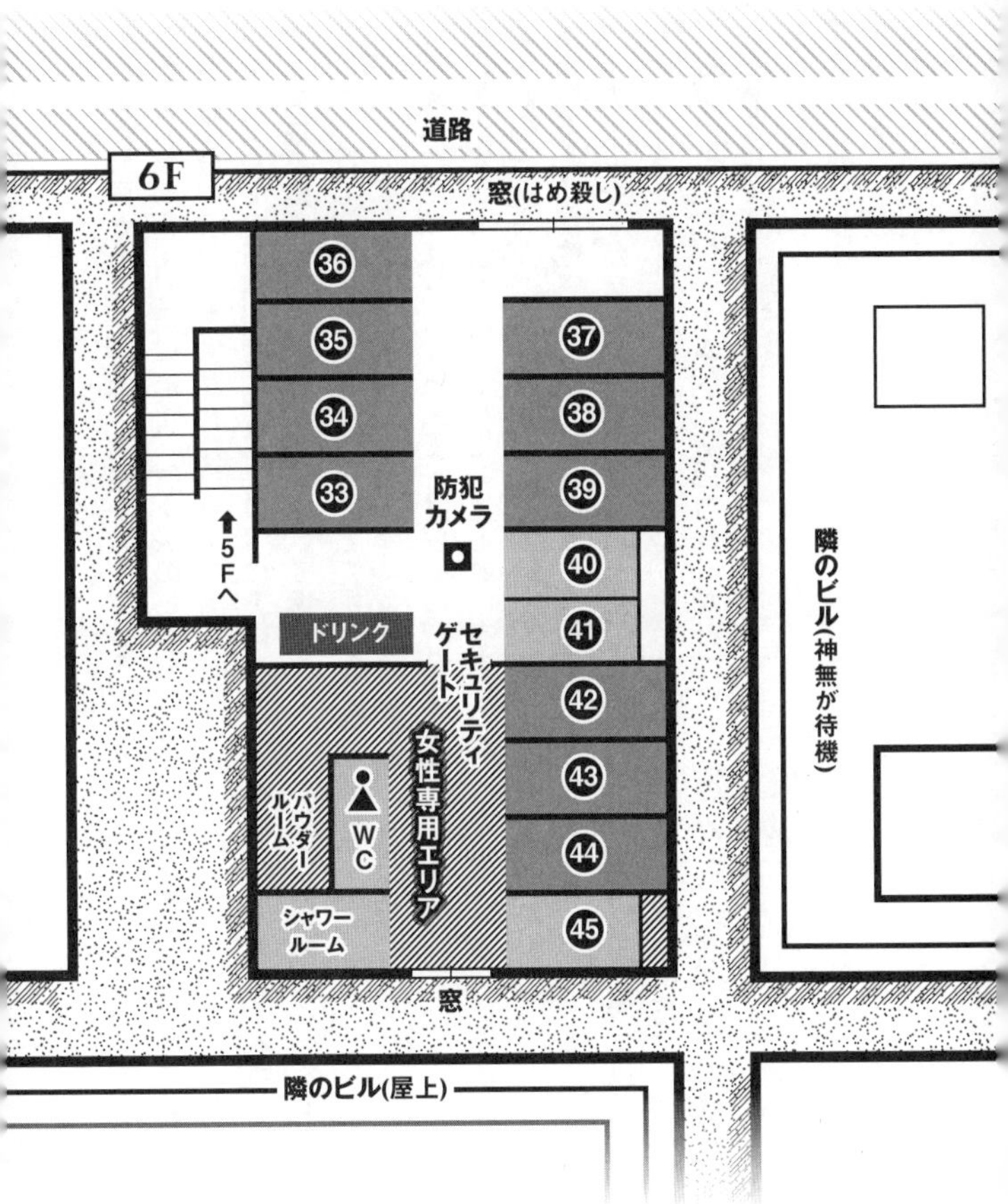
道路
6F
窓(はめ殺し)
36
35
34
33
37
38
39
40
41
42
43
44
45
防犯カメラ
5Fへ
ドリンク
セキュリティゲート
女性専用エリア
パウダールーム
WC
シャワールーム
窓
隣のビル(神無が待機)
隣のビル(屋上)

南側にある階段から、T字上に通路が伸びている。この階にはブースが13個あり、そのうち4個が女性専用エリアにある。ブースの出入り口はすべてT字通路の横棒の部分に面しており、階段から見て右側が女性専用エリアだ。

唯一俺が知っている情報として、このフロアにあるブースは、俺たちが入るつもりだった37番と女性専用エリアの44番以外、すべて埋まっていた。俺たち以外に、少なくとも11人の人間が、同じフロアにいたということだ。

穂鶴《ほづる》はホログラムで再現されたネットカフェの通路を歩いていく。

「事件が起こったのは階段から見て一番左奥の37番ブース」

T字に分岐する突き当たりから左を見ると、右手に5つ、左手に4つドアがある。そのうち右手側の一番奥が、血まみれになっていた37番ブースだ。

逆側を見ると、女性専用エリアに続くセキュリティゲートがある。このゲートは受付でもらったカードキーがないと通り抜けることができない。女性専用エリア内にはシャワールームとパウダールーム、トイレがあるが、それも男には使用できないのだ。

天井を見ると、丸いドーム状の防犯カメラがあった。このカメラの映像も、穂鶴は自由に確認できるはずだが、これは模擬事件ではないため、ユニーク以外のカメラスキルでは閲覧できない。

穂鶴は左に伸びる通路を歩いて、37番ブースの前に移動する。

さらに奥の突き当たりには、道路に面した横長の窓がある。

このフロアにはもう一つ窓があり、それはここから振り向いて、セキュリティゲート越しに女性専用エリアの一番奥を覗《のぞ》けば確認することができる。道路に面している横長の窓は開けないので、普通に開くことができる窓は、このフロアには女性専用エリアのあの窓しかない。

穂鶴は37番ブースのドアを開けて、

「**ブース内にはどう見ても致死量の血液が散乱していた。**死体が見当たらないが、僕は殺人事件と判断する。第一発見者でもある犯人・不実崎未咲《ふみさきみさき》が、ここで被害者を殺害後、どこかに死体を隠してしまったんだ」

「……殺人とは限らねえだろ」

血まみれのブースを背に薄く笑う穂鶴に、俺は明らかな不備を指摘する。

「赤い液体は全部人間の血か？　動物か何かの血を適当に撒《ま》いた可能性だってある！」

「ないね。**現場の血はすべて人間のものだ。ＤＮＡ鑑定によって被害者もすでに特定している！**」

来たか。お得意のＤＮＡ鑑定……！

いくらこいつでも本物の死体を用意することはできないだろう。一体どこの誰を死んだことにするつもりだ？

「**被害者の名前は――前城冥土《まえじろヘヴン》**」

堂々と悪びれもせず、穂鶴は謳《うた》い上げた。

「悲しいかな……**僕たち1年1組の仲間だよ**」

身内を死体役に——

確かにそれならDNA鑑定用の検体だって取り放題だろうし、万が一、何らかの展開で俺がDNA鑑定の結果を検《あらた》めようとしてもかわせる可能性がある。

しかしいずれにしろ、この名前は記号だ。

方程式でまだ決まっていない数字をXと呼ぶように、存在しない死体を仮に前城冥土《まえじろヘヴン》と呼んでいるだけでしかない。

俺はそもそも、その死体が存在していることを認めてはいけないのだ。

ここまでは想定のうち……勝負はここからだ。

「反論する」

さあ、不実崎未咲《ふみさきみさき》、口を回しながら頭も回せ。

穂鶴《ほづる》から、推理の綻びを引きずり出せ！

「その推理が正しいとして、死体はどこに消えた？　まさか普通に引きずっていったなんて言わねえよな。

このネットカフェから出るには、5階にあるエレベーターに乗らなければならない！3階から6階までは階段で移動できるが、2階や7階は別の店で、階段が繋《つな》がっていないからだ。

そしてそのエレベーターは、受付カウンターから常に視認できる位置にあり、死体を運

び入れることなんて到底不可能！『どこかに隠した』ってどこだよ。死体の隠し場所を答えられない限り、お前の推理はただの妄言だ！」

ブースのドアが並ぶ狭い通路を、俺の反論が込められた光の帯が駆ける。

それは蛇のように穂鶴の手足を縛り、37番ブースの前から一歩も動けないようにした。

そうだ、そのブースから死体を運び出すこと自体が非現実的だ。

俺はこの通路で死体を引きずったような血の跡なんて見ていないし、穂鶴自身もそのはずだ。これだけブース内を血まみれにした死体を動かしたなら、通路に血の一滴も落とさないなんてことはできないはずだ！

死体は37番ブースの中に閉じ込められている。そして37番ブースの中に、人間の死体を隠しておける場所なんて――

「死体は、37番ブースの中に隠されたんだ」

……何だって？

余裕の笑みを崩すことなく、穂鶴は縛られた手足をゆっくりと動かしていく。

「見えているようで見えていない……。まさに意識の死角……。そういううってつけの隠し場所が、このブースには存在するんだよ。キミには見えていないのかい？　ああ、見えないふりをしているのか。死体が見つかったらまずいものなあ！」

何を言っている……？

こんな狭いブースに、死体なんて隠せるわけねえだろ。パソコンが載っているデスクには引き出しすらないし、それ以外には人が二人座れるくらいの、革張りの黒いマットがあるくらいで――

「あ」

まさか。

こいつ。

「マットの中だよ」

腕に絡みついた光の帯を引きちぎりながら。

穂鶴《ほづる》は、ブースの半分ほどを占める黒いマットを指さした。

「マットに張られた革を剥《は》がした後、中のスポンジをいくらか潰してスペースを作る――そこに死体を隠した後、剥がした革を元通りにする！　キミはこうやって死体を隠したんだ！」

それならば……確かに……隠せる。

マットのサイズ的にも、人間一人横たえるくらいなら……。

「で……でも、お前はそこから死体を見つけたのかよ!?　ちゃんと確認したのか!?　このマットの中に死体があるのかどうか！」

「僕としたことが……確認し忘れてしまったよ」

くっくっく、と穂鶴は楽しそうに笑う。

「だからもしかすると、本当は死体なんてないのかもしれないなあ。でも死体を隠したとしたらここしかない。『死体がない』ことを確認してもいないんだから、『死体がある』可能性も否定できない――箱の中の猫は生きているのか死んでいるのか、だ。シュレディンガーの箱を開きたくとも、選別裁判《セレクト》はすでに始まってしまった。困った困った」

「ふ、ふざけんなよ……。何にも証拠がねえってことじゃねえか！　確かに隠せるかもしれない！　でも『できる』だけだ！　『やった』にはならない！」

「では……それ以外の『できる』を、すべて否定したらどうかな？」

「……何……？」

ネットカフェを再現したホログラムが、勢いよく下方に吹き飛んでいく。

俺たちは天井を突き抜け、何もない空の上に立って、ゲームのマップ画面みたいにネットカフェを俯瞰《ふかん》した。

「前に教えただろう？　『ヘンペルのカラス』だよ」

何もない空中。

虚無という名の自由。

真っ白なキャンバスのようなその空間に、穂鶴の確信的な声が響く。

「『前城《まえじろ》の死体があるのは、マットの中である』――それを証明したければ、『マットの中以外には、前城の死体はない』を証明すればいい。そうすることで、マットの中を一切調べることなく、死体の存在を一切確認することなく、僕はキミの殺人を証明できる」

「そ……そんな馬鹿な話があるか！　マットの中以外だって⁉　そんなもん世界中だ！

可能性なんて無限にあるじゃねえか！」

「ところが、これは〈第九則の選別裁判《ヴァン・ダインズ・セレクト》〉だ。勝利条件はどちらかの探偵の推理が尽きることであって、真実を特定することじゃない。

本物の法廷であればこんなロジックは成立しないだろう。しかし選別裁判《セレクト》においてなら、可能性には『キミの想像力』という制限がつくんだ。この探偵の決闘において、探偵が口にできなかった可能性なんて存在しないのと一緒なんだから！」

……嘘《うそ》だろ……？

勝利条件はどちらかの探偵の推理が尽きること――たとえ可能性が無限でも、その無限のすべてを俺が口にできるわけじゃない。

思いつく限りの有限の反論、有限の可能性をすべてぶつけて、それでも論破に至らなければ――俺の推理が尽きたことになる。

穂鶴《ほづる》が、何の証拠も提出しなくても。

穂鶴の勝利で、この選別裁判《セレクト》は幕を閉じる。

「趣向は理解できたかな？」

穂鶴の背中から、ゆっくりと翼が広がる。

艶《つや》やかに光り輝く、それはカラスの翼。

だが、見慣れた漆黒ではなく。

無限の可能性に満ちた、虹色の翼。

「この翼が黒に染まった時、僕の証明は完了する」

無限の空を、広大なカラスの翼が抱き留める。

その大きさに、その広さに比べれば、俺という存在はあまりにもちっぽけだった。

「さあ、抗弁の時間だよ、不実崎未咲《ふみさきみさき》——僕が語った推理以外の可能性を！　たった一つでもいい。口にして見せろおッ!!」

5　そもそもネットカフェに被害者は存在したのか？——Side: 不実崎未咲

俺が前城冥土《まえじろヘヴン》を殺し、その死体を37番ブースのマットの中に隠した。

それ以外の可能性を、提示する。

たったそれだけだ。動機も、証拠も、論理さえも、俺には求められていない。

『なぜそんなことをしたのか？』

『穂鶴が俺を罠《わな》にかけるため』

理由づけはそれで充分。これは純然たる可能性の議論だ。0・1パーセントでもありえるなら、それが充分に通用する世界。

可能性は無限にある。それは本来掘り尽くせない。そうだ、あの虹の輝きのように——この空の広さのように。

この無限を染め尽くせるというのなら——穂鶴、てめえの方こそやってみやがれ！

[事件推理図解] 2

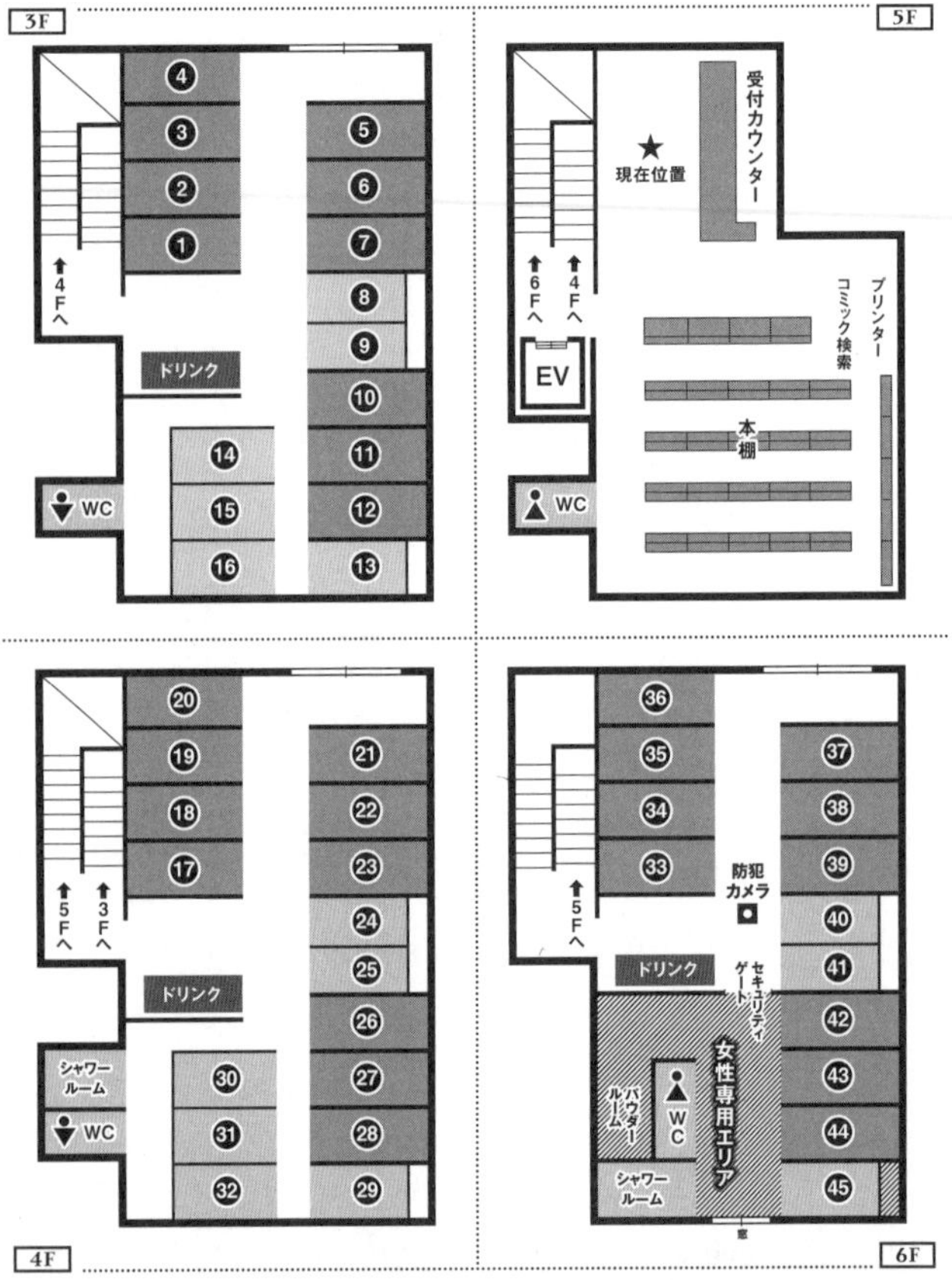
3F
4F へ
ドリンク
WC
1 2 3 4 5 6 7 8 9 10 11 12 13 14 15 16
5F
受付カウンター
★
現在位置
6F へ
4F へ
EV
プリンター
コミック検索
本棚
WC
4F
5F へ
3F へ
ドリンク
シャワールーム
WC
17 18 19 20 21 22 23 24 25 26 27 28 29 30 31 32
6F
5F へ
防犯カメラ
ドリンク
セキュリティゲート
女性専用エリア
パウダールーム
WC
シャワールーム
窓
33 34 35 36 37 38 39 40 41 42 43 44 45

「そもそも被害者、前城冥士《まえじろヘヴン》はネットカフェに存在したのか!?　入店してすらいないんだとしたら、マットの中に死体があるわけがないッ!!」

この事件は最初から虚構。

死体なんて存在しない。殺人なんて存在しない。事件なんて存在しない。

被害者なんて存在しない！

だとしたら、このトリックが最有力だ。そもそも被害者はネットカフェに入ってすらいなかった！　だからどこを探したって死体なんて出てくるわけがない！

虹色に輝く光の矢、俺に味方する無限の可能性が、カラスの翼を射抜こうとする。

「ユニークカメラスキル！」

しかし俺が放った光の矢は、漆黒の壁に阻まれて消えた。

「**5階受付の防犯カメラに、前城が入店している姿が確かに映っている！　そしてその後、事件発覚時までただの一度として退店していない！**　被害者はいるよ。確かにネットカフェの中にいる！」

ビル5階、ネットカフェの入り口となる受付カウンター周囲の映像がホログラムで再現される。

カウンターには不良っぽい少年が手続きをしている姿が確かに映っていた。彼は手続きを済ませた後、エレベーターのそばにある6階に続く階段を上っていく。

「入店したことは認めよう……！　だが退店していないってのは本当か!?　その映像をお

前が隠しているだけの可能性がある！」

「だったら見せてあげよう。５階カメラ映像ノーカット版だ！」

ホログラムの時間が加速する。前城《まえじろ》が６階に消えた後、何人かの客がエレベーターから現れ、**それから一度、前城が６階から降りてくる。そして階段のすぐ近くにあるセルフ精算機を操作した。**この時、37番ブースが空き室になったのだろう。

その後、前城はそのまま６階に戻っていく――そして現実時間で30分ほど後、俺とカイラがエレベーターから現れた。

確かに俺たちが入店するまで、前城冥土《ヘヴン》は一度も退店していない。それどころか一度しか６階から降りてきていない……！

「わかったかな？　事件発覚時、前城の存在可能性はこのビル６階にしかない！　それ以外の場所には一切！　存在を許されていないんだよ！」

「いや……！　まだだ！　６階から脱出した可能性がある！」

６階のブース前通路に移動する。女性専用エリアのセキュリティゲートを越えた先――そこに脱出口がまだ残されている！

「６階の窓から脱出できる！　あの窓の向こうは確か隣のビルの屋上だ！　健康な男なら充分飛び降りられる範囲だ！」

「キミの目は節穴か？　不実崎《ふみさき》ィ！　**その手前にセキュリティゲートがある**のが見えないか！　**女性専用エリアには受付でカードキーをもらわなければ入れない！　生物学的な意

味で男性の人間は窓に近づくことすらできないんだよ！」

「わからないだろ！　受付のバイトを騙《だま》して――」

「さっき映像で見たよね？　この不良男のどこが女に見える！　**そもそも店の記録を確認済みだ！**　出直してきたまえェッ！」

虹色の羽が一部、黒に染まる。

ＨＡＬＯシステムが、穂鶴《ほづる》の証明を認め始めているのか……？

あの黒が翼の全体に行き渡った時、俺は負ける。だが！

「だったらブース内の窓はどうだ⁉」

本来、穂鶴を罠《わな》にはめるはずだった密室トリックの核――これならどうだ……！

「北側の隣ビルに面しているブースには内側から塞がれた窓がある！　そこからなら隣のビルに脱出できる！」

「忘れているようだなぁ、不実崎《みくまり》ぃ……！　**その脱出ルートは確か、ご丁寧に見張ってくれている方がいらっしゃったよなぁ⁉」**

……っ⁉　**その隣のビルには水分が……！**

「そのブース内の窓から繋《つな》がりうる隣のビルの部屋は、ひとつながりの大きなオフィスだ！　すべての窓を一望することができ、そこに待機していた墨野《すみの》カンナと音夢《おとゆめ》カゲリが奇妙な脱出者を見逃すはずがない！」

俺たちの作戦は全部筒抜けってことか……！

だけど、押し込められてたまるかよ。存在もしない人間を、ネットカフェのワンフロアなんて小さい場所に……！

「それなら、俺たちが見逃しているんだ！」

思い出せ。さっき早回しで見た5階の映像……！

「前城冥土《まえじろヘヴン》に見える人間は確かに6階から降りてきていない。だが客が一人も降りてこなかったわけじゃなかった！　その中に前城冥土が変装した人間がいて——」

「顔検索でわかる！　メイクなどで顔つきを変えたとしても、ユニークカメラスキルの顔検索は誤魔化《ごまか》せない！　6階に上がった前城冥土は確実に！　一度として！　別人としても！　6階から降りてきていない！」

「……くッ……！」

とっさに反論ができなかった。

その空白を、その沈黙を、ＨＡＬＯシステムは敏感に捉えた。

カラスの右の翼が、半分近くも黒に染まる。

全体としてはおそらく20パーセント程度——無限に思えていた可能性が、一気に2割も削り取られてしまった。

「弾切れか？　だったらこの議題はこれで決着だ。**カメラ映像に現れた前城冥土は、セルフ精算機を操作した際を最後に、ビル6階から一歩も外に出ていない！**　今後はこれを前提に話してもらおうか！」

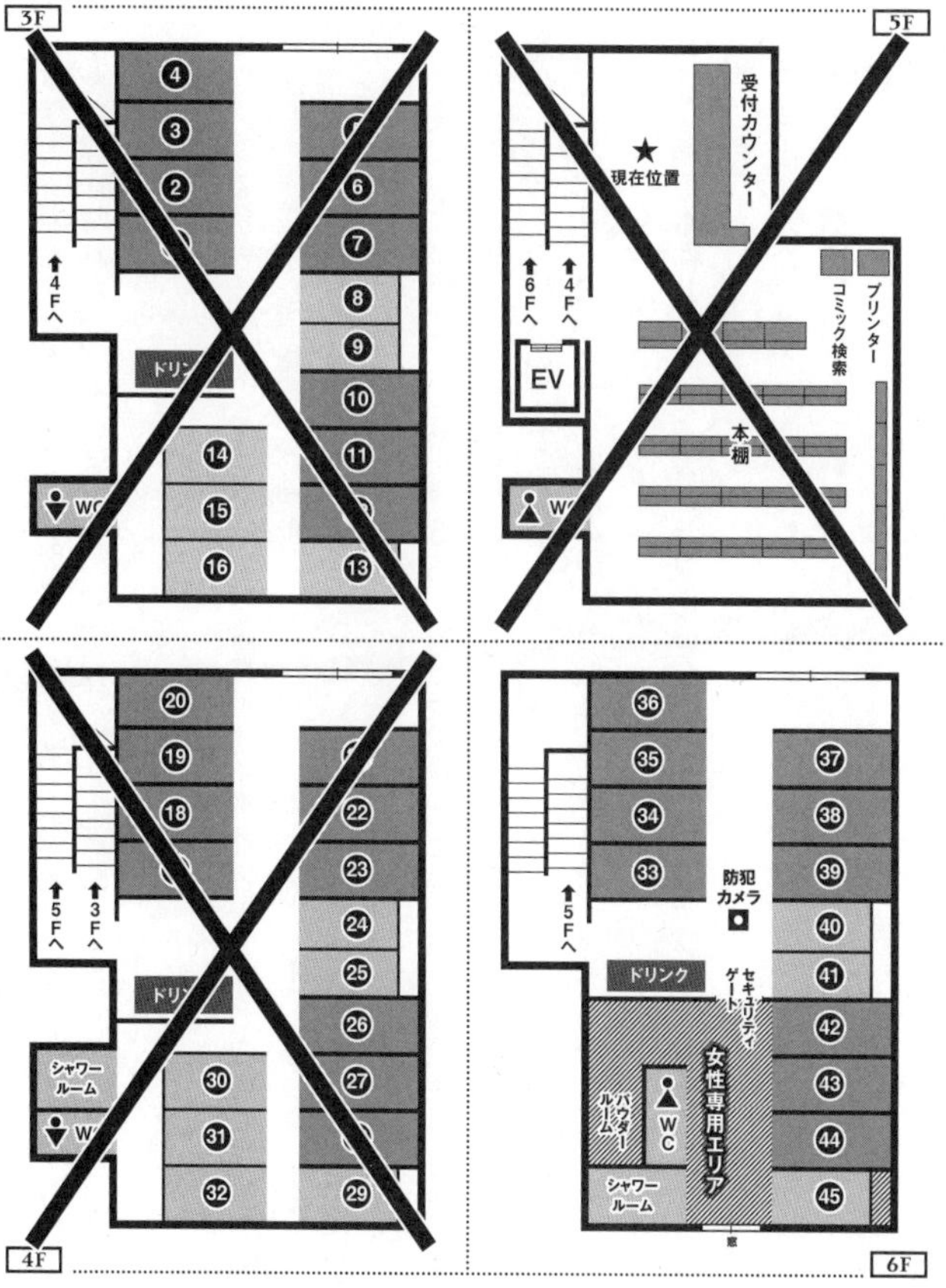
3F
4
3
2
6
7
8
9
10
11
14
15
16
13
4F へ
WC
5F
受付カウンター
★
現在位置
6F へ
4F へ
EV
プリンター
コミック検索
本棚
WC
20
19
18
22
23
24
25
26
27
29
30
31
32
5F へ
3F へ
シャワールーム
WC
4F
36
35
34
33
37
38
39
40
41
42
43
44
45
5F へ
防犯カメラ
ドリンク
セキュリティゲート
女性専用エリア
パウダールーム
WC
シャワールーム
窓
6F

カラスの翼から漆黒の羽根が湧き立って、竜巻のように渦巻いて俺を取り込んだ。

塞がれた視界が晴れた後、そこにあるのは狭いT字状の通路――ビル6階、ネットカフェのワンフロア。

閉じ込められた。

今後俺は、この狭い空間の中で、穂鶴《ほづる》の推理に反する可能性を主張しなければならない。

……しかし……些細《ささい》な違和感があった。

女性専用エリアの窓からの脱出説を否定する時、穂鶴は6階の防犯カメラ映像を使わなかった……。

さっきの変装説についてもそうだ。6階のカメラ映像を提示し、前城冥士《まえじろヘヴン》は37番ブトスから一歩も出ていないと、そう証明すればよかったはずだ。

情報を出し渋っただけなのかもしれない。

しかし、もし、穂鶴にとって、6階のカメラ映像がウィークポイントなんだったとしたら……？

この事件は模擬事件じゃない。カメラ映像の閲覧はユニークカメラスキルでしか行えない。

もっと引き出すんだ。穂鶴しか知らない情報を。

きっとそこに、活路は残されている……！

6　被害者は他のブースにいたのではないか？——Side:不実崎《ふみさき》未咲《みさき》

再び6階フロアを下方に吹き飛ばし、ゲームマップの視点で俯瞰《ふかん》する。

もうこの階から前城冥土を逃がすことはできない。

さらに言うなら、面積のほぼ半分を占めている女性専用エリアからもすでに存在可能性が締め出されている。

ブース前の通路にしても、人間が隠れられるような場所はどこにもない。もし誰かがいたら俺かカイラが絶対に気がついたはずだ。

だったら次の手はこれだ……！

「——被害者は他のブースにいたんだ！　現場以外の8つのブースのどれかに隠れていたんだとしたら、マットの中に死体が存在している可能性はなくなる……！」

同時に8本の矢が、俺の反論から生まれる。

これを全部弾《はじ》き落とせるか、穂鶴……！

「**俺が受付で見た時、37番ブース以外はすでに他の客で埋まっていた！**　その中の一人が前城冥土なんだとしたらどうだ!?」

8本の矢が、八重の螺旋《らせん》を描きながら穂鶴の翼に迫る。

一つでも通れば致命傷。

たった一つでいい！　前城が存在している隙を作れ……！

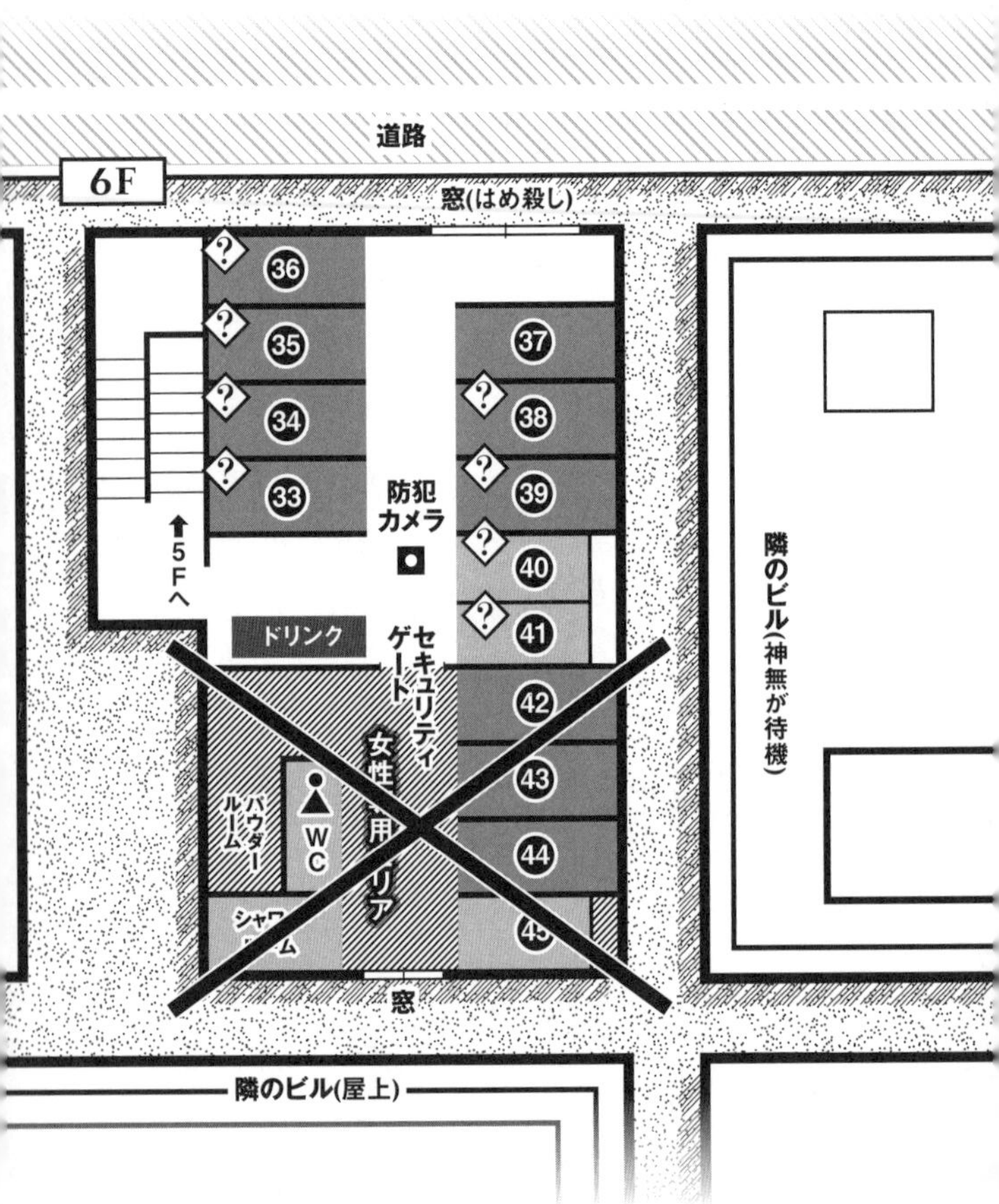
道路
6F
窓(はめ殺し)
36
35
34
33
37
38
39
40
41
42
43
44
45
防犯カメラ
5Fへ
ドリンク
セキュリティゲート
女性専用エリア
パウダールーム
WC
シャワールーム
窓
隣のビル(神無が待機)
隣のビル(屋上)

「その8人全員の顔写真を提示する」

しかし俺が放った矢に、8枚の顔写真が立ち塞がった。

穂鶴《ほづる》は余裕の笑みを刻みながら、

「見ての通りだ。33番から36番、38番から41番ブースまでの客の中に、前城冥土《まえじろヘヴン》は存在しない！」

その8人の顔を見て、俺は頭の端に引っかかりを覚える。

そのうちの一人……学生らしき男の顔。確か――

「おい……。**その34番の客！　1組の奴《やつ》だろ！**　通信機器禁止のルール違反じゃねえのかよ!?」

確かに見覚えがある。名前まではとっさに思い出せないが、旧岩崎邸《いわさきてい》で穂鶴が引き連れていた奴の一人だ！

「ああ、桐山《きりやま》君か。彼もなかなか不真面目な奴でね。もうとっくにペナルティは受けているよ」

白々しい……！　無関係なわけねえだろ！

34番ブースは現場である37番ブースの斜向《はすむ》かいだ。ドアに隙間を空けて、俺とカイラが来るのを見張ってたんじゃねえのか……!?

「……っ、その8人の誰かが前城冥土の変装である可能性を否定できるか!?」

「顔検索を使っている。8人全員、前城冥土ではない！」

ちくしょう！　便利に使いやがって……！

でも俺の推理の矢はまだ落ちていない！

「その8人の誰かが自分のブースに前城《まえじろ》を匿《かくま》っているなら話は別だ！」

「調査済みだ。6階にいた人間は各ブースにいた一人ずつ！　この調査は事件発覚と同時に行っている！　どこかのブースに前城が隠れていたとしたら、必ず僕たちが見つけている！　逃げ出す猶予はない！」

「見落としたのかもしれない！　お前は言ったよな、穂鶴《ほづる》！　見えているようで見えていない——意識の死角だって！　生きている前城が、37番以外のマットの中に隠れている可能性だってあるはずだッ!!」

これはいける……！

勢いで口にしたが、手応えがあった。

穂鶴の推理の逆用！　これで穂鶴が『マットの中に隠れることなんて不可能』とでも宣《のたま》えば、自分で自分の推理を崩すことになる……！

俺が放った8本の矢が、穂鶴が展開した顔写真の壁を打ち抜——

「調査済みだ」

弾《はじ》かれた。

8本の矢が、すべての矢が、すべての推理が——穂鶴の言葉と共に音高く弾かれ、空中に塵《ちり》となって消える。

「ここに証拠として、さらに8枚の写真を提示する！」

気づけば、俺の推理を阻んだ写真は、さっきの顔写真とは別物になっていた。

それらに映っているのは——無残に切り裂かれたマット。

マットの中のスポンジをはらわたのように引きずり出し、誰も隠れていないことを完全に証明した写真が、8つのブースすべての分、提示されていた。

「お……お前っ……よくも抜け抜けとッ！」

あまりに馬鹿にした証拠提示に、俺は激発する。

「現場のマットの中は調べなかったくせに、他のブースのマットの中は全部調べたってのかよッ!?」

「はっははははっ!!　現場保存の意識が高すぎたかな!?」

馬鹿にしてやがる……！　馬鹿にしてやがる！

こんなやり方で真実を語らせるか。

こんなやり方で探偵を名乗らせるか！

俺の怒りをよそに、カラスの翼はさらなる漆黒に染まる。

これで40パーセント。

片翼にはもはや、ほとんど虹色が残っていなかった。

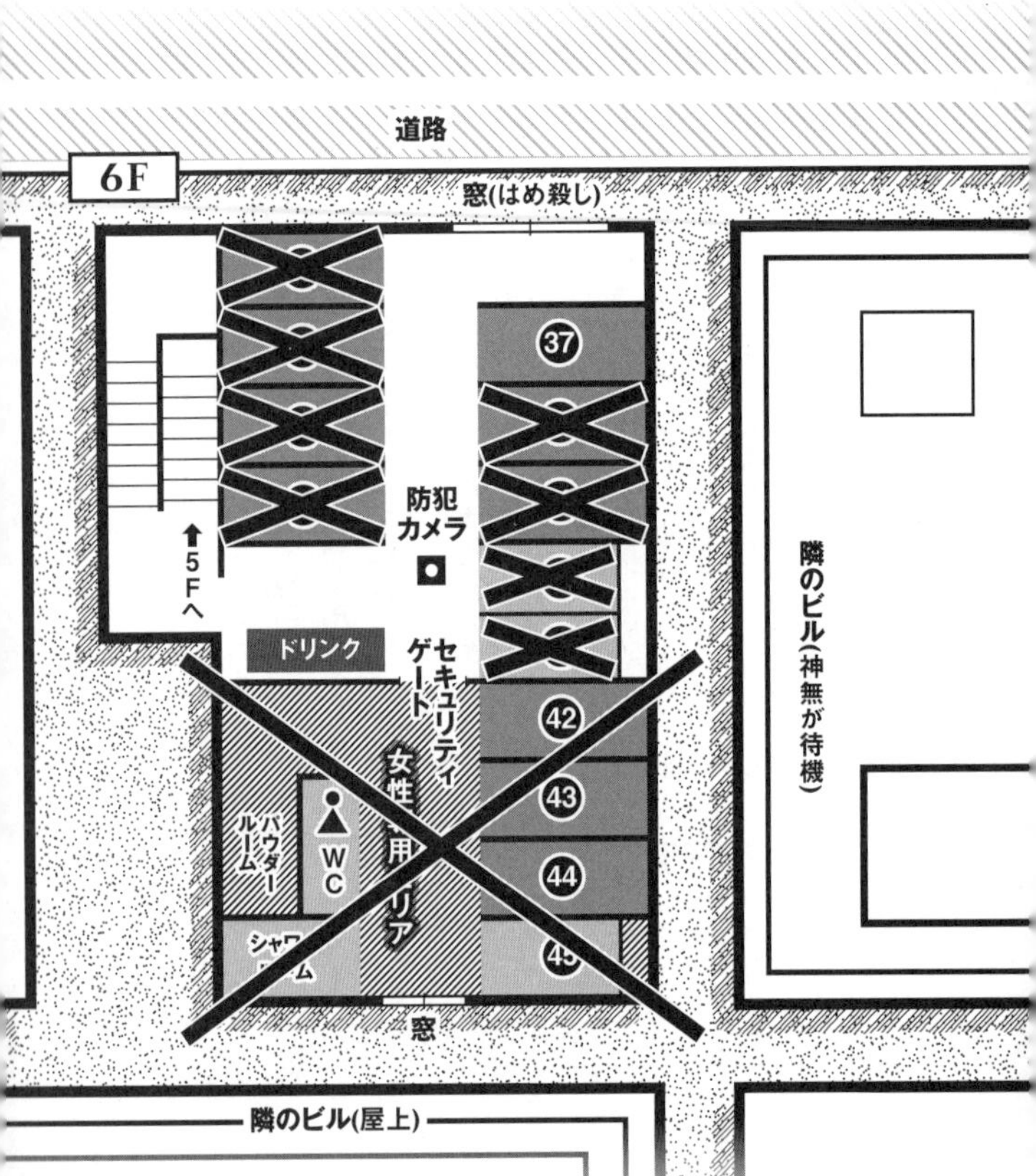
道路
6F
窓(はめ殺し)
37
防犯カメラ
5Fへ
ドリンク
セキュリティゲート
女性
用
リア
42
43
44
45
パウダールーム
WC
シャワ
ム
窓
隣のビル(神無が待機)
隣のビル(屋上)

変装ではない。

隠れてもいない。

前城冥士《まえじろヘヴン》の存在可能性は、ついに現場である37番ブース以外にはありえなくなった。

本当に……できるのか？

俺がマットの中に死体を隠した——それ以外の可能性を否定しきることが。

だけど奇《く》しくも、俺自身の反論が新たな可能性を示してくれている。

——マットの中には、生きたまま隠れることもできる。

箱の中の猫は、生きているのか死んでいるのか——それがわからないと言ったのはお前だ、穂鶴《ほづる》。

お前に殺せるか？　箱を開けることなく、シュレディンガーの猫を！

7　被害者はマットの中で生きていたのではないか？——Side: 不実崎未咲《ふみさきみさき》

「被害者は死んでいない！　自らの意思でマットの中に隠れただけだ！　これだったら犯人は存在しない！」

ひときわ強く光り輝く推理の矢が、俺の手から放たれる。

できないはずだ。この説を否定することなんて——そのためにお前は、自らの墓穴を掘るしかない！

「は！　なるほど見上げた屁理屈《へりくつ》だ！」

しかし穂鶴《ほづる》は笑みを崩さず、その手に光を集約させる。

「だが現場の惨状はどう説明する⁉　あの致死量の血液は⁉」

「輸血パックか何かの血を撒《ま》いただけだ！　お前はあの血液が、生きた人間の身体《からだ》から漏れ出たものだとまでは証明できていない！」

そうだ。あの現場はお前の工作！　全部偽物、虚構なんだ……！

穂鶴の手に集約した光が剣となり、俺が放った矢を叩《たた》き落とそうとする。

しかし、空を切る。

穂鶴の刃《やいば》をギリギリ逃れた推理の矢は、黒く染まったカラスの翼に——

「僕は、マットの中身を開くことなく、生きた人間がそこにいないことを証明できる」

——届か、なかった。

「……っハッタリだ……！　そんなことできるわけ——」

「——できるんだよ！　この穂鶴黎鹿《れいか》にはね！」

翼まで紙一重のところで停止していた俺の推理の矢が、高く空へと弾《はじ》かれる。

「動画を提示する！　現場の37番ブースで、お前たちを連行した直後に撮ったものだ！」

翼を広げる穂鶴の手前に、ホログラムウィンドウが表示された。

映った動画には、まず俺とカイラの背中があった。

それが1組の生徒たちに連行されて通路の奥に消えると、カメラが回って、37番ブースに残った穂鶴の姿を映す。

そして。

血まみれの37番ブースで。

穂鶴が薄く笑いながら。

刃渡りの長いナイフを、振り上げた。

刺す。

刺す、刺す、刺す！

黒いマットを――滅多《めった》刺しにする。

……確かに……。

マットの中身を、確認してはいない。

そこに人がいるかどうか、確認してはいない。

だけど、仮にそこに、誰かが隠れていたとしたら――

「見ての通り！　もしここに人間が隠れていたとしたら、悲鳴の一つもあげるか、でなくとも突き刺した部分から血が滲《にじ》み出すはずだ！　ゆえに！　このマットの中に存在するとしたら、それはとっくに血が流れ出きった死体のみッ!!」

背中を……冷たい汗が流れていた。

喉が……カラカラに乾いていた。

いない……。

本当にいないのか？

生きた被害者は、そのマットの中にも？

そんなわけない。頭の中でそう呟《つぶや》くたびに、冷徹な事実が俺に囁《ささや》きかけてくる。

俺たちを連行した後にこっそり被害者を逃がした？

――いや、動画の冒頭に俺とカイラの姿が映っている。そんな暇はなかったはずだ。

だったら動画が編集されている？

――いや、**今のは生徒端末に入っている証拠撮影アプリの映像だ。編集も改竄《かいざん》もできない……。**

「さあ、不実崎《ふみさき》――そろそろ認めるしかないいんじゃないかな？」

翼がさらに黒に染まる。

60パーセント。

ついに片翼から虹色が失《う》せた。

「生きた被害者はこの世のどこにも存在しない。だとしたら、残る可能性は……？」

そんなわけがない。

これは穂鶴《ほづる》が作った虚構の事件だ。いくら穂鶴でも、そこまでするわけが……。

でも。

生きた被害者がどこにもいないのなら。

本当に死んでいるとしか……考えようがない。

「最初から言ってるだろ！　これは死体のある事件だ！　いつまでも日常の謎気分でボケてんじゃあないぞッ!!」

8　被害者は自殺したのではないか？——Side: 不実崎未咲《みさき》

「……被害者は自殺した……！」

俺は血を吐くように推理を絞り出した。

「自分でマットの中に入り、そこで死んだ……！　マットの中に入る前に自ら致命傷を作っていたのなら、マット内から血が滲《にじ》み出すのも最小限に抑えられる……！」

考えられない。こんなテストごときで、こんな選別裁判《セレクト》ごときで、わざわざ死ぬ奴《やつ》がいるなんて。

でも残ってないんだ。もうこれしか、可能性が……！

「内出血密室というわけかい。いいだろう！　だったら説明してみろ！」

漆黒に染まった片翼が、闇色の光を放った。

今までは俺が攻める形だった。

しかしもはや、これは——

「マットの中に入るには、まず革の張り生地を剥《は》がす必要がある！　そしてスポンジを潰して作ったスペースに隠れた後！　剥がした張り生地を元に戻さなければならない！

わざわざ縫製し直す必要はないだろう。例えば端っこをマットの底に挟むだけでも、一度剥《は》がされたとは一見わからない。しかし！　この作業はマットの中に入ってしまうと不可能になる！」

カラスの黒翼から放たれた闇の矢が、暴風雨のように俺に襲いかかる。

トリックか？　隙間から糸を通して、というような？

いや、そんな小細工よりもっとシンプルな回答がある！

「他のブースの客が協力してマットの中に隠したんだ！　それなら矛盾はねえだろ！」

闇の暴風雨を、俺の青白い推理の光がせき止める。

拮抗《きっこう》する闇と光の、そのわずかな隙間から、嘲るような穂鶴《ほづる》の笑みが垣間見《かいまみ》えた。

「共犯者が自殺した前城《まえじろ》を隠すのを手伝ったって？　おいおい、不実崎《ふみさき》ぃ──それはもう、ただの自殺じゃないだろう」

「……っ!?」

「もっとシンプルに考えろよ。そら、さっさと言え！　これは殺人だと！　自分以外の誰かが殺したんだと！」

俺の光が砕け散る。

自殺幇助《ほうじょ》を犯した人間を論ずるのと、殺人を犯した人間を論ずるのは、この場においてはもはや変わらない──そういうことかよ……！

俺は闇の暴風雨に薙《な》ぎ倒《たお》され、残った片翼が半分まで黒に染まる。

80パーセント。

すべてが穂鶴の計算尽くなのか……。

これは予定調和の解決篇《へん》に過ぎないのか……。

それでも俺は、立ち上がるしかない。

こいつは倒さなければならないんだ。こいつを認めないために。そして、弱味《よわみ》を握られたカイラのためにも。

……やるしかない……。

俺以外にも前城冥土《ヘヴン》を殺せた人間はいたはずだと、証明するしかない。

9　別の人間が犯人なのではないか？——Side: 不実崎未咲《みさき》

「整理してあげよう」

穂鶴が言うと同時、遥《はる》か下に見えるネットカフェの各ブースから、光の柱が屹立《きつりつ》した。

「5階のカメラ映像から、被害者の入店以降にビル6階に足を踏み入れた人間は判明している。まず被害者の前城、そしてお前と連れのメイド。この3人の他には、各ブースの中にいた11人のみ！」

11人……このうち誰かの犯行可能性を証明しなければ——

いや、その前に！

「なんでそんなに5階のカメラ映像に頼る？　6階のカメラ映像を提出しろ！　それを見れば誰が現場のブースに出入りしたのか一目瞭然のはずだ！」

「拒否する！　どの証拠を提出するか決めるのは僕の正当な権利だ！」

「だったら11人の誰にでも犯行可能だ！」

俺から放たれた光の槍《やり》が、11本の柱を同時に貫く。

抜けるのかよ、この槍を全部……！　6階のカメラなしで！

「それじゃあ、まずは犯行時刻をはっきりさせようか？」

穂鶴《ほづる》が指を弾《はじ》くと、またしても5階のカメラ映像がホログラムとなって現れた。

「さっきも見たように、前城《まえじろ》は一度だけ5階に降りてきて、セルフ精算機で精算を済ましている。これは精算機のログからも確認が取れている事実だ。つまりその時間——事件発覚の30分前までは、確かに前城冥土《ヘヴン》は生きていた」

不審な点はない。**推定犯行時刻は事件発覚の30分前以降——時刻で言うと、12時30分から13時までの間ということになる。**

「前城の精算から事件発覚までの間、11人の容疑者の中にアリバイが成立している人間がいる。33番ブースの人間だ！」

柱の一本から槍が抜け、光の中にブース内と思《おぼ》しき光景を映し出した。

そこでは一人の男が何やら、パソコンに向かって話しかけている。

「33番ブースの客は12時30分から13時までの間、1秒の途切れもなく、ネットを通じて顔

出し配信をし続けていた！　コメントにもリアルタイムで返答していて、動画による工作も遅延配信もありえない！」

光の柱が砕け散る。

キラキラと舞い散るポリゴンの欠片《かけら》から顔を庇《かば》いながら、俺は小さく舌打ちした。防音性ゴミのネットカフェなんかで配信してんじゃねえよ……！

「さらに！」

７本もの柱で槍が蠢《うごめ》き、俺は目を疑う。

抜けようとしてるのか……!?　７本も一気に!?

「この男の配信は極めて重要な情報を記録していた！　カメラの画角にブースのドアの上の隙間が常に入っていて、そこから覗《のぞ》く天井に、ブースの前を通る人間の影が確かに映っていたんだ！

最後に影が映ったのは12時31分——タイミングから考えて、まず間違いなく精算を終えて戻ってきた前城冥土のもの！　そしてそれ以降、影は一つも映っていない——33番ブースの前を通った人間は一人もいない！」

……待てよ……。確か33番ブースって——

「33番ブースは西側に伸びる通路の入り口に当たる位置にある！　39番から45番までのブースからは、このブースの前を通らなければ現場の37番ブースには絶対に移動できない！よってこれらのブースにいた客たちは犯人たりえない！」

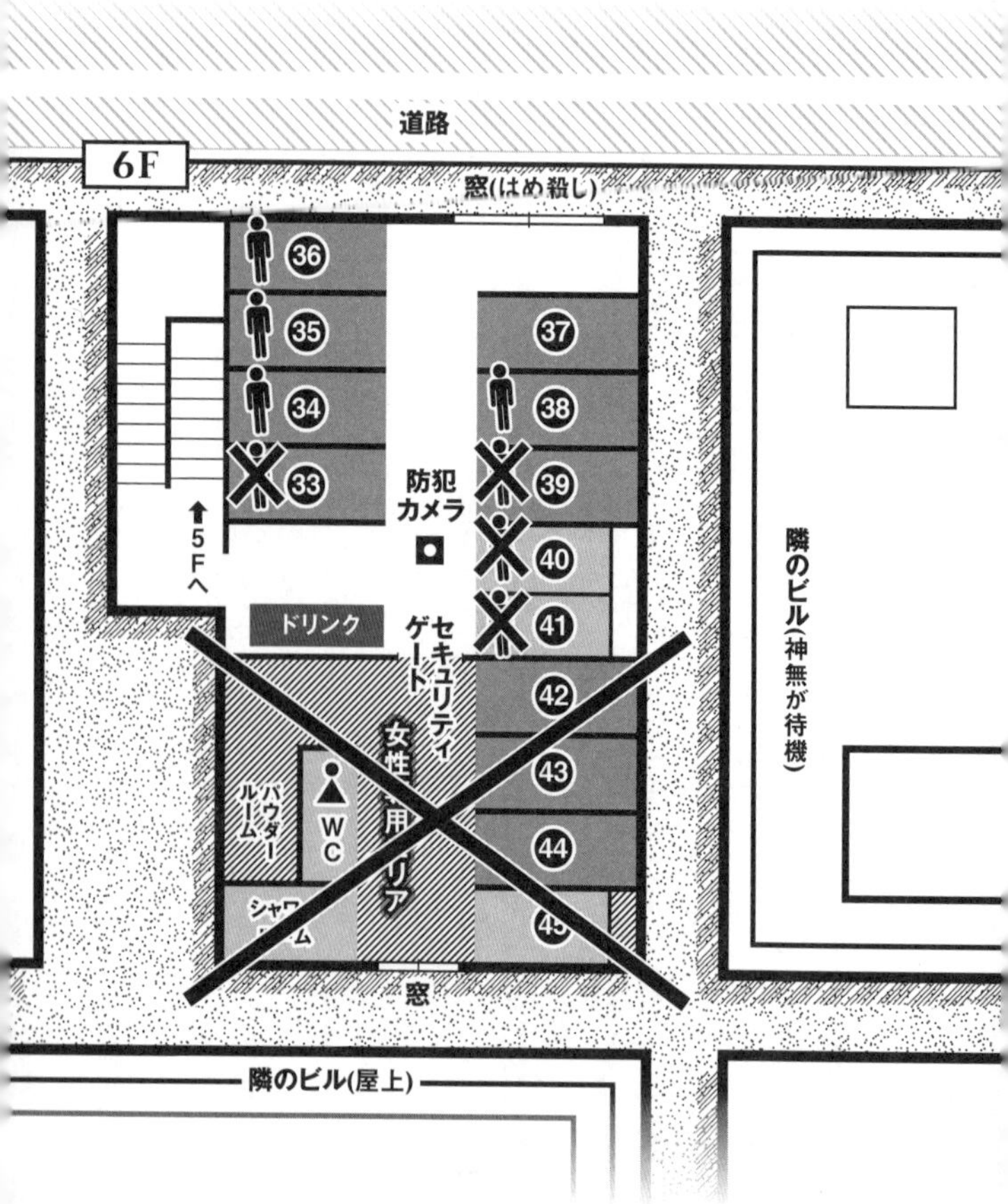
道路
6F
窓(はめ殺し)
36
35
34
33
37
38
39
40
41
42
43
44
45
防犯
カメラ
5Fへ
ドリンク
セキュリティゲート
女性専用エリア
パウダールーム
WC
シャワールーム
窓
隣のビル(神無が待機)
隣のビル(屋上)

7本の槍《やり》が弾《はじ》き出されるように抜け、ガラスのように軽く砕け散った。

それと同時に、それらが貫いていた光の柱も割れ砕け消える。

一気に7人もの容疑者が消えた……！　残りはたった4人かよ……⁉

「いや……それでもまだ残ってる！　33番ブースよりも奥にあるブースなら——34番、35番、36番、38番のブースにいる人間なら犯行可能だろ！」

「では、まずは34番の桐山《きりやま》君からだ。**桐山君は不真面目なことに、犯行可能時間の12時30分から13時までの間、FPSゲームをプレイしていた。戦績データから考えて長い間手を離していたとは考えられない！**」

槍が抜け、柱が砕ける。

まだだ……まだ！

「35番はどうだ⁉」

「キミは気づかなかったかもしれないが、**現場にはかすかに足跡が残っていた。犯人が床の血液を誤って踏んでしまい、靴底に付着したそれが移ってしまったんだろう。ほんの一部だったので詳しい照合は不可能だが、スニーカーであることは明らかだった！　35番の客はローファーを履いていて、それ以外の靴は所持していなかった！**」

槍が抜ける。

柱が砕ける……。

まだ……まだ……っ！

「だったら36番だ……！」

「その客はスマートウォッチを身につけていた！　データを調べたところ、心拍数は絶えず計測されていたが、歩数計や加速度センサーは一切動いていなかった。心拍数は装着者がスマートウォッチをまったく外していないことを、歩数計や加速度センサーは装着者がブースからまったく動いていないことを証明している！」

槍《やり》が抜ける……。

柱が……。

もう、あと一本だけ。

「38番――」

「最後は簡単だね。**犯行可能時間、ずっと5階のコミックコーナーにいた！**　ブースが空だったからって色めき立つなよ？　**事件発覚直後、38番ブースに誰もいなかったことは確認済みだ。ここに前城《まえじろ》が隠れていたことはない！」**

槍が抜け――

柱が砕け――

もはや、一本も残らない。

容疑者は消滅した。

俺を除いて、全員が――

こうして、誰もいなくなった。

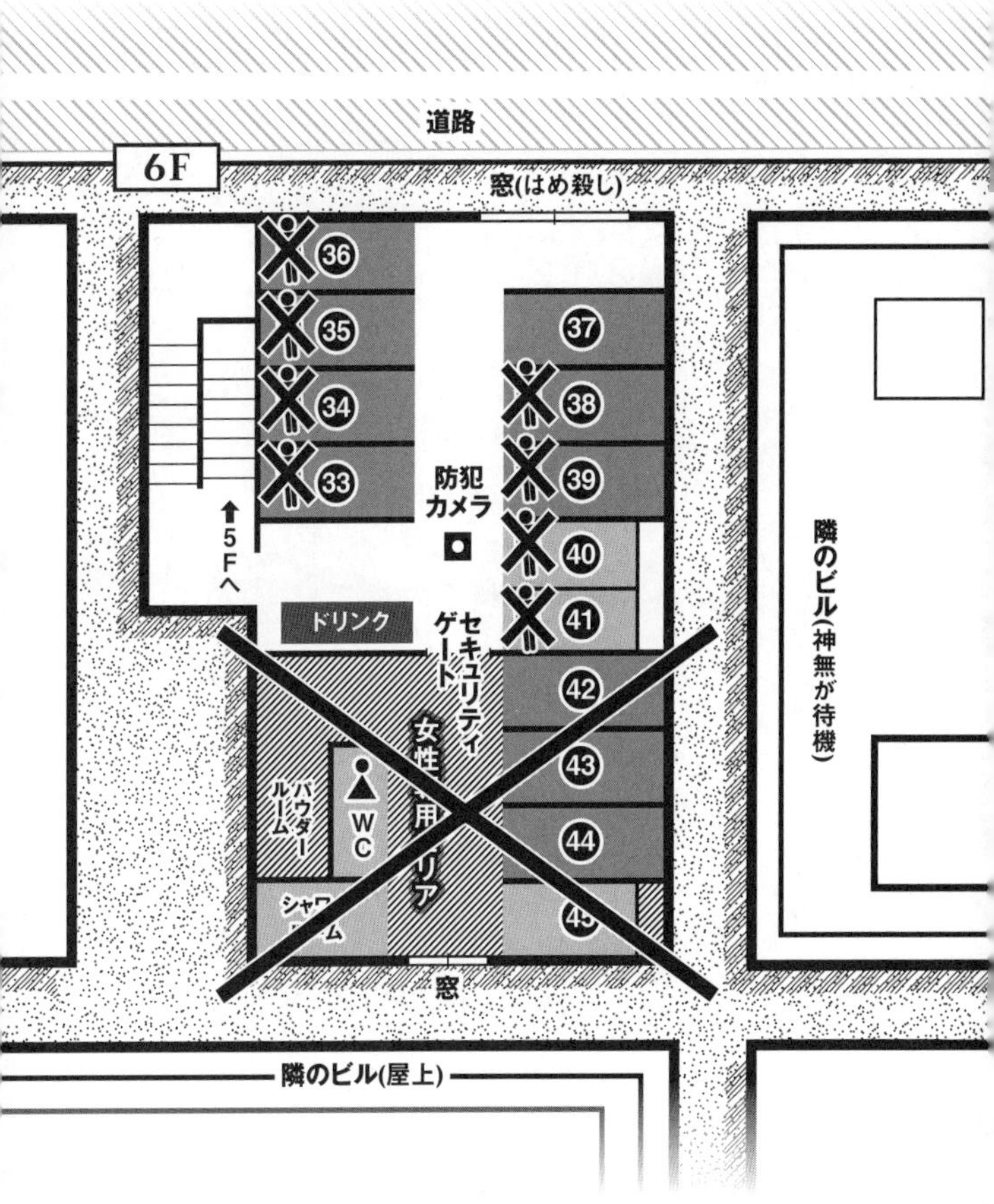
道路
6F
窓(はめ殺し)
36
35
34
33
37
38
39
40
41
42
43
44
45
防犯
カメラ
↑5F へ
ドリンク
セキュリティゲート
女性専用エリア
パウダールーム
WC
シャワールーム
窓
隣のビル(神無が待機)
隣のビル(屋上)

「……なんでだよ……」

あまりの理不尽に、思わず心の底から怒りが漏れる。

「なんで、そうも都合よく全員にアリバイがある……？　そもそも、なんで都合よく現場の37番ブースだけが空いていて、他のブースは全部埋まっているんだ……？　おかしいだろ……。なんでこんなに、お前にだけ都合のいいように――」

その時、天啓が降ってきた。

俺にとって何の得にもならない、天啓が。

このネットカフェは三つのフロアに跨《また》がってブースが存在する。そのうち一つのフロアは喫煙エリアで、未成年の俺たちは使用するはずもない。

残り二つのフロア――そのうち、女性専用エリアの一つと、現場となった37番ブースを除いたブースの数は……28個。

穂鶴《ほづる》自身と、被害者の前城冥土《まえじろヘヴン》を除いた……1年1組の生徒と、同じ数。

「……お、お前ッ……!!」

あまりにも、周到。

あまりにも、執拗《しつよう》。

「他のブースを、1組の生徒で埋めて……俺たちが37番ブースに入るように、誘導したのかッ……!!」

答えるまでもないと言わんばかりに、穂鶴はにやにやする。

全員、変装だった——一人だけ素顔だった生徒は囮《おとり》。穂鶴が提示した顔写真も、見ていない他のブースの客たちも！　全員が穂鶴の指示でそこにいた1組の生徒の変装！

このネットカフェは、巣だ。

蜘蛛《くも》が獲物を捕らえるために糸を張り巡らせるように……このネットカフェは、俺を捕らえるためだけに形作られた巣なのだ。

俺は、そこにのこのこと入っていった、愚かで哀れな蝶《ちょう》……。

勝てるわけがなかった。

すべてが最初から、穂鶴が勝つように、準備されていたのだから——

「これで証明終了か？」

翼が黒に染まっていく……。

90パーセント……95パーセント……まだ止まらない。

「物足りないなあ、不実崎《ふみさき》ぃ……。いつもの威勢はどこに行った？　最終入学試験のドヤ顔は？　金神島《かながみじま》のご高説はどうした？　もっと叫べよ、踊れよ、苦しめよ！　僕はそれが見たくてしょうがないんだからさぁあぁあああ————ッ!!」

96パーセント……97パーセント……98パーセント……。

99パーセント。

「……ちくしょう……」

やるよ。

やればいいんだろ。

屁理屈《へりくつ》でもいい。暴論でもいい。こいつに屈するくらいなら……！

「ちくしょぉおおおおおおおおおおおお――――――――ッッ!!」

10　なんでもいいから何かないのか？――Side: カイラ・ジャッジ

かつてわたしは――この選別大法廷で、夢を見た。

それは、ありえたかもしれない今……。助手に甘んじることなく、本当の妹のように思っていたあの子を、探偵として救い出す……かつての夢想。

わたしと同じように、探偵に絶望していた彼が、それでもなお、あのように戦えるなら――その姿は、その可能性は、その仮説は、わたしにとって、あまりにも眩《まぶ》しくて。

今でもまだ……その夢を、見続けていて。

「どこかに秘密の通路があったんだ！　それをお前たちが見つけられていないだけで――」「どこにあるのか具体的に示してもらおうか！」

なのに。

なのに……。

「うまく防犯カメラで顔が映らないようにしたんだ！　そうしてこっそりとエレベーターに乗って――」

「5階の階段を通った人間の中に、カメラに顔が映っていない人間はいない！」

同じ場所で。

同じ人を。

「天井に影が映らないよう移動する方法があれば、33番ブースの前を――」

「実験済みだよ！　そんな方法は存在しない！」

こんなにも。

…………見て、いられない…………。

「と、とにかく、思いもよらない方法で被害者はブースから消えたんだっ！　この世のあらゆる方法を想定することなんてできはしないッ!!」

「第五戒《ミッシング》を推理に使用する場合、その存在をあらかじめ証明していなければならない！　こんな基本ルールも知らないのかい？」

最後まで諦めずに考え続けること。……それが探偵だと、彼は言った。

でもこれでは、ただの悪あがき……。

ただ諦めていないだけで、考え続けているだけで、ただ無様に論破され、薙《な》ぎ倒《たお》され続けるだけの、哀れな慰み者……。

彼だって、こんな今を目指したわけではないはずだった。

彼なりの探偵の定義を示した時、それがこんな姿であるなんて、露ほども考えなかったはずだった。

わたしだってそうだった。探偵王女の候補生となった時、こんな風に、憧れた人が引き裂かれ、汚され、傷つけられているのを黙って見ているることしかできないような、そんな未来を想像しはしなかった。

こんな今しか待っていないなら……もう、終わりにしたって、いいのに。

こんな学園辞めてしまえばいいのに。誰も咎《とが》めはしないのに。少なくともわたしは、絶対に責めはしないのに……。

わたしは……そうしてしまったのに。

「……ぁ、…………」

声が言葉の形にならず、わたしはただ顔を伏せる。瞼《まぶた》を伏せる。

世界に、蓋をする。

ああ、懐かしい。あの時もこんな風に目を閉ざした。考えることをやめて、真実から目をそらして、謎という甘い揺り籠に身を委ねて……。

謎を謎のままにしておけば、もう何も知らなくて済む。

衝撃的な真相、意外な真実、そんなのはちっとも求めてない。わたしは今が続くことを望んでいた。わからないことはわからなくていい。新しいことを知ったって、どうせろくなことにはならないのだから。

少なくとも——わたしという人間に隠されていた真実はそうだった。

自分が探偵王の血を継いでいて、実の母親が罪人だなんて、知りたくはなかった。

真実なんて誰も幸せにしない。わからないことはなんとなく受け流して、今わかっていることだけで生きていけばいいじゃないか。そうすれば少なくとも、今よりは不幸にならない。今よりは……。

「妄言は尽きたかい？」

「…………………」

わたしの願いが届いたかのように、彼の反論は途絶えていた。

「しめやかな気持ちになるものだね、終わりというものは。でも、何事にも限界はある。脳細胞の最後の一滴まで絞り尽くしてなお、キミはこの僕には届かなかった――さあ、顔を上げてちゃんと見ろ！」

わたしに向けられたのではないその言葉で、わたしは引っ張り上げられるように目線を上げる。

そこには――まるで、星のない夜のような。

先のない闇のような。

一分の隙もなく漆黒に染められたカラスの翼が、広がっていた。

「ヘンペルのカラス――完成だ」

穂鶴黎鹿《ほづるれいか》が、悪魔のように笑う。

「身の程を知ったかい？　不実崎未咲《ふみさきみさき》、犯罪王の孫……！　キミにはその！　無力に打ちひしがれた間抜け面がお似合いなんだよッ!!」

不実崎《ふみさき》さまは、ただ呆然《ぼうぜん》と見上げることしかできなかった。

言葉という言葉、思考という思考を、すでに使い果たしていた。

だから穂鶴黎鹿《ほづるれいか》が、探偵たる者の当然の権利として、一方的に告げる。

「以上をもって！　穂鶴黎鹿の推理を完成とする！」

カラスの翼が大きく広がり、その羽根が大法廷中に舞い散って、龍《りゅう》のようにうねった。

「犯人はキミだ——不実崎、未咲《みさき》ィいいいいいいいいいいいいいいいッ!!」

漆黒の羽根で形作られた龍が、その顎《アギト》を開き、不実崎さまの身体《からだ》を一口で飲み込んだ。

推理を持たぬ探偵に、法廷に立つ権利はない。

これで、決着。

ただの一度も反論を許さず、ただの一つも可能性を逃さず——ヘンペルのカラスの完成をもって、穂鶴黎鹿が最後に立つ。

真実は闇の中。

遥《はる》か過去の彼方《かなた》にて、箱の中の死体は漆黒のうちに消える……。

その結末を目の当たりにして、わたしは、確かに心のどこかで思っていた。

……ああ。

この人も、わたしと同じになってくれた——

「——素人質問で恐縮だが」

なのに、その時。

知性の光が灯《とも》った声が、大法廷に響き渡った。

「女性専用エリアには、本当に入れないのか？」

開かれた観音開きの扉の前に。

丑山界正《うしやまかいせい》が、かつての不実崎さまのように立っていた。

11　被害者は本当に女性専用エリアに入れないのか？――Side: 丑山界正

すり鉢状の傍聴席の間を抜け、柵を越えて法廷に踏み入り、僕は穂鶴黎鹿と対峙《たいじ》した。

少しばかり準備をしているうちに、遅きに失したようだ……。不実崎君は黒いカラスの羽根でできた繭のようなものに閉じ込められている。僕の乱入によって、敗北寸前のところで保留されていると言ったところか……。ＨＡＬＯシステムというのは、ずいぶんと気が利くプログラムのようだ。

「丑山……」

野生動物のように獰猛《どうもう》に笑いながら、穂鶴は僕を見据える。

「遊び相手が増えて嬉《うれ》しいよ――と言いたいところだが、部外者が議論に口を出すのはルール違反なんだよなあ」

「おっと、すまない——手掛かりは示された《ショウダウン》、で良かったのかな？」

ひらひらと舞い落ちてきた白手袋のホログラムを、僕は掴《つか》み取る。

ポリゴンが砕け散るのを眺めながら、穂鶴《ほづる》は煽《あお》るように言った。

「おいおい、いいのかい？　僕と不実崎《ふみさき》はお互いのユニークスキルを賭けている——それに参加したってことは、キミも自分のユニークスキルを賭けることになるんだよ？　それに、不実崎に加担するってことがどういうことか……わかっての行動なのかな？」

「共犯になるということだろう。構わない。ポイントを奪われようが、退学にされようが——君に迎合するよりは百億倍マシだよ、穂鶴」

「くっくっく！　理系らしからぬ雑な数字の使い方だね！　ずいぶんと嫌われたものだ——いいだろう！　世界に頭脳を認められた神童の名推理を拝聴しようじゃないか！」

これまでの流れは配信で聞いていた（どうやら連絡スキルの上位レベルに配信機能があるらしい）。付け入る隙はわかっている。そのために慣れない足を使ったのだ。

「さっきも言った通り、不実崎くんは可能性を見落としている。他のブースの誰かが被害者・前城《まえじろ》冥士《ヘヴン》を匿《かくま》ったと反論した時、あまりにスピーディーな裁判の展開の中で、すでに否定されていた女性専用エリアの存在に考えが至らなかったんだ」

あの時、穂鶴は8つのブースのマットの中身をすべて引きずり出した画像のインパクトで、その議論を流してしまった。しかし——

「女性専用エリアのブースを利用している客が前城の協力者であった場合、セキュリティゲートは意味をなさない。**ゲートの通過にはあくまで女性客のカードキーがあればいい。**女性の協力者にカードキーを借りれば、女性専用エリアは侵入不可能でも何でもない――穂鶴、君は女性専用エリアに前城が隠れている可能性を否定できていないし、そこにある窓から脱出した可能性だって否定できていないんだ」

「ふふふ。不実崎とは違って、キミは見逃してくれないか。グッド――さらなる証拠を提示しよう！」

漆黒のカラスの翼を背に負った穂鶴は、ＨＡＬＯシステムを使ってさらに７枚の写真を提示した。

「見ての通り、女性専用エリアの４つのブースやシャワールーム、パウダールーム、トイレについても調査済みだ。もちろんマットの中に至るまで！　しかしどこにも前城はいなかったと宣誓しよう！」

「まだ窓が残っている。――そこでこちらから、証拠を提示する」

「ほほう？」

生徒端末を操作し、僕は一枚の写真を提示する。

それはあのネットカフェの女性専用エリア――その窓の周辺を撮影したものだ。

「窓の鍵は開いていた。そして窓枠には、わずかだが血痕が見られた。僕のユニーク鑑識スキルで鑑定したところ、現場に撒《ま》かれていた血液とＤＮＡが一致している――ブースに血液を撒いた人間が窓から脱出する際に残してしまったものと推察される」

これを探しに行っていたのだ。

現場となった37番ブースは1組の生徒によって厳重に警備されていて、さすがに件《くだん》のマットの中を直接調べるのは難しそうだった。

しかし女性専用エリアの窓はなんとかなった。恥を忍んでたまたま出会ったクラスメイト(確かロナ……何と言ったか)に頼み込んだ甲斐《かい》があったというものだ。

「前城冥土《まえじろヘヴン》はセルフ精算機で精算を済ませた後、37番ブースに輸血パックなどから血液を撒《ま》き、女性の協力者に女性専用エリアに招き入れられ、窓から脱出したんだ。死体も事件も存在しない——不実崎《ふみさき》君は完全な無実で、君は空前絶後の大嘘《おおうそ》つきだ」

「………………ふふ」

穂鶴《ほづる》は小さく笑った。

これまで幾度か見たことがある、犯行を見破られた犯人の観念の笑み——ではない。

「それでは……僕からも一点、証拠映像をお見せしよう」

僕の証拠写真に対抗するように、穂鶴が動画ウィンドウを展開する。

それは、ナイフを握っている穂鶴の映像からスタートした。

これは……先ほど不実崎君に提示した、マットを滅多《めった》刺しにした動画の……直後か?

動画の中の穂鶴はカメラに向かって薄く笑うと、37番ブースを出る。

カメラはその背中を追いかけ——穂鶴は、女子生徒に指示をして女性専用エリアの中へと入っていった。

……まさか。

冷たい感覚が背筋を這《は》い上ってきた頃、カメラが女性専用エリアの奥にある窓の様子を捉えた。

そして動画の中の穂鶴が、白々しい声で言うのだ。

『この窓は、鍵がしっかり内側からかかっているね。不審な痕跡などもないらしい』

言葉通りの状態になっている窓を画面いっぱいに映し――動画は停止した。

「ご覧の通り」

現実の穂鶴が優越感たっぷりに言う。

「**事件発覚直後の時点では、窓の鍵は内側からかかっていたし、君の言う血痕も存在しなかった**」

「……貴様……！　まともに現場保存もしなかったのか！」

「はっははは！　悪いね！　まだ未熟な学生なもので！　窓の外をチェックした後に鍵をかけ忘れたかな？　血痕もその時に僕たちの服から移ってしまったのかもなあ！」

偶然なはずがない。こいつはわざとそうしたんだ。誰かが選別裁判《セレクト》中に現場を調べに来ることを見越して……！

「警戒しないはずがないだろう？　キミたちがつるんでいることは、キミの可愛《かわい》い幼馴染《おさななじ》みからよーく聞いていているんだからさぁああああ!!」

こいつ――っ！

「ともあれ！　事件発覚直後の映像記録と、それからずいぶん経《た》った後の証拠写真！　どちらの証明能力が上かは論ずるまでもない！　引っ込めよ神童ッ！　相手になってねえんだよォおおおッ!!」

カラスの翼から羽根の嵐が沸き立ち、僕を薙《な》ぎ払おうとする。

五つの思考を稼働させ、大急ぎでさらなる隙を見いだそうとした、その時だった。

視界の端に少女の姿が過《よぎ》り、同時にこう宣言したのだ。

「――手掛《シ》か《ョ》り《ウ》は《ダ》示《ウ》さ《ン》れた！」

少女の手から水鏡のようなものが展開し、羽根の嵐をせき止める。

彼女は――水分神無《みくまりかんな》は。

初めて自らの身体《からだ》で矢面に立ち、穂鶴《ほづる》に告げる。

「不経済だわ。もっとシンプルな回答が、目の前にあるはず」

新たに現れた敵を前に、しかし穂鶴はご馳走《ちそう》を前にしたように唇を吊り上げた。

「親切だなあ。みんなして僕にユニークスキルを譲ってくれる気になるとはね！」

「……本来は、放っておいた方が経済的だった」

水分は冷たい声音で語る。

「だけど、それじゃあわたしのホームズが悲しむの。音夢《おとゆめ》さんは優しい人だから……どうやら、少しばかり余念が混じったみたい」

水分の目が肩越しに僕を、そして羽根の繭にとらわれた不実崎《ふみさき》を振り返る。

「ユニークスキルがないとこの裁判には参加できないから。音夢カゲリに代わって、穂鶴黎鹿《れいか》――あなたの傲慢を正しに来た」

「ギャルキャラも忘れてよくほざく……！　次はどんな戯言《たわごと》を聞かせてくれるんだ!?」

「あなたの言うことは全部嘘《うそ》」

あまりにシンプルで、しかし強力な一言に、僕も穂鶴もしばし面食らった。

日本一の探偵一族の跡取りは、探偵らしく冷然と、極めて経済的な一撃を放つ。

「提示した証拠も、並べ立てた推理も、全部全部嘘。ただのフィクション。……この台詞《せりふ》、憧れてそうだから言ってあげる――あなた、探偵じゃなくて作家になった方がいいんじゃない？」

12　穂鶴の言葉はすべて嘘なのではないか？――Side: 水分神無

「僕の証拠はすべて真実だ！　**証拠撮影アプリの映像は編集も改竄《かいざん》も不可能！　もちろんユニークカメラスキルによる映像も同様だ！**」

「それらがどのように運用されたのか、わたしたちは実際に現場で監視してはいないわ。例えば、あなたは他のブースに被害者は隠れていなかったと言ったけど、それが真っ赤な嘘で、実は事件発覚後にこっそり逃がしていたかもしれないでしょう」

穂鶴は言った。自分が語った推理以外の、すべての可能性を否定すると。

だったら、この難癖でしかない反論だって、立派な可能性。

ヘンペルのカラスという脆弱《ぜいじゃく》な論理に空いた、大きすぎる穴——

「だったら捜査を記録した映像をノーカットでお見せしようか？　一切の不正がないということがわかるはずだ！」

「いいえ。その映像が別の日に撮られたものだという可能性が残る。まったく同じような状況を別の日に作り、さも今日のことであるかのように装った可能性が」

「グッド。見上げた疑い深さだ！　それでこそ探偵！」

すべての言葉、すべての主張を疑い続ける。

その疑念を否定するためにどんな証拠が提出されようと、今度はその証拠の正当性を疑う。無限にそれを繰り返す。

これがヘンペルのカラスの——いや、すべての推理の弱点。

ミュンヒハウゼンのトリレンマ。

すべての可能性と戦うとはこういうことだ。穂鶴黎鹿《ほづるれいか》……あなたはこの議論の究極的な終着点、『この世界は本当に存在するの？』という問いに答えられる？

「哲学に踏み込むつもりはない。日が暮れるどころか、寿命が尽きてしまうよ。——まったく、仕方ないなあ」

「……何が？」

「ご足労願うことになってしまって大変心苦しいと言っているんだよ」

……何の話をしているの……？

穂鶴はいけ好かない薄ら笑いを浮かべながら、パチンと軽やかに指を鳴らした。

「証人を召喚する！　お忙しい人だからね、リモートで容赦してくれたまえ！」

「ここに来て証人だと……？」

丑山《うしやま》が眉をひそめながら呟《つぶや》いた。

どういうわけか、部下であるはずの1組の生徒に傍聴もさせていない穂鶴が、ここに来て一体、誰を召喚するっていうの？

HALOシステムが空中に大きなウィンドウを展開した。

プツンと回線が繋《つな》がる音がして、そのウィンドウに姿を現したのは――

『やあ、諸君』

――生徒会長・恋道瑠璃華《れんどうるりか》。

学園最高の探偵にして、以前、この大法廷で裁判官の役目も務めた――

車の中のようだった。低い天井と、景色が流れていく車窓が見える。

「お時間をいただき感謝します、会長」

『愛すべき後輩の頼みだからね。テストのルールに反しない限りでなら協力するさ。しかも、それが選別裁判《セレクト》を正しく進行するためとあれば――』

「では、お言葉をいただけるでしょうか」

『わかった。……実は、**穂鶴君の捜査は、すべてわたしが監視させてもらっていた**』

「「――――!?」」

喉が干上がる。

まさか、穂鶴《ほづる》が会長に証言させようとしているのは――

『その上で、真理峰《まりみね》探偵学園生徒会長の肩書きに誓って宣言しよう』

この学園で最も信頼性の高いその口で。

生徒会長は、最悪の真実を語る。

『――この選別裁判《セレクト》が始まってから、穂鶴君は一切、嘘《うそ》をついていない』

「そんなわけない！」

わたしは思わず声を上げていた。

「マットの中に死体があるなんて大嘘を堂々とついているのに――嘘をついていないなんて、そんなわけが……！」

『まあ、**自分なりの推理を話すことは嘘には当たらないからね――ただ、彼が提示した証言と証拠には、一切の不正も捏造《ねつぞう》も、偽りも存在しない。それだけは断言しよう**』

「ありがとうございました、会長。……そういうわけだ」

会長が映ったウィンドウを消すと、穂鶴は見下ろすようにわたしたちを見やる。

「**僕は前城《まえじろ》を逃がしていないし、他の１組の生徒も同様だ。それ以外の、僕が知る限りの**

あらゆる人間が、前城が姿を暗ますことに関与していない。この言葉を疑うということは会長を疑うということだ。それを『可能性』と語るのならば、覚悟するんだね――〈黒幕探偵〉が積み上げてきた、すべての実績と戦う覚悟を」

生徒会長に穂鶴に与《くみ》する理由があるとは到底思えない。あるとしたらそれは、選別裁判《セレクト》を管理する裁定者としての職分……。

穂鶴の言葉に嘘はない……？

だとしたら――本当にないかもしれない。不実崎《ふみさき》君が殺して、マットの中に隠した――それ以外の可能性は……。

……いや。

それは、わたしだから。

わたしがわたしでなくなれば、あと一つだけ可能性は――

「……窓……」

「ん？」

かすれた声で――自分の身体《からだ》を引きちぎるように。

わたしは……最後の可能性を――

「ブース内の窓から……前城が、隣のビルに――」

「――は！　はははははっ！　なるほどなるほど！　ブース内の窓から隣のビルに逃げた可能性を否定しているのは、確かキミだったなあ！　そうかそうか、どうぞ言ってくれ！

僕は嘘《うそ》をつかないが、他人にまではそれを強制しないんでね！」

……わたしが、証言を偽れば。

実際は見なかった前城《まえじろ》を、見たと語れば。

ブース内の窓から彼が脱出したという可能性を、残すことができる。

わたしがプライドにこだわらず、たった一つの些細《ささい》な嘘をつけば――

「――ダメだよっ！」

聞き慣れた声がして、わたしは引っ張られるように振り返った。

傍聴席にいる音夢《おとゆめ》さんが、柵を強く掴《つか》みながら、必死な顔で叫んでいる。

「それはダメだよ、神無《かんな》ちゃん……！　勝つために、自分を偽るなんて……！　そんなのは探偵の――あたしたちのやり方じゃないよ！」

「……でも、……だったら、……どうやって……」

「どうやっても無理なんだよッ!!」

漆黒の翼を広げながら、穂鶴《ほづる》が法廷を震わせるような大音声で叫ぶ。

「右を見ても左を見ても、天才、天才、天才ばかり……！　しかし、結局上に立つのはこの僕だ――この穂鶴黎鹿《れいか》が！　たった一人の名探偵だッ!!」

お腹《なか》を抱えて高らかに哄笑《こうしょう》し、穂鶴黎鹿は結論を告げる……。

「第九則《ヴァン・ダインズ・セレクト》による選別！　――選ばれし者は決まったようだ！」

穂鶴の哄笑と共に、カラスの翼が大きく広がっていく。

それはまるで、太陽が月の影に食われるかのよう。

すべての光が、可能性が、真実が——穂鶴の推理に、飲み込まれていく……。

13　恋なんて綺麗《きれい》なものじゃ——Side: カイラ・ジャッジ

目が潰れそうだった。

丑山界正《うしやまかいせい》に——水分神無《みくまり》に——自分が失った輝きを目の前で見せつけられ、……わたしは、追い出されるように……法廷の外で、うずくまっていた。

わたしは……どうして……ああなれないのか。

世界一の探偵の血を継いでいるのに……どうしてこんなにも臆病で、卑怯《ひきよう》で、弱いのか。

わたしでありたかった、と憧れる。

不実崎《ふみさき》さまのピンチに颯爽《さつそう》と現れて、その隣に肩を並べて、堂々と戦う役割は……わたしでありたかった、と諦める。

今も法廷で戦いは続いている。それは真実を守るための戦い。探偵を尊ぶための戦い。その意味を誰よりもわかっているはずのわたしが、……なのにこうして、子供のようにうずくまって耳を塞いでいる……。

表情が動かなくなったのはいつからだろう。

お母様が犯人だとわかった時かもしれない。探偵王女の候補者でなくなった時かもしれない。あるいは、劇的なきっかけなんてなく、植物がしおれるように、いつの間にかひっそりとなくしてしまっただけなのかもしれない。

顔が動かないのは、自分を見せるのが怖いから。

自分に価値なんてないと気づいているから、笑わない、怒らない、誰かに寄生して安心しようとする……。

ああ、なんて厄介な女。

告白する覚悟もないくせに、どうしてわたしは、彼の隣にいられるなんて思ったんだろう……。

――でも、もし。

不実崎《ふみさき》さまが、この敗北で心が折れて、わたしのように――

…………浅ましい。

浅ましい、浅ましい、浅ましい、浅ましい、浅ましい、浅ましい…………。

誰か、この地獄を終わらせてほしい。

このどうしようもない真実のわたしを、闇の中に葬って――

「――こんなところで何をしてるの？」

ゆっくりと顔を上げると、……奇跡のような女の子が、そこにいた。

幻？

いいや、わたしごときの想像力で、彼女のこの圧倒的な存在感を再現できるわけがない。

初めて会った時からそうだった。

この子にはわたしにはないものが揃《そろ》っていると思った。

愛《いと》しくて、妬ましくて、大好きで、大嫌いな——わたしの妹。

詩亜《しあ》・E・ヘーゼルダイン。

「選別裁判《セレクト》はまだ続いているんでしょう？　それを見届けもせずに——こんなところで、何をしてるの？」

ああ、彼女こそふさわしい。

そうだ、これはあの最終入学試験の、逆の構図。

彼のピンチに現れるのに……彼女以上の配役は存在しない。

そうだ……これで安心だ。

わたしの出番は、最初から必要ない——

「あなたって昔から、相談ってことをしないよね」

なのに。

詩亜は、壁際にうずくまっているわたしの隣に座ってくる。

「悩み事があっても顔色一つ変えずに、何でもないって風を装ってる——不実崎さんは騙《だま》せても、私は騙せないよ」

「……隠し事は……できませんね。さすがは——」

「探偵だからじゃない」

詩亜《しあ》は、そっとわたしの肩を抱き寄せて。

他の誰にも向けない優しい声で言う。

「ずっと昔から一緒の、姉妹だからだよ。だから証拠なんてない……ただの勘」

そして詩亜は、本当に証拠も推理もなく、ババ抜きでカードを引く時みたいな気楽さで。

真実を、紡ぐ。

「血筋のことが、不実崎《ふみさき》さんにバレた？」

思わず、詩亜の顔を見返す。

詩亜はいたずらっぽい笑顔で、少し呆《あき》れたように言った。

「どれだけ一緒にいると思ってるの？　そのくらい気づいてるよ」

「……そう……だったんですか」

「密室トリックを解くよりも簡単だったね」

くすくすと笑い、詩亜はわたしの肩に少しもたれかかって、

「そのことが公になったとしても、私としてはどうでもいい」

「…………でも……」

「確かに外野はうるさいかもしれない。でもそれだって、今更な話ではあるし――探偵王女である証明は、私が自分の実力でする。血筋なんて関係ないって……今や身近なところにいるあの人が、身をもって証明してくれてるしね」

そう……だから、わたしは、彼の光に魅せられて。

「ねえ、カイラ……私ね、不実崎さんのこと好きなんだ」

「えっ？」

虚を突かれて思わずのけぞった。

すると詩亜はにやにやと笑って、

「焦った？」

「…………はい」

「心配しなくても、私にそんなつもりはないよ。そりゃあ私も健全な女子だから、たまにはドキッとさせられることもあるけど」

だろうなと思った。たぶん、押し倒されたらコロッと陥落するんじゃないかとすら思う。

でもどういうわけか、男の子のことを好きになったこの子の姿が想像できなかった。だからこそ、今――

「カイラ――今ね、すごく驚いた顔してたよ」

そう言って、詩亜はわたしの頬《ほお》を軽くつついた。

「久しぶりに見た。あなたのそんな顔。そんなに焦るんだったら――遠慮なんてしなくたっていいのに」

「……で、でも、わたしは、ただ不実崎さまに憧れていただけで……寄生していただけで……恋なんて綺麗《きれい》なものでは、全然なくて……」

「恋っていうのがどういうものなのか、今の私にははっきりとはわからないけど」

ただの女子学生のように、詩亜《しあ》は軽やかな調子で言う。

「カイラは、ちゃんと好きなんだと思うよ、不実崎《ふみさき》さんのこと——だって、私ですら長らく崩せなかったあなたの鉄面皮を、こんなにあっさり崩しちゃうんだもん」

それでも信じられなかったら、と彼女は続けた。

「探偵として推理してあげる——あなたは普通に、恋をしてるだけだって」

……わたしが……普通に？

思いがけない出会いをして、同じ屋根の下で暮らして、カッコいいシーンを目の当たりにして、デートをして、一緒に歩いて、カフェでお茶をして。

普通に……好き？

「うわ、動かぬ証拠だ」

からかうように詩亜が言った。

「顔、真っ赤になってるよ」

……しばらく、鏡を見れそうにない。

今までとは別の意味で……こんなにみっともない自分、見られたものじゃない。

「カイラ……私はこのまま、会長と犯罪ＲＰＧ事件の捜査に向かう」

真剣な声になって、詩亜はわたしの肩にそっと腕を回した。

「この件は不実崎さんに任せるって、そう言ったから。私はあの人を信じる。……だから
それを、あなたが支えてあげて」

「……わたしが……」

「そう。不実崎さんならきっと――あんな探偵もどき、相手にならないから」

……ああ、やっぱり愛《いと》しくて、妬ましい。

わたしなんかよりずっと、不実崎さまのことを信頼できているなんて。

13　開門――Side: 不実崎未咲《みさき》

昨日の夜――水分《みくまり》たちと作戦を決めた後、寮で犬蔵《いぬくら》先輩に少し相談をした。

「〈記憶の宮殿《マインドパレス》〉をどう作ってるかって？」

「はい……。フィオ先輩に記憶力を上げろって言われてて」

犬蔵先輩は様になる着流し姿で、自分で淹《い》れたお茶をすすりつつ、

「僕はないよ。〈宮殿〉と呼べるようなものは」

「え？　そうなんすか？　でもどこの誰々とこんなことを話したって、スラスラ出てくるじゃないすか」

「記憶術にもいろいろあるからね。僕にとっては人と話すこと自体が記憶術になっていると言ってもいい。生来エピソード記憶が強いのかな。あんまり忘れないんだよね、人と話したこと。いわんや親友との会話なら、だ」

「いや、初対面の人まで親友認定できるのは先輩くらいっすけど」

この人は信じがたいことに、〈親友探偵〉と呼ばれているらしい。誰でも彼でも親友呼ばわりして、しかも本当に仲良くなり、そうして作った人脈やどうでもいいエピソードをヒントに推理をするからだそうだ。

さっき聞いたところによると、憧れの人はギャルゲーの友人キャラらしい。ヒロインの好感度を正確に数値化するのが目標だそうだ。ちなみに俺の場合、マックスを100として、エヴラールが75、カイラが94、フィオ先輩が88らしい。適当くせえ。

「あまり固く考えない方がいいよ」

柔和な笑みを浮かべながら、犬蔵《いぬくら》先輩は言う。

「自分に合ったやり方を探していけばいい。〈記憶の宮殿《マインドパレス》〉と呼ばれているからって、イメージ空間を建物にしなければならない決まりもないしね。万条《ばんじょう》くんが冗談で言ったっていう身体《からだ》を使う案も、そういう意味では的を射ている。要は記憶をリンクする先を用意できればいいんだ」

「建物じゃなくてもいい……」

「本当に自分に合った〈記憶の宮殿《マインドパレス》〉を作ることができれば、その中で推理することもできるようになると聞いたことがあるよ。〈宮殿〉内での推理は、体感時間がかなり引き延ばされるという話もね。一晩で一生の長さの夢を見たり、死の間際に走馬灯を見たり、そういうのと同じ原理さ」

「スポーツで言うゾーン状態みたいなやつっすか？」

「そうそう。そうでもないと、ヘーゼルダインくんみたいな高速推理の説明がつかないしね。さらに言うなら、その域に到達した〈記憶の宮殿《マインドパレス》〉は、ＨＡＬＯシステムによって具現化されるとも聞いたことがある」

「いや、それって、ＨＡＬＯシステムが頭の中を覗《のぞ》いてることにならないっすか？」

「君もＨＡＬＯシステムを使ったことがあるなら、頭の中で考えたことがそのまま反映されるような感覚を覚えたことがあるだろう。それに脳内の映像を取り出す技術は、すでに多くの研究機関で実験段階に入っていると聞くしね――ＨＡＬＯシステムならできないとも言いきれない」

……言われてみれば、金神島《かながみじま》でのロナの暴走……それによって再現されていたロナの故郷も、そういうものだったと言われたら納得せざるを得ない。

〈記憶の宮殿《マインドパレス》〉がホログラム化されたから何になるんだって話ではあるが。

「ＨＡＬＯシステムに具現化されるレベルにまで達した〈記憶の宮殿《マインドパレス》〉は、もはやただの暗記のための空間じゃない。探偵たちの間では違う名前で、こう呼ばれているそうだ――」

――そして、俺は闇の中に帰ってくる。

走馬灯か？　探偵としての死に直面して？

相変わらず黒い羽根が周囲を包み込んでいる……。光明は見いだせない。首を吊っているのにいつまでも死ねず、ただぶら下がり続けているかのような、延々と敗北の瞬間を引き伸ばされている状態……。

見つからなかった。

前城冥士《まえじろヘヴン》をネットカフェから消失させる方法が。

俺が殺してマットの中に死体を隠した——それ以外の可能性が。

出られない……出られない……。

このビルの6階から……出られない。

……それでも……諦めてはならないんだ。

探偵とは、最後まで諦めずに考え続ける人間……俺はそう言った。その言葉に責任を持たなければならない——覚悟を、魂を懸けなければならない。

それをしない人間を、悪だと決めた。

誰に悪いと言われようと……自分だけは、自分のことを悪だと思いたくない。

正しい生き方をしていると……思いたい……。

「——それでいいと、思います」

……幻覚か……？

渦巻く羽根の真ん中に、カイラが立っていた。

「あなたは正しさを追い求められる人間です……。そんなあなたを、眩《まぶ》しいと思っている人間がいます。あなたのようでありたいと思っている人間がいます」

カイラは膝をついて俺の前にしゃがみこみ。

正面から——ぎゅうっと。

俺の身体《からだ》を、抱きしめた。

「不実崎《ふみさき》さま……あなたのことが、好きです」

俺は初めて、言葉でその気持ちを、伝えられる。

「あなたの隣に、いさせてください——それにふさわしい人間に、きっとなりますから」

そしてカイラはすっと身を離すと、立ち上がって背を向ける。

漆黒の羽根の向こう側に立ち去っていく小さな背中を、俺は呼び止めようとした。

その前に、決然とした声が響く。

「手掛《シ》かりは示《ヨウ》され《ダ》た《ウ》！《ン》」

戦うために。

かつて探偵であることを諦めた少女が、それでも、俺を救うために——

——忌まわしい推理を、自ら紡ぐ。

「不実崎さま以外に、容疑者はまだ残っています！　わたしです！　彼と行動を共にしていたわたしの犯行である可能性を、あなたはまだ否定していません！」

そこまで……信じてくれるのか。

こんな俺のことを——犯罪王の孫なんて肩書きだけで、ちょっと犯罪の知識を悪い親戚に吹き込まれただけで、エヴラールみたいに素早く推理できず、フィオ先輩みたいにずる賢くなく、祭舘《まつりだて》みたいに直感も働かず、お前みたいに細かいところに気がつかない——こんな俺のことを。

　こんなに……信じてくれるのか。

　俺は……お前たちのことが、信じられなかった。

　今まで、他人を信じたことがなかった。家族以外の人間を、みんな敵だと思っていた。カイラが好意を示してくれても、フィオ先輩がからかいまじりに頼ってくれても、結局のところ心の底では、何を考えているかわからないと警戒していた。

　でも……そこまで信じてくれるなら。

　俺も、信じたい。

　俺なんかより、ずっと優秀なお前らのことを。

　信じて、頼る。

　そうだ。

　たとえ俺が覚えていないことでも、きっとお前らなら、覚えているだろうから——

　——鍵は、ずっとそばにあった。

　——門は、ずっと待ち受けていた。

　記憶が安置された宮殿。

　心の牙城。

精神の奥底で、とっくに建立されていた〈記憶の宮殿《マインドパレス》〉。

今こそ、門を開く。


見つからないなら探せばいい。

走馬灯のように、この状況を打開できる情報を。

手掛かりは——きっと示されている。

14　ここまでの手掛かりで——Side: 不実崎未咲《ふみさきみさき》

ボロい引き戸をガラガラと開けると、褐色肌のメイドが出迎えてくれた。

「おかえりなさいませ、不実崎さま」

いつものように、折り目正しく頭を下げたカイラの前で、俺は玄関を見回す。

「見た目はやっぱり幻影寮《げんえいりよう》だな」

「不実崎さまの中では、わたしどもが集まる場所として最もふさわしい場所がここなのでしょう」

「場所がここだからお前がいるんじゃなく、お前がいるからここなんだな」

ああ、確かにそれはしっくりくる。

俺にとって、この寮は単なる『家』じゃない――『お前らがいる場所』なんだから。

「ここではわたしが案内を務めます。どうぞついてきてください」

「ああ、頼む」

初めて幻影寮《げんえいりよう》に来た時と同じように、音もなく廊下を歩いていくカイラに、俺はついていく。

そうしてたどり着いた居間には、金色の髪の妖精がいた。

「お待ちしていましたよ、不実崎《ふみさき》さん。ずいぶん時間がかかりましたね」

「そりゃ悪かった。こんなやり方、想像もしてなかったんだよ」

「実際なかなか型破りだと思いますよ。まさか記憶を場所にリンクさせるのではなく――人にリンクさせるとは」

エヴラールは――俺の〈記憶の宮殿《マインドパレス》〉の一部として存在しているイメージ人格は、苦笑しながらそう言った。

「犬蔵《いぬくら》先輩の人と話したことは忘れないって話がヒントになった。イメージとして、俺なんかよりお前たちの方がずっと記憶力がいいって印象は焼き付いてたからな」

「餅は餅屋、というわけですか。殊勝な心がけです」

「それに、考えてみれば俺は、入学式の時にしろ、最終入学試験の時にしろ、人と話している時が一番頭が働いてたんじゃないかって気がしたんだ。金神島《かながみじま》の時だって――本宮《もとみや》の奴《やつ》とああしてやり合っていたからこそ、最後の推理を閃《ひらめ》いたんだと思う」

「確かによく言う話ですね。人と話しながらの方が思考の整理がつく人と、一人でじっくり考えた方がやりやすい人と――だからこうして、会話用の脳内人格を作り上げたわけですか」

「そういう意味でも、お前は適任だった。推理に隙があれば容赦なく突っ込んできそうだからな」

「そういえば、万条《ばんじょう》先輩はどうしたんですか？　自分の身体《からだ》を使えとまで言っていたのに」

「あの人は……」

俺はそこで口ごもって、そっと視線をそらした。

エヴラールとカイラは、揃《そろ》ってジト目で俺を見る。

「ここでは隠し事はできませんよ。あなたの頭の中なんですから」

「いつもエッチなことをしてくるので、冷静に話し合うイメージが持てない、と……」

「仕方ねえだろ！　あの人をイメージしようとすると、全部エロ妄想になっちまうんだよ！」

エヴラールはすすっと胸元を隠すようにしながら俺から離れ、

「カイラ……きっといずれ私たちも、エロ妄想の餌食になってしまいますよ……」

「わたしとしては別にそれでも……」

「うわ！　現実のカイラにもそう言ってほしいんですね、きっと！」

「うるせえなあ……！　さっさと始めるぞ！」

自我が強すぎるんだよ、こいつらのイメージは！

カイラが台所で淹《い》れた紅茶をエヴラールの前に置き、俺の前にはほうじ茶が入った湯飲みを置いた。

エヴラールは紅茶の香りを楽しみながら、

「そうですね。時間もありませんし、あなたの記憶の引き出しを開けていきましょう」

「って言われてもな……何を思い出せばいいんだか」

「まずはわかっていることを整理してみては？　何を考えればいいのか考える――推理の第一歩です」

さすがエヴラール（のイメージ）だ。段取りよく進行してくれる。

「そうだな……。まず穂鶴《ほづる》が提示してきたのは、**5階のカメラ映像**だったな。**受付の時と精算の時で2回、前城冥土《まえじろヘヴン》が姿を現して**――」

「**そして6階以外には行っていない、と？**」

「ああ……」

「私からすると、そこからもう疑問ですね」

「え？　……なんでだ？」

「知りませんよ。あなた自身がまだ思いついていないんですから。ですけど違和感はあります。入学式の時、会長の言葉を疑ったあなたであれば、穂鶴さんが提示したカメラ映像をもっと穿《うが》った目で見ていたのでは？　と――」

……確かに……。

俺は穂鶴が提示した映像を鵜呑《うの》みにしていた。なぜかといえば――

「一つには学園のアプリによって記録された改竄《かいざん》不可能の映像だから。もう一つは、穂鶴さんが提示する情報から推理を組み上げる材料を探していたから、ですね」

「ああ……だから、穂鶴が提示する情報を疑わなかった……」

「そういう意味では、全部嘘《うそ》なんじゃないかという水分《みくまり》さんのアプローチは悪くなさそうに思います」

「でも、その説は会長によって否定された。**穂鶴は嘘をついていない**――会長があいつのグルだと思うほど斜に構えてはいないぜ」

「だとしても、です」

エヴラールは細い指を俺の鼻先に向ける。

「穂鶴さんが一切の嘘をついていないとしても、隙はあるのではないでしょうか？」

「どこに？」

「だから知りません。ですけど、現実の私ならきっとこう言います――これは簡単な消去法のゲームだと」

消去法の、ゲーム……。

「すべての情報を整理し、余分な印象を排除し、物理的な条件だけをパズルのように並べていけば、どこかに必ず隙はあります――人間が仕組んだことである以上は」

「それは確かに……道理だ」

あるわけがないのだ。俺が犯人なんてことも、カイラが犯人なんてことも。

であれば必ず、どこかに方法がある。

「そしてそれはおそらく、穂鶴《ほづる》さんが最後まで隠した6階のカメラ映像に隠されている
――だいぶ思考の矛先が絞れてきましたね」

「ああ。でも大変なのはここからだ。何らかのトリックがあるとして、それはどうやって
証明する？」

「可能性の存在に気づいても、穂鶴さんがうまく詭弁《きべん》を弄して誤魔化《ごまか》してくるかもしれま
せんからね――それを防ぐには、こちらもきちんと推理を構築する必要があります」

「その材料が明らかに足りない……。あまりにも準備不足だ」

「そこは、根気と気合いしかないでしょう」

気づくと、場所が変わっていた。

そこは、パソコンの周辺機器で溢《あふ》れかえったエヴラールの部屋――

俺は床にあぐらをかいてゲームのコントローラーを握っていて、隣ではエヴラールも同
じようにコントローラーを持っていた。

「総当たりです。このテストが始まってからの記憶を、思い出せる限り思い出すんです」

正面にあるモニターには、状況再現室が映っている。

テストの直前に、エヴラールとフィオ先輩と一緒に訓練をした、あの部屋が。

カイラは俺たちの前にお盆を置いた。そこにはペットボトルのジュースとお菓子があった。長丁場に備えての物資らしい。

「上等だ――やってやるよ」

俺はコントローラーのボタンを押す。

そして、濃密だったこの数日間を、最初から再生していった――


『お前らも、1組の連中には会ったのか？』

――ああ、そういえば、こんな一幕もあった。

昨日、ユニークスキルの保持者で作戦会議をした時……会議の隙間で、世間話のような感じでこんな話題を振ったんだった。

『会ったよ！　なんか嫌な感じでさ！』

音夢《おとゆめ》カゲリが真っ先に我が意を得たりとばかりに話題に乗ってくる。

水分神無《みくまりかんな》がそれを制するようにして、

『会ったけれど、こっちの意見を聞き入れる様子はなかった。５人組で動いていたわ』

『僕たちが今日会ったのも５人組だったたな。他に６人組も見かけたが』

『一番効率のいい難易度Ｄを狙うなら、６人１グループになるのが効率がいいですからね』

丑山《うしやま》の言葉に、エヴラールが補足する。

難易度Ｄの５ポイントを６人で割ると、合計６ポイントに増えるからな。５人の場合でも、難易度Eの3ポイントの時に合計5ポイントに増えるし……。

『穂鶴《ほづる》の奴《やつ》が指示出しに回ってるっぽいから、6人組だとちょうど割り切れねえんだろうな』

『1クラス30人だから、1人抜けるとどこか1チームは5人になっちゃうもんね。……誰も退学になってなかったらの話だけどさ』

音夢《おとゆめ》がちょっと暗い声で言ったので、俺は少し気を使いながら尋ねた。

『もう脱落者が出てるのか？　2組は』

『ううん。今のところは……』でも穂鶴にカモられてそういう人が出てくるかも、って思うとさ……』

……心根の優しいやつだ。自分を凡庸だと思っているらしいが、その性格はこの探偵学園にあって、何よりも非凡だという風に俺には感じられる。

『4組も今のところ脱落者はいないなあ』

東峠絵子《とうとうげえこ》が、軽い感じで話に混ざってきた。

『普通に暮らしてたらいきなりレーティングが800を下回ることなんてないでしょ。あるとしたら学期末のソフトリセットの時だって』

『そ、そうだよなー……』

入学直後にいきなり退学しかけた俺は目をそらす。

『例年、進学率は8割に満たないと聞くが、今のところはそれほど退学者が出るとは思えないな』

『クラスでも、低い人で40くらいだもんね、偏差値』

丑山《うしやま》が生徒端末を見ながら言い、東峠《かし》がそれに同意する。

それを聞いたエヴラールが小首を傾げた。

『あなた方もクラスで経過を報告し合っているんですか？』

『してるよー。DMが解放されてから連絡網みたいなのができてさ。クラスラインの延長って感じかな。**2日目《きのう》の時点では全員分の点数把握できてるかも……あ、ゴールディーさんだけはわかんないかな**』

『わたしも同じね』

水分《みくまり》が言う。

『全員進学させようなんて思ってはいないけれど、落ちこぼれを放置すると音夢さんのプロデュースに差し障るから』

『ポイント集計の頃に結構教室に集まってるよね。1日目なんか0ポイントの人がいてさ、クラス総出でやる気にさせて、**2日目はなんとかみんな最下位を脱出できたんだよ**』

『2日目が終わっても0ポイントの最下位とか、風邪ひいてる人くらいじゃない？　このテストにも追試とかあるのかな』

『どうだろうねー』

音夢と東峠の会話に、俺とエヴラールは思わず苦笑いをする。風邪もひいてないのに2

日目最下位の人間がいるんだ、俺たちの身近に……。

『今は大丈夫だけれど、穂鶴《ほづる》を放置しておいたら全員を救うことは不可能になるわ。不当な退学者を出さないためにも、彼を倒す手段を練りましょう』

水分《みくまり》がそう言って、俺たちは本題の議論に戻っていったのだった――

「さて、不実崎《ふみさき》さん」

月明かりが射《さ》す幻影寮《げんえいりょう》の庭の中央で、エヴラール《アロール》は縁側の俺に振り返る。

「あなたの中の情報を司《つかさど》る人格として、私はあなたに挑戦します」

妖精のように美しく、戦士のように気高い少女は、俺の中の探偵に問う。

「ここまでの手掛かりで、穂鶴さんの推理を崩すことができます。果たしてあなたに、ヘンペルのカラスを攻略し、悪《あ》しき探偵に真実を突きつけることはできるでしょうか？」

「やってみせるさ」

俺はエヴラールを、そしてそばに立つカイラを見て、胸を張って告げた。

「お前たちに任されたんだ――魂を懸けたっていい」

「かっこつけですね。……でも、その方があなたらしいです」

俺は月を見上げ、その手前に飛んでいるカラスを見上げる。

「改めて手掛《シヨウ》かりは示《ダ》さ《ウ》れ《ン》ただ。今度こそあの黒い翼を虹色に染める」

「不実崎さま」

感情の薄いカイラの声に、それでも強い気持ちを感じながら。

俺は、その言葉を聞く。

「いってらっしゃいませ」

「……ああ、行ってくる」

15　比類なき純粋推理の殿堂

突如、選別大法廷に満ちた光に、探偵たちは一様に振り返った。

光の源は、カラスの羽根で形作られた繭。

漆黒の球体が、内から溢《あふ》れ出《で》る神々しい光によって、今にも破裂しようとしていた。

「な……なんだ!?」

この場を支配しているはずの少年、穂鶴黎鹿《れいか》ですら、その光に慄《おのの》いて後ずさる。

彼には知る由もない。

闇に飲まれ、すでに敗北したはずの彼が——探偵としての死に直面した彼が。

臨死の世界で体験した、比類のない神々しいような瞬間を。

繭が弾《はじ》けた。

漆黒の羽根がまばゆい光に溶けて、今、探偵がここに羽化を果たす。

不実崎未咲《みさき》。

ただ犯罪王の孫に生まれただけの、ただ悪い親戚に犯罪の知識を吹き込まれただけの、この場に揃《そろ》った他の少年少女に比べればなんてことのない才能しか持たない彼が、しかし誰よりもまばゆい後光《ハロー》を背負って、法廷に立つ。

それは――証《あかし》だった。

探偵を表現することを使命とするＨＡＬＯシステムが、この場で誰を最も強く表現するべきなのか、その評価の結果が光となって表れているのだ。

誰もがそれを理解し、そして穂鶴黎鹿《ほづるれいか》だけが、忌々《いまいま》しげに目をすがめて不実崎《ふみさき》に問う。

「今更何のつもりだ、不実崎ぃ……！　お前はもう負けたんだよ！　とっくに死に体の分際で、僕より偉そうに目立つな！」

不実崎は静かに法廷を見回し、一人の少女に目を止めた。

捨て身の推理で時間を稼いでいたカイラに、彼は一度だけ頷《うなず》きかける。

驚愕《きょうがく》に固まっていた彼女は、それで安心したように相好を崩し、ほんの少しだけ、微笑《ほほえ》んだ。

無視された穂鶴がますます不愉快そうに無表情を歪《ゆが》める。

「――は！　真っ先に女の心配か！　そうだよなぁ！　そのチビは無様なお前の盾になって無様な推理で――」

「穂鶴、黙れ」

淡々とした短い言葉が、しかししたたかに穂鶴の口を閉ざした。

それほどの重みがあった。軽口では覆せないほどの重みが。

「もう始まってんだよ、俺の解決篇《へん》は。てめえに許されてるのは俺の推理を補強するための、予定調和の合いの手だけだ。無駄口で時間を潰してんじゃねえ」

「な、にぃイイイ……っ？　キミの解決篇だって？　大きく出たもんだな！　僕の想定通りの退屈な反論しかできなかったお前が！」


「踊り場に、隙がある」


「!?」

不実崎が言葉にした瞬間だった。

世界が塗り替えられていく。

選別大法廷が、ネットカフェの現場再現映像とも違う、別の世界を写し取ったホログラムによって塗り替えられていく。

「5階のカメラ映像は、確かに6階に向かう人間を余さず映しているかもしれない。だが、5階と6階の間にある踊り場はその画角には入っていない」

畳が広がった。

古びた木の天井があった。

月明かりが空から射し、和風の庭を穏やかに照らした。

幻影寮《げんえいりよう》を思わせる日本建築的な空間には、しかし継《つ》ぎ接《は》ぎのように他の場所の要素も混ざり合っている。学校の机があった。学食のテーブルがあった。尾行・張り込みの授業で集まった体育館の床があり、金神島《かながみじま》で巻かれた炎があった。

今まで不実崎《ふみさき》が出会ってきた人々の痕跡が、この空間にはあった。

「5階のセルフ精算機に現れた前城冥土《まえじろヘヴン》が、6階に上がる前に踊り場で変装を解き、それから別人として6階の他のブースに入ったのであれば、お前の言葉にも矛盾しない」

かつて、とある探偵が言ったらしい。

なぜ死の間際にある人間が、ダイイングメッセージのような複雑な暗号を残すことができるのか？　——それは死の直前の比類のない神々しいような瞬間、人の脳には限界がなくなるからだと。

車にはねられる瞬間がスローモーションに感じられるように、時に人間の頭脳は限界を超えて、無限の体感時間をもって正解を探す。探偵もまた極限まで追い詰められた時、時間の枷《かせ》が外れ、閃《ひらめ》きのような一瞬で記憶の中から解答を探す。

それが許された世界。それが許される居城。

探偵だけが入ることを許されたその純粋推理空間を、いつか誰かが、かつての探偵の言葉になぞらえてこう呼んだ。

〈比類《アンサラー》なき殿堂《パレス》〉。

真実に到達した探偵に、比ぶべき類《たぐい》はない。

「お前は**6階に前城冥士がいない**と言っただけであって、5階のカメラに映った前城冥士らしき人物が6階に存在しないとは言っていない！　そもそも5階のカメラに映った前城冥士が本物だとも証明していない！　前城冥士にしか見えない人物を、前城だと推測してそう呼んだだけだ！」

探偵たちが驚愕《きょうがく》を顔に表す。

前城が変装して6階の他のブースに隠れたのではなく、受付に現れたその人物がそもそも別人の変装で、6階に身を隠す時に素顔に戻った——

穂鶴《ほづる》はことあるごとに顔検索を身元証明の論拠としたが、それが受付に現れた前城らしき人物の顔データを用いたものではなかったとしたら？　元々登録されている、本物の前城の顔データを用いたものだったとすれば？

5階受付のカメラ映像で前城の存在を示す時には『見ての通り前城冥士だ』と紹介する。6階で前城の存在について言及する時には、カメラ映像を見せずに『顔検索でいないとわかっている』と証明する。

5階にも6階にも、本物の前城はいなかった。前城冥士だと呼ばれている人物と、本物の前城の顔データに合致しない人物がいるだけ！

このダブルスタンダードの証明によって、存在しない前城冥士を存在したかのように見せかけられる……！

しかし。

「ははは！　何を言うかと思えば……！」

穂鶴黎鹿《ほづるれいか》は、もちろんこの反論を想定していた。

「キミももちろんわかっているんだろう？　**6階のブースにいた客は全員1組の生徒だ！**　その誰かが前城《まえじろ》に変装していたと、キミはそう言ったんだよね？　だったら無論、このルールに引っかかる――**テスト中、他の生徒になりすましてはならない！**」

それは最初に提示された、総合実技テストのルール。

おそらくは他人の生徒端末を使用することなどによる代行行為を禁止するために制定されていたそのルールが今、不実崎《ふみさき》の推理に襲いかかる。

「**僕たちの捜査はすべて恋道《れんどう》会長の監視のもとに行われた！　もちろん僕が提示する推理も彼女がすべて把握している！　そんなルール違反が明らかであれば、その変装した生徒はとっくにペナルティを食らっているさ！**

でも……覚えているよね？　**6階のブースにいた客の中で、素顔だったのは一人しかいない。**変装を解いてブースに入ったという推理なんだから、当然そいつが前城に変装していた想定なわけだ。

しかし彼はもうとっくに！　通信機器使用のペナルティを受けている！　この上になりすましのペナルティを受けていたとしたら、彼はもはやテストから脱落していることになる！」

ルール違反のペナルティは解決ポイント全没収。それが2回目であれば即座にテスト失

格――これが総合実技テストのルールである。

「もちろん彼は、まだ精力的にテストに取り組んでいるよ。通話で呼び出そうか？」

「いらねえよ。そいつはペナルティなんか受けてねえんだから」

「……何……？」

「ペナルティを受けるのは、なりすまし対象が真理峰《まりみね》探偵学園の生徒だった場合だけだ。……真理峰探偵学園1年1組、前城冥土《ヘヴン》。そんな人間が最初から存在しなかったとしたら、何の問題もねえよな？」

「…………！」

穂鶴は一瞬だけ眉を上げ、それから口元を獰猛《どうもう》に歪《ゆが》めて、挑むように不実崎を睨《にら》んだ。

「……できるのか？　不実崎――前城が存在しないことを、キミに証明できるのか？」

「できるんだよ――俺たちだったらな」

意趣返しのような台詞《せりふ》に、丑山界正《うしやまかいせい》が、水分神無《みくまりかんな》が、ピクリと反応する。

気づいたのだ。不実崎の言葉の真意に。

「だったらやってみせなよ！　僕の推理は完璧だ！　お前ごときが反論する余地なんて、どこにも残っちゃあいない!!」

「いいぜ。お前が本当にそう思うんなら、自分こそが正しいと信じるんなら――」

穂鶴の背中には漆黒の翼。

そして、もう一つ――不実崎の背中にも、翼が広がる。

無限の可能性が広がる、虹色の翼が。

「――てめえの推理に、魂を懸けろ」

16　カラスが虹に染まる時

世界を塗り潰した推理空間に広がる二対の翼。

なぜここに二羽のカラスが必要なのか、それが今、開示される。

「穂鶴《ほづる》、お前は言った。前城冥士《まえじろヘヴン》は1年1組の生徒だと――すなわち、1年1組の生徒を一人ずつ順番に挙げていき、その中に前城冥士が存在しなかった場合、お前の言う『被害者』もまた存在しないということだ」

「……！　対偶論法――」

表情を歪《ゆが》ませる穂鶴を、不実崎《ふみさき》の背に広がるカラスの翼が虹色に照らす。

「『前城冥士が存在しない』の対偶は、『存在するのは、前城冥士ではない』――存在している生徒が全員、前城でないことを証明すれば、前城本人について一切調べないまま、その不在を証明することができる――！　お得意のヘンペルのカラスだよ！」

ヘンペルのカラス返し。

これがたった一つの、穂鶴の推理を打ち崩す方法だった。

「ほざけ……！」

苛立《いらだ》ちと昂揚《こうよう》を織り交ぜたような凄絶な笑みを口元に刻みながら、穂鶴《ほづる》はその漆黒の翼を、月明かりを遮るように大きく伸ばす。

「お前には顔検索を使う手段がない！　カメラスキルを持っていたとしても、1組の生徒たちは模擬事件の関係者ではないからね！　顔検索の対象外さ！　その状態でどうやって1組生徒の身元を保証する⁉　キミが『こいつは1組の人間だ』といったところで、それが本物かどうかなんて証明できるわけがない！」

漆黒の翼が槍《やり》のように突き出され、不実崎《ふみさき》の虹の翼を狙った。

しかし、

「総合実技テストのルール！　他の生徒になりすましてはならない！」

不実崎の両手に現れた剣が、それを許さない。

突き出された翼を瞬時に切り裂き、その穂先を月光の中に散らす。

「自分の身元を証明するため、模擬事件に参加する際に生徒端末に所属と名前を名乗って顔認証を済ませる必要がある！　少なくともその瞬間は他の何者でもありえない！　完全なる身元証明になる！」

「ぐっ……⁉」

不実崎は昨日までの3日間、幾度となく1組の生徒に遭遇した。

そのたびに彼らは名乗っていた。自分の生徒端末に、自分が何組の人間で、自分が何者であるのかを。

それらすべてを組み合わせ、もし1年1組全員分の名簿が揃《そろ》えば――

「さあ、始めるぞ、穂鶴――覚悟はいいか！」

不実崎の両手の剣が光となって消え、代わりに一丁の拳銃が現れる。

そのリボルバー型の弾倉に装填《そうてん》された弾丸が一体何なのか、わからない穂鶴ではない。

一発一発が彼の翼を捥《も》ぎ、遥《はる》か地の底へと引き込む死出の鍵。不実崎が真っ黒な銃口を向けると、その涼やかな美貌に粘ついた脂汗が伝った。

「出席番号3番、上野原彰正《うえのはらあきまさ》！」

耳をつんざくような銃声が鳴り響き、穂鶴の漆黒の翼に穴が開いた。

その穴からメッキが剥《は》がれていくかのように、黒が虹色へと塗り替えられていく……！

「出席番号6番、甘野恵紀《かんのけいき》！　出席番号13番、鈴木《すずき》ブレイド！　出席番号19番、長良川有《ながらがわゆ》喜《き》！　出席番号21番、羽島涼《はじまりょう》！　出席番号25番、雅《みやび》さくら！」

立て続けに6発の弾丸が放たれ、弾倉が空になる。

しかしその見返りに、穂鶴の片翼には六ヶ所に穴が穿《うが》たれ、それぞれから虹色が滲《にじ》み出していた。

これで20パーセント。

しかもまだ終わらない。畳の下からさらに6発の弾丸が飛び出して、不実崎の弾倉に収まった。ここは比類なき殿堂《アンサラーパレス》――不実崎の記憶空間。どんな些細《ささい》な出来事も、瞬時に過去から引きずり出す。

「出席番号1番、化野粧《あだしのめかし》！　出席番号5番、大戸憲太郎《おおどけんたろう》！　出席番号7番、桐山巧《きりやまたくみ》！」

翼を貫かれる痛みに悶《もだ》え苦しむように、まだ黒いままの片翼がハンマーのように不実崎《ふみさき》に振り下ろされる。

しかし不実崎の虹色の翼にあっさりと撥《は》ね除《の》けられて、その隙にさらに銃口が火を吹いた。

「出席番号11番、境崎《さかいざき》リリ！　出席番号17番、寺須池《てらすいけ》ミロ！　出席番号27番、安岡葵《やすおかあおい》！」

40パーセント。

ほとんどが虹色に戻った片翼は、先端が崩れ始めていた。すでに穴だらけの翼は、もはや風を受け飛ぶことなど叶《かな》わない。何の力もない虚仮威《こけおど》しとして、かろうじてそこに存在しているに過ぎないのだ。

空間に無造作に置かれているタンスの引き出しが開く。その中から6発の弾丸が飛び出して、不実崎が持つ拳銃の弾倉に吸い込まれるように収まった。

「出席番号8番、桑原霊奈《くわばられな》！　出席番号9番、剣田飛鳥《けんだあすか》！　出席番号16番、椿将人《つばきまさと》！」

比類なき殿堂《アンサラーパレス》から引き出された記憶は、決して揺らがない。

一言一句過たず、正確に真実を射抜く……！

「出席番号18番、豊川工事《とよかわこうじ》！　出席番号22番、古本《ふるもと》セトリ！　出席番号30番、蘭奈々《らんなな》！」

そして不実崎の銃口は、ついにもう一枚の翼を捉える。

「出席番号23番、穂鶴黎鹿《ほづるれいか》！」

穂鶴の身体《からだ》が大きく揺らいだ。

片翼の漆黒はもはやボロボロと剝《は》がれ落ち、虹色に戻ると共に末端から崩れていく。

60パーセント。

19人の生徒の名前が証明された。**真理峰《まりみね》探偵学園1年生は基本的に各クラス30人。**残り11人の中に前城冥土《まえじろヘヴン》がいなければ——

しかし、不実崎の銃の弾倉は、空になったままだった。

彼の記憶空間であるこの場所も、新たな弾丸を彼に与えようとはしない。

その意味を知ったのか、穂鶴は嗜虐《しぎゃく》的に口元を歪《ゆが》めた。

「どうした、弾切れか？」

不実崎は穂鶴を睨《にら》んだまま、もはや銃を構えようとはしない。

「そうだよなあ。１組の生徒全員がたまたま！　一人残らず！　キミの前で模擬事件に挑んでいたなんて偶然、あるわけないものなぁあああ？　そんな天運に恵まれているのは選ばれし探偵だけだ！　キミみたいな半端者がッ——」

「**出席番号2番、石倉《いしくら》あいり**」

冷静な声と共に銃声が響き、穂鶴の残った片翼を貫いた。

「……は……？」

「言ったはずだぜ、穂鶴《ほづる》」

愕然《がくぜん》とする穂鶴に、不実崎《ふみさき》はやはり自分の銃は構えないまま、頼もしげに笑う。

「俺たちなら、できる——ってな」

「……やれやれ」

呆《あき》れた調子で、拳銃を握ったもう一人の少年が——丑山界正《うしやまかいせい》が、進み出る。

「型破りな探偵もいたものだ——自分の解決篇《へん》で、他人をあてにするなんてね」

「丑、山ァアあああッ……!!」

燃えるような恨みがこもった穂鶴の視線を意に介さず、丑山はまだ硝煙がたなびく銃口を穂鶴の翼に向けた。

「**出席番号10番、駒田勝一《こまだしょういち》。出席番号14番、竹本冬目《たけもとふゆめ》。出席番号20番、西山田春可奈《にしやまだはるかな》。出席番号28番、勇気圭治《ゆうきけいじ》**」

「なんでだ……！　なんで覚えてる！　僕みたいなカメラ並みの記憶力があるわけでもないくせに、どうしてたまたま出会った生徒の名前なんて——」

「——これでも、探偵だから」

答えたのは、少女の声だった。

「**出席番号4番、榎本美笹《えのもとみささ》**」

銃声を響かせたのは、この場に揃《そろ》ったもう一人の探偵。

水分神無《みくまりかんな》が、冷たい瞳で穂鶴を見つめていた。

「本物の探偵は、自分の記憶力を誇ったりはしないわ。それは能力であり、努力の結晶ではあれ——名誉などではないのだから」

「み……水分っ……エリート女がァ……！」

「出席番号12番、新澤《しんざわ》美幌《みほろ》」

もう話す必要はないと言わんばかりに、銃声が穂鶴のうめき声をかき消した。

「出席番号15番、知里屋《ちりや》結羽《ゆう》。出席番号26番、村広場《むらひろば》一成《かずなり》。出席番号29番、吉田《よしだ》ひろし——」

96パーセント。

残った片翼も、10発の弾丸が一気に虹色に戻し、半ば朽ちさせる。

29人の名前が、ここに揃った。

残りはたった一人——出席番号24番。

苗字の頭文字が五十音順で、『ほ』の後で『み』の前の人物。

だが——三人の探偵の、誰も。

さらなる弾丸を放とうとはしなかった。

「……今度こそ……弾切れのようだね……」

一枚になってしまったカラスの翼を、しかも朽ち果てさせつつも、穂鶴は膝を屈していない。

この期に及んでまだ、自分の勝利を疑っていないような笑みで、探偵たちを睨《にら》みつける。

「1年1組の生徒はまだ一人残っている——その一人こそが前城冥土《まえじろヘヴン》！　お前たちは誰一人！　直接あいつに会っていないはずだ！　証明できるはずがない！　会ってもいない30人目がどこの誰かなんて、お前らに証明できるはずが——」

「ああ、できねえよ」

不実崎《ふみさき》が、負けを認めたはずなのに。

穂鶴《ほづる》はむしろ、これまでで最も愕然《がくぜん》とした表情を浮かべた。

「わかってんだよ、穂鶴——『30人目が誰かわからない』。それがお前の最後の砦だってことはな」

「……嘘《うそ》だ……ふざけるな……お前ごときにっ……！」

「**俺の友達に、2日目夜の時点で0ポイントだった奴《やつ》が二人いた**」

一人は祭舘《まつりだて》こよみ。

もう一人はロナ・ゴールディ。

「0ポイントなんだから、当然二人とも最下位タイだったはずだ。問題は、その『最下位』が、具体的に何位だったのか？」

「想像がつくな」と丑山《うしやま》が言い、

「**119位**でしょう？」と水分《みくまり》が告げた。

不実崎は頷《うなず》く。

「1年生の人数は、**入学時点の120人**に加えて、編入生のロナを含めた121人のはずだ。その上で最下位が119位だったということは、俺の友達二人の他にもう一人、0ポイントだった奴がいた計算になる」

最下位で119位の人間が二人しかいなかった場合、全体の人数が120人だったことになってしまう。さらにその下の121位は存在しないからだ。

「可能性は二つ——俺の知らないところにもう一人0ポイントがいたか、あるいは、実は1年生の人数がすでに一人減っていたか……だ」

「2組には0ポイントはいないし、退学者もいないわ」

すかさず水分が情報を提出し、それに丑山が続く。

「4組も同じくだ。もちろん編入生の彼女を除いてだが」

「3組にもさっき言った俺の友達以外にはいない。連絡スキルでDMが使えるようになってから、ちょこちょこ情報を共有してるからな」

2～4組には0ポイントも退学者も他にはいない。

残る可能性は1組にしかない。

「穂鶴——そういえばお前のとこのクラスの奴が偉そうにこう言ってたっけな。**2日目の時点でクラス全員が真ん中以上の順位を確保しているって**」

「…………っ！」

「つまり1組にも0ポイントの奴はいないんだ——残る可能性は一つしかない」

どこからともなく一発の弾丸が落ちてきて、不実崎が手に持つ拳銃の弾倉に収まる。

不実崎《ふみさき》はもはやボロ布のような翼しか残っていない穂鶴《ほづる》に、静かに照準を合わせた。

「テスト開始時点で、1組の生徒は29人しかいなかった」

引き金が引き絞られても、穂鶴を守るはずの翼は、一切動かなかった。

「前城冥土《まえじろヘヴン》という生徒は確かに存在したんだろう。だがそれは過去の話――お前は1組の生徒たちにその事実を隠させ、まるでまだ30人全員が揃《そろ》っているかのように他のクラスに振る舞っていた。最終入学試験のトリックの猿真似《さるまね》さ。お前はきっと俺に、『本当の俺にはこんな簡単な人数誤認トリックにも気づけやしない』って思い知らせたかったんだ」

「……不実崎……なんで……なんでお前が、そっち側なんだ……！」

虚《うつ》ろな恨み言に、不実崎も、ＨＡＬＯシステムも、耳を貸さなかった。

「実はすでに一人、クラスメイトが退学している――そういう秘密を全員に共有させることで、お前は1組の生徒を統率し、強力な一枚岩の組織にしたんだ。罪悪感を利用した、要は洗脳だよ――お前は従順な部下を手に入れるために、前城冥土を犠牲にしたんだ!!」

「僕は……僕は神童だったんだぞ！　史上最年少で刑事事件を解決して……カメラ並みの記憶力があって……！　なのに、僕に犯行を見抜かれて惨めに喚《わめ》いていたお前が――！」

「すでに退学した、生徒ではない人間の格好をしたところで、それはテストのルール違反にはならない！　ペナルティを受けずに前城冥土に変装し、事件時のネットカフェに存在したかのように見せかけることは充分に――可能だッ!!」

銃声が弾《はじ》ける。

弾丸が飛翔《ひしょう》する。

それはもはや、意味をなさない翼など相手にしない。

力を失った探偵の額を、一直線に目指していた。

「……不実崎……」

もはや敗北者は、仇敵《きゅうてき》の名前を呼ぶことしかできない。

「不実崎ぃイイぃいいいいいいいいいいいいいい――ッッ!!!」

推理が宿った弾丸が、真実を弄んだ冒涜者《ぼうとくしゃ》の額を貫く。

無限の可能性の海を不当に支配しようとした僭主《せんしゅ》は、自由を求めた勇者の一撃に散る。

探偵は真実を支配する者ではなく、真実に寄り添う者なのだと――

――以上をもって、証明された。

【終章】——そして探偵は

SHERLOCK ACADEMY

KYOSUKE KAMISHIRO and
SHIRABII PRESENTS

恋道瑠璃華

真理峰探偵学園現生徒会長にして
シャーロック・ランク第一位の黒幕探偵

PROFILE

終章　そして探偵は

1　そういえばあの時の犯人は――Side: 不実崎《ふみさき》未咲《みさき》

遠慮がちに入り口から顔を覗《のぞ》かせると、エヴラールがドヤ顔で出迎えてくれた。

「ようこそ不実崎さん――犯罪ＲＰＧ事件捜査本部へ」

探偵や刑事と思《おぼ》しき大人たちが、せわしなく動き回っている空間を見渡して、俺は肩身が狭い心地になる。

秘密の通路を通って真理峰《まりみね》探偵社本社ビルの地下に入るってだけでも相当敷居が高かったが、こうして犯罪捜査のプロたちが働いている姿を間近に見ると、さすがに場違いなような気がしてくる。俺みたいな学生が本当にここにいていいのか？

「丑山《うしやま》さんと水分《みくまり》さんはどうしたんですか？」

「さあ……。そのうち勝手に来るんじゃねえの？」

穂鶴《ほづる》との選別《セレクト》裁判が終わった後、あいつらは簡単な挨拶だけを残してさっさといなくなってしまった。あの自由さ、どこまでも探偵らしい奴《やつ》らだ。

「……それと」

エヴラールは、俺の背中に目を向ける。

「その背中にへばりついているのは何ですか？」

「えーっとだな……」

俺は曖昧な苦笑を浮かべて、背中から俺をぎゅっと抱きしめているカイラの顔を見下ろす。

褐色肌の助手メイドは、相変わらずの無表情で、相変わらず淡々とした声で言った。

「『好き』を表現しています」

「はあ……」

「先ほどの活躍を見てなおさらに愛情が爆発してしまったので、このようにそれを伝えているのです」

悪いけど、あんまり伝わってねえんだわ。顔色が変わらなすぎるのと、行動が突飛すぎるので。

とはいえ、カイラが嘘《うそ》を言っているとは、俺にはもう思えない。

「あのさ、カイラ……お前の気持ちは嬉《うれ》しいんだが、今は――」

「わかっています。……今は大事なテストの途中。しかも大事件に関わろうとしている最中です。わたしも探偵助手として、このような時期に答えを急ごうとは思いません」

「だったらありがてえんだけど――」

「とりあえず明日またお訊《き》きします」

「え？」

「毎日、顔を合わせた際に折を見て、お心づもりをお訊きします」

「いや待て。そういうのってもうちょっと待ってくれるもんじゃねえの？」

せめてテストが終わるまではとかさあ……！

「不実崎《ふみさき》さん……カイラがそんな殊勝なわけないじゃないですか」

エヴラールが呆《あき》れた顔をして言う。

「寮での家事奉行ぶりを見ればわかるでしょう。好きなものに関しては1ミリも譲らないタイプですよ、その子は」

……言われてみれば、食器の置き方について苦言を呈されたことは数知れず。

ちんまりとした容姿と感情を出さない表情に騙《だま》されているだけで、俺はなかなかの肉食系にロックオンされてしまったのかもしれない。

「とりあえず、いつまでも入り口を塞いでいたら邪魔《じゃま》です。向こうに行きますよ！」

「……お前、なんかちょっと不機嫌じゃね？」

「勘違いです。拗《す》ねてなんかいません！」

俺みたいな恋愛初心者が言うことじゃねえけど……めんどくせえなあ、いろいろと。

広い会議室の隅に設置されている応接セットに移動する。どうやらソファーとガラステーブルが置かれているだけのこの一角が、俺たち学生に与えられたエリアらしい。

ガラステーブルの上には紙の資料がうずたかく積まれ、そこから溢《あふ》れ出《だ》した紙がソファーの上にも散らばっていて、犯罪RPG事件という現場の凄《すさ》まじさを窺《うかが》わせた。あるいはエヴラールが片付けられない女なだけかもしれないが。

「つーか紙の資料だけかよ……。パソコンは？」

「一応まだテスト中ですので、ルールに則《のっと》っているんですよ。必要になれば他の探偵や刑事さんに頼みます。水分《みくまり》さんが来てくれれば解決なんですけど」

「まあ結局やることは昨日までと同じ外回りだろうしな……。問題ねえか」

「いえ、昨日までに比べるとずいぶん楽になりますよ。なにせ街頭カメラを見放題ですからね」

穂鶴《ほづる》との選別裁判《セレクト》の結果、ユニークカメラスキルは俺へと移動した。

その他には、幾ばくかの解決ポイントが丑山《うしやま》と水分に分配されたようだ。ユニーク鑑識スキルとユニーク連絡スキルも、まだあいつらの手元にある。

それによって穂鶴は、おそらくポイントの大部分を喪失した……。ユニークスキルを三つも賭けた大勝負に負けた結果だ。本人はいつの間にかどこかへと消えていたが、あの選別裁判《セレクト》は1組の生徒も見ていたはず……。あいつがやっていたこと、あいつの本性を知った今、あいつに協力するような人間はきっとどこにもいないだろう。

「とはいえ、まだちょっと心配なんだよな……。ユニークカメラスキルは奪ったが、あいつがやっていた不正を証明できたわけじゃねえし、もちろんあいつを改心させられたわけでもない。あいつが今後、どういう行動をとってくるか……」

惨状を見兼ねて散らばった紙をカイラがまとめ始めたので、自由になった俺はどっかりとソファーに腰を下ろす。動き回ったわけでもねえのにどっと疲れた。

エヴラールも俺の正面に座りながら、

「そうですね——でも1組の話で言うと、私、前からちょっと気になってることがあるんですよね」

「穂鶴《ほづる》のこと以外でか？」

「はい。この数日、学園が用意した模擬事件をいくつも解いてきて、思ったんですよ——入学式の事件に比べると、出来がちょっと微妙なことが多いなって」

「出来？　事件のか？」

「いいえ、現場のです」

エヴラールは小首を傾《かし》げて続ける。

「設置してある証拠が本来あるべき場所よりほんの少しだけずれてるとか、問題にならない程度ではあるんですけど——このテスト中に遭遇した模擬事件に比べると、あの入学式の事件って、現場のセッティングがかなり完璧だったんですよね。たった一点……あなたが指摘した、血痕のミスを除いて」

「……確かに……あれって停電して真っ暗な中で、しかもほんのわずかな時間で、死体人形の設置と細々とした証拠の設置を済ましたんだよな。あの時は『探偵学園なんだからこのくらいできる奴《やつ》もいるか』って思ってたが……」

「実際に学園の模擬事件を経験してみると、あの入学式の事件だけクオリティが異常だったような気がしてくるんですよね……」

「入学一発目の模擬事件だから気合い入れてたってだけじゃねえの？　テスト中の模擬事件にしても、これだけ大量の事件を用意してんだから、そりゃ多少のミスは出てくるだろ」

「だから、『ちょっと気になってる』という程度の話なんです。これは本当に妄想じみた話でしかありませんけれど——もし、あの血痕のミスが、推理のためにわざと用意されたものだったとしたら……」

「……暗闇の中で？　しかも暗視ゴーグルもなしに、片目を闇に慣らしただけの状態で？　そんな細かいことできるか？」

「できる人材がいるのかもしれない、という話ですよ——しかも、忘れましたか、不実崎《ふみさき》さん？　あの時あなたが推理した、入学式の壇上に死体人形を設置した犯人は——」

「…………！」

あの時、俺は言った。

死体人形を設置したのは、出席番号順で並んでいた新入生の、一番前の列の、舞台に向かって一番左に座っていた奴——

「1年1組、出席番号1番——」

あの時はそういう属性でしか特定しえなかったそいつは、今や俺の記憶に、れっきとした個人として、顔と名前を刻んでいた。

「――化野粧《あだしのめかし》……」

2　1年1組、出席番号31番

前髪の長い小柄な少女が、軽やかな足取りで歩きながら、生徒端末を耳に当てていた。

「もしもーし。選別裁判《セレクト》は予定通り終わりましたよん♥」

彼女の名前は化野粧。

特技は変装。

ただし、別人に成り代わるのは得意ではない。他人の癖など読み取れないし、声色だって変えられない。仮に見た目を別人に変えられたとしても、対面すれば一発で変装だとバレてしまうだろう。

彼女が得意なのは変装することではなく、変装させることだった。

ネットカフェの一般客に化けていた1組の生徒、前城冥土《まえじろヘヴン》そっくりに変装していた桐山《きりやま》巧《たくみ》、どちらも彼女の仕事だった。

彼女の志望進路は〈探偵スタイリスト〉――千変万化で神出鬼没の探偵をコーディネートすることが、彼女の得意分野なのである。

その延長線上で、彼女にはさらなる得意技があった。

人のみならず、場所をコーディネートすること——

何もない場所に事件現場を作り出すことなどは、彼女にとって何ら難しいことではない。

たとえそれが真っ暗闇の中でも、片目が闇に慣れていれば充分に事足りる。

穂鶴黎鹿《ほづるれいか》は、入学式の事件から彼女のその才能を見出《みいだ》し、自分の目的のために積極的に活用していたのだった。

自分が、彼女のたった一人の飼い主であると勘違いしたまま。

「穂鶴にはもう何もありませんよ～♥」

生徒端末の向こうに、化野は弾んだ声で言う。

「スキルも、ポイントも、プライドも、名誉も——気持ちいいくらい一切合切、不実崎未咲《ふみさきみさき》が奪ってくれました。せんせえの推理通りですね？」

誰もが勘違いしている。

真理峰《まりみね》探偵学園の新入生は１２０人。そして編入生が一人。この二つは紛《まぎ》れのない事実だ。

しかし、だからと言って——１年生の人数が１２１人だなんて、誰が言ったのか。

「はい。立派な『無敵の人』の完成です♥　お気に召しましたか？」

1年1組で、化野粧だけが知っている。

前城冥土を除いても——1年1組の生徒は、30人であることを。

このクラスには、特例中の特例、システムの例外——

——出席番号31番の、留年生がいることを。

「吉報を待っていてくださいね、せんせえ——牢獄《ろうごく》の中で♥」

3　Crime RPG Opening——Side: 穂鶴黎鹿《ほづるれいか》

こんなはずじゃ……なかった。

完璧なはずだった……。不実崎《ふみさき》には、万に一つも勝ち目がないはずだった。そういう風に準備を整えたはずだった。

なのに……なんで……。

「なんでだよッ！」

むき出しのコンクリートを殴り、空々しく音が響き渡る。

今回のテストのために用意したアジトには、もはや誰も集まっていなかった。ユニークカメラスキルの映像を映し出していた大量のモニターも、一つ残らず真っ暗に沈黙したまま。……きっともう誰も、ここには来ないんだろう。

僕の指示があったから、今までやってこれたくせに——自分の頭では何も考えられない、働きアリ以下の知能のくせに——よくも一丁前に、僕を見限るなんてことができたな！

無能が、無能が、無能が、無能が、無能が無能が無能が無能が無能が無能が無能が——!!

「因果応報だなぁ——神様ってのはいるもんだぜ」

聞き覚えのある声に振り返る。

いつ入ってきたのか——入り口の扉に背中をもたれさせて、前城冥土《まえじろヘヴン》が立っていた。

……いや。

癪《しゃく》に障るにやにや笑いを睨《にら》みつけて、僕は叫ぶ。

「お前は一体誰だッ！　前城はとっくに退学した！　誰かの変装なのか⁉　それとも本物がのこのこ帰ってきたか‼」

「お前だよ……。お前も一体何なんだよ……」

前城は野卑な性格のくせに洞察力だけは鋭く、着々とクラスの地位を築いていた僕に反発していた。最初はそれを共通の悪としてクラスをまとめるのに利用していたが、本格的に僕を陥れようとし始めたので、退学に追い込んでやったのだ。

その前城が、もはや入れないはずの学園の中で姿を現したんだから、最初、僕は結構驚いた——だが、誰かの嫌がらせにせよ、本物が恨み言を言いにきたにせよ、どうせこいつは退学している。僕としてはまったく興味のないことだった。

なのに……こんな時にまで現れるのか。

お前だけが……お前みたいな奴《やつ》だけが……！

「ひっひひひ……変装か？　本物か？　自分で推理してみりゃいいじゃねえか、探偵サマよお」

前城はポケットに手を突っ込み、チャップリンみたいな歩き方で僕を苛立《いらだ》たせながら、休憩用に用意してあったソファーに我が物顔で腰を下ろした。

「オレはお前が落ちぶれるのを見に来たのさ。お前みたいな奴《やつ》は、結局誰かに蹴落とされる……。一瞬頂点に立ったと思っても、結局最後には底辺にいる。優秀な脳みそで過去の栄光を何度も反芻《はんすう》し、自分はすごかったはずだ、ちょっと運の巡りが悪かっただけだって言い訳する。そして周りには誰もいなくなり……過去に買った恨みだけが、延々とついて回るのさ」

前城《まえじろ》はテーブルに置いてあったオレンジジュースの瓶を勝手に開けると、その中身を空のコップに注いだ。

「きっと最高だぜ？　お前みたいな野郎を眺めながら飲む酒はよ……。未成年なのがもったいない。ひはは、ははは、ひっひひひひははははははははは…………!!」

その笑い声が、何重にも頭の中に響く。

……うるさい……。

うるさい……うるさい、うるさい、うるさい、うるさいっ……！

「ひっひひひひ！　ひひひひひっひひひひっひひひひひ！　ひひひひひひひひひひっひひひひひひひひひひひひひひ！　ひひひひひひひひひひひひひははははひひひひひひひひひひひひひはははははははははははは――――!!」


うるさい!!!!!!